# DER MORD AUF SISSINGHAM HALL

## Ein Angela-Marchmont-Krimi 1

## CLARA BENSON

Übersetzt von
### RITA KLOOSTERZIEL

Die Originalausgabe des Romans erschien 2013 unter dem Titel „The Murder at Sissingham Hall: An Angela Marchmont Mystery Book 1". Copyright © der Originalausgabe 2013 by Clara Benson

Deutsche Erstveröffentlichung 2022
Copyright © der deutschsprachigen Übersetzung 2022 by Clara Benson

Übersetzung: Rita Kloosterziel
Lektorat: Antje Steinhäuser
Korrektorat: Marlies Döring

Alle Rechte vorbehalten.



ISBN: 978-1-913355-29-6

Mount Street Press
5 Brayford Square
London E1 0SG

clarabenson.com

## Der Mord Auf Sissingham Hall

Nach seiner Rückkehr aus Südafrika wird Charles Knox für ein Wochenende auf den Landsitz von Sir Neville Strickland eingeladen, dessen schöne Frau Rosamund einst Charles' Verlobte war. Eines Nachts wird Sir Neville ermordet – doch wer ist der Täter? Der Verdacht fällt nach und nach auf jeden der Hausgäste und Knox sieht sich einem tückischen Geflecht aus Intrigen und Verrat gegenüber. Nur die geheimnisvolle Angela Marchmont scheint des Rätsels Lösung zu kennen.

Der Krimi spielt in den 1920er Jahren und ist genau das Richtige für alle Fans klassischer Landhauskrimis.

## Kapitel Eins

Es ist immer ein seltsames Gefühl, nach einem langen Auslandsaufenthalt in seine Heimat zurückzukehren. Die Landschaft, die Dörfer, die Städte, die Menschen, die ihren täglichen Geschäften nachgehen, sogar das Wetter, kommen einem vertraut und gleichzeitig fremd vor. Es erinnerte mich daran, wie ich mich einmal zufällig in einem Spiegel gesehen hatte, der im rechten Winkel zu einem zweiten stand - es war ein gehöriger Schock, mein Spiegelbild zu sehen und plötzlich festzustellen, dass mein Gesicht ganz verzerrt war. Als ich vom Deck der *Ruthin Castle* einen ersten Blick auf den Kai erhaschte, ein willkommener Anblick nach der langen Reise, durchfuhr mich ein Gefühl der Freude, doch gleichzeitig empfand ich eine seltsame Schüchternheit, wie ein kleiner Junge, der im Salon vor einer Runde strenger Tanten ein Gedicht vortragen muss.

Es wird kein Begrüßungskomitee geben, dachte ich mit einem schiefen Grinsen, als das Schiff schwerfällig im Dock von Southampton einlief. Ich bin wie ein Fremder im eigenen Land. Ob ich mich wohl einleben kann?

Die Gangway wurde heruntergelassen und ich ging mit den übrigen Passagieren von Bord, allein inmitten einer wogenden Menschenmenge. Einen Moment lang stand ich am Kai, nach acht Jahren betrat ich zum ersten Mal wieder englischen Boden. Das geschäftige Treiben der Passagiere, Matrosen und Gepäckträger verwirrte mich und ich war unsicher, welchen Weg ich einschlagen sollte. Doch gerade als ich mir von Herzen wünschte, ich wäre in Südafrika geblieben, durchschnitt ein durchdringender Pfiff den Lärm. Ich blickte mich suchend um und sah zwei Gestalten, die sich mühsam einen Weg durch die Menge bahnten. Mein Herz machte einen Satz. Ich war also doch kein Fremder!

„Bobs!", rief ich. Es war tatsächlich mein ältester Freund, „Bobs" Buckley, in Begleitung einer gut aussehenden jungen Dame, die ich nicht kannte. Ich hatte Bobs geschrieben und ihn über meine bevorstehende Rückkehr informiert, ohne damit zu rechnen, dass er mich in Empfang nehmen würde. Ich ging den beiden entgegen.

„Bobs! Wie schön, dich zu sehen." Begeistert ergriff ich seine Hand. „Ich hatte keine Ahnung, dass du mich abholen würdest. Ich dachte schon, ich müsste mich ganz allein nach London schleichen, wie ein in Ungnade gefallener Verwandter."

„Ist doch selbstverständlich, alter Knabe", erwiderte Bobs grinsend. „Schließlich kann ich einen alten Freund nicht im Stich lassen. Wir dachten, wir überraschen dich. Und tatsächlich kommst du genau zum richtigen Zeitpunkt zurück. Ich wollte den Lagonda schon lange einmal auf einer geraden Strecke ausprobieren, um zu sehen, was er draufhat. Du hättest sehen sollen, wie er dahinfliegt!"

„Oh ja, es wird eine ganze Weile dauern, bis ich mich davon erhole! Bestimmt sind meine Haare vor Schreck ganz weiß geworden!", rief seine Begleiterin. „Bobs, ich bin sicher, in Winchester hast du eine Katze überfahren."

„Ach was, das war nur eine Unebenheit in der Straße", entgegnete Bobs lässig. „Ansonsten geschähe es ihr ganz recht, wenn ich sie überfahren hätte. Was hat eine Katze auch auf der Straße zu suchen, wenn ich in Eile bin?"

„Dummkopf!" Die junge Frau schüttelte verärgert den Kopf. „Wie war deine Reise, Charles? War sie sehr unangenehm? Wo sind deine Sachen? Bringen Sie bitte die Taschen mit", sagte sie zum Gepäckträger gewandt. „Übrigens, du kommst doch mit uns nach Bucklands, nicht wahr? Du musst hoffentlich nicht sofort nach London, oder? Mutter und Vater freuen sich sehr darauf, dich zu sehen."

„Ich … ich …", stotterte ich. Angesichts dieses Redeschwalls wusste ich nicht, welche Frage ich zuerst beantworten sollte. Bevor ich dieses knifflige Problem jedoch lösen konnte, wurde mir plötzlich klar, wer sie war, und ich sah sie überrascht an.

„Sylvia!", rief ich aus. „Ich habe dich gar nicht erkannt. Du meine Güte, bist du groß geworden! War ich wirklich so lange weg?"

Als ich Bobs' Schwester das letzte Mal gesehen hatte, war sie ein unbeholfenes Schulmädchen mit verschmiertem Gesicht, das sich keinen Deut darum scherte, wie es aussah – kein Vergleich mit der schicken, modischen jungen Frau, die jetzt vor mir stand. Ich konnte nicht anders: Ich musste sie einfach anstarren, so erstaunt war ich über die Veränderung. Sie errötete leicht und zog eine Grimasse, die mich sofort an den Wildfang von damals erinnerte, und ich lachte.

Wir standen einige Augenblicke lang da und sahen uns mit einem dümmlichen Grinsen im Gesicht an, während die Menge um uns herum schob und drängte. Schließlich sagte Bobs: „Wir machen uns besser auf den Weg, wenn wir es heute noch nach Bucklands schaffen wollen."

„Oh je", seufzte Sylvia. „Ich fürchte, es führt kein Weg daran vorbei: Ich muss wieder einmal Leib und Leben aufs Spiel setzen. Aber ich bestehe darauf, dass du mitkommst", sagte sie, hakte sich bei mir unter und wies auf ein monströses, dunkelgrünes Gefährt, bei dem es sich nur um Bobs' neuestes Auto handeln konnte. „Sonst muss ich mir den ganzen Weg nach Bucklands Bobs' Geschwätz anhören."

„Unsinn. Du weißt genau, dass meine Worte stets klug und weise sind. Ist der Wagen nicht eine Pracht, Charles?", schwärmte Bobs hingerissen. „Ein solches Auto habe ich noch nie gehabt. Auf freier Strecke schafft es locker achtzig Meilen in der Stunde."

Nachdem ich meiner Bewunderung wortreich Ausdruck verliehen hatte, durfte ich einsteigen. Das Gepäck wurde sicher verstaut, der Gepäckträger angemessen entlohnt und dann fuhren wir in halsbrecherischem Tempo los. Dabei verfehlten wir nur knapp einen älteren Herrn und ein Kindermädchen, das einen Kinderwagen schob. Sylvia hatte bei der Schilderung von Bobs' Fahrkünsten offensichtlich nicht übertrieben.

„Wie ich sehe, suchst du immer noch die Gefahr, wo immer sie auch lauern mag, Bobs", bemerkte ich, als wir die Straße nach London erreicht hatten und der Wagen zeigen konnte, was in ihm steckte.

Bobs zuckte mit den Schultern. „Tja, du weißt ja, wie das ist. Irgendwie konnte ich nach dem Krieg nicht wieder richtig Fuß fassen. Ich wäre gerne zur Luftwaffe gegangen, aber davon wollte Vater nichts hören. Nicht nach Ralphs Tod, weißt du." Ralph, der ältere Bruder von Bobs und Sylvia, war bei Arras gefallen. „Also beschränke ich mich auf ruhigere Tätigkeiten." Er sah aus, als wollte er noch etwas hinzufügen, überlegte es sich jedoch anders.

Ich murmelte etwas Belangloses und wechselte dann taktvoll das Thema.

Sylvia hatte es verständlicherweise vorgezogen, auf dem Rücksitz Platz zu nehmen. Ich drehte mich zu ihr um und beglückwünschte sie zu ihrer eleganten Erscheinung.

„Es kommt mir vor wie gestern, dass du mir Froschlaich in die Taschen gesteckt hast", sagte ich. „Wie sehr du dich verändert hast, so schick und damenhaft! Ich weiß kaum, was ich sagen soll."

Sylvia nahm mein Kompliment mit großer Gelassenheit entgegen.

„Oh, Sylvia steckt den Leuten immer noch Froschlaich in die Taschen", versicherte mir Bobs. „Erst letzte Woche wäre es bei einer Cocktailparty beinahe zu einem peinlichen Zwischenfall mit dem amerikanischen Botschafter gekommen. Zum Glück ist Rankin gerade noch rechtzeitig eingeschritten. Ich weiß wirklich nicht, was wir ohne Rankin machen würden. Als Butler ist er eine Wucht. Es sollte mich nicht wundern, wenn Vater mich enterbt und ihn als Erben einsetzt. Er hat es auf jeden Fall eher verdient als ich."

„Nun, ich bin sicher, dass er nicht durch die Gegend rast und Katzen überfährt", warf Sylvia ein.

„Natürlich nicht! Dafür ist er viel zu ernst und düster. Ist ‚düster' nicht ein wundervoll passendes Wort? Wie gemacht für Rankin. Nein, ich kann mir nicht vorstellen, dass er Katzen überfährt, aber ich kann mir durchaus vorstellen, dass er ihnen den Hals umdreht, nur zum Spaß", fuhr er finster fort. „In seinem Zimmer hängen sie wahrscheinlich wie Wimpel aufgereiht an den Wänden."

„Red keinen Unsinn, Bobs! Du siehst, Charles, er hat sich kein bisschen verändert. Und ich mich eigentlich auch nicht. Ich bin nur ein bisschen kultivierter geworden, seit sich Rosamund meiner angenommen hat."

Zu spät warf Bobs ihr einen warnenden Blick zu. Ein Schauer lief mir über den Rücken.

„Rosamund?", hakte ich nach. „Rosamund Hamilton?"

„Sie heißt jetzt Rosamund Strickland", korrigierte mich Sylvia.

„Ja, natürlich, das hatte ich vergessen. Hat sie dir Nachhilfe in Sachen Mode und Benehmen gegeben? Und dir Tischmanieren beigebracht und dir gezeigt, wie man mit elegantem Schwung ein Taschentuch vom Boden aufhebt?"

„Nicht direkt. Vor ein paar Jahren war sie auf Bucklands zu Besuch, und als ich ihre Kleider bewundert habe, hat sie darauf bestanden, mich zu ihrer Schneiderin mitzunehmen. Und du weißt ja, wie Mutter ist – sie ist glücklich, wenn sie den ganzen Tag im Garten arbeiten kann. Ihr ist es egal, wie sie herumläuft, sie trägt am liebsten einen ausgebeulten Tweedrock und Gummistiefel. Daher war ich froh, in Rosamund jemanden zu haben, der sich wirklich mit Mode und Benimmregeln auskennt. Bei all den Einladungen, die man heutzutage erhält, war ich ziemlich ratlos. Mir war klar, dass es keinen Sinn hatte, Mutter zu bitten, mit mir nach London zu fahren – und Rosamund war die Rettung. Sie kennt all die richtigen Geschäfte und Mutter war heilfroh, ihr diese Aufgabe zu überlassen. Pass auf!", rief sie, als plötzlich ein Fasan auf die Straße lief.

Während sich Sylvia und Bobs stritten, saß ich schweigend da, in Gedanken versunken. Es war ein Schock gewesen, Rosamunds Namen so kurz nach meiner Rückkehr nach England zu hören, und nun unterzog ich meine Gefühle einer gründlichen Prüfung, ohne sie ganz begreifen zu können.

Natürlich hatte ich damit rechnen müssen, dass ihr Name früher oder später fallen würde. Schließlich hatte sie in der Vergangenheit immer zu unserem Freundeskreis gehört und es bestand kein Grund, warum sie nicht weiterhin dazugehören sollte, zumal ich England verlassen hatte, kurz nachdem wir unsere Verlobung gelöst hatten. Man konnte nicht erwarten, dass sie sich von meinen Freunden abwandte, kaum dass ich von der Bildfläche verschwunden war. Es hörte sich sogar so an, als seien sie und Sylvia in der Zwischenzeit beste Freundinnen geworden. Meine Abreise aus England hatte nichts mit Rosamund zu tun - das hatte ich mir immer eingeredet, aber stimmte das tatsächlich? Jedenfalls hatte es keinen Sinn, die Entwicklung zu bedauern. Sie hatte geheiratet, kaum dass ich nach Südafrika aufgebrochen war, und ich - nun ja, ich hatte in der unbarmherzigen Hitze dieses Landes andere Sorgen gehabt.

Diese Gedanken gingen mir durch den Kopf und ich lächelte unwillkürlich, als ich feststellte, dass die romantischen Gefühle, die ich einst für Rosamund gehegt hatte, längst verschwunden waren. Eigentlich wäre es sogar ganz nett, sie wiederzusehen. Sie war schon immer eine äußerst charmante Frau gewesen, die einem Mann das Gefühl gab, ungeheuer witzig und attraktiv zu sein. So müde und desillusioniert ich auch sein mochte, freute ich mich doch darauf, wieder einzusteigen und der Welt zu zeigen, dass mich das Leben zwar ein wenig herumgeschubst, aber keineswegs besiegt hatte, und dass ich immer noch der war, der ich einmal gewesen war.

Der Rest der Reise verlief ohne weitere Zwischenfälle, und als wir am Pförtnerhaus zwischen den Torflügeln nach Bucklands einbogen, sah mich Bobs von der Seite an.

„Alles in Ordnung, alter Junge?", fragte er. Ich wusste, was er meinte.

„Alles in Ordnung", beruhigte ich ihn lächelnd.

„Da wären wir. Klein, aber gemütlich", sagte er, als wir vor dem stattlichen Gebäude anhielten, das, wie es hieß, ungefähr seit der Restauration im Besitz der Buckleys war. Bei den Buckleys handelte es sich um eine sehr, sehr alte Familie, die die Jahrhunderte überdauert hatte. In unruhigen Zeiten hatten sie sich stets auf die richtige Seite geschlagen, hatten in die richtigen Familien eingeheiratet und ihre Söhne ins Parlament geschickt, dem sie lange und ehrenvoll dienten. So war es immer gewesen und so war es heute noch.

Die Begrüßung durch Lord und Lady Haverford, den Eltern von Bobs und Sylvia, verlief unaufgeregt, aber herzlich. Ich hatte sie immer als meine zweite Familie betrachtet, nachdem meine eigene in vielerlei Hinsicht versagt hatte. Man zeigte mir ein warmes, bequemes Zimmer und lud mich mit freundlichen Worten ein, so lange auf Bucklands zu bleiben, wie ich wollte.

Am Abend fand sich eine fröhliche Gesellschaft im Wohnzimmer von Bucklands zusammen. Wir unterhielten uns über alles Mögliche und tauschten Erinnerungen an alte Zeiten aus. Meine Sonnenbräune fiel natürlich auf, was zu der schmeichelhaften Bitte führte, von meinen Abenteuern im Ausland zu erzählen, die zugegebenermaßen nicht so aufregend waren, wie ich es mir gewünscht hätte. Das waghalsige, gefährliche Leben eines wahren Pioniers oder eines Großwildjägers war nichts für mich. Ich hatte England verlassen, um in Südafrika eine solide Stelle auf einer Farm anzutreten, doch dann hatte sich die Landwirtschaft als Enttäuschung erwiesen und so war ich auf Bergbau umgestiegen – und wie es der Zufall wollte, war ich fast sofort auf eine Goldader gestoßen – im wahrsten Sinn des Wortes. Folglich hatte ich die meiste Zeit in Südafrika damit verbracht, mein Unternehmen zu leiten. Glücklicherweise reichten meine Abenteuer aus, um meine Zuhörer zu unterhalten, und insbesondere Lord Haverford deutete an, dass er die Gespräche gerne zu einem späteren Zeitpunkt auf einer eher geschäftlichen Basis fortsetzen würde.

Obwohl ich nach der langen Reise müde war, plauderten wir bis spät in der Nacht, doch schließlich konnten die einzelnen Familienmitglieder das Gähnen nicht mehr zurückhalten und gingen zu Bett. Am Ende saßen nur noch Bobs und ich in vertrautem Schweigen in unseren Sesseln vor dem Kamin. Ich betrachtete Bobs, der stumm in die Flammen starrte. Er hatte sich überhaupt nicht verändert: Noch immer umspielte dieses leicht überhebliche Lächeln seine Lippen, noch immer war er mühelos zum Lachen zu bringen, hatte stets einen Witz parat und war der strahlende Mittelpunkt einer jeden Party. Früher war die Familie seinetwegen ständig in Sorge gewesen, weil er die unglückliche Tendenz zeigte, das Londoner Nachtleben mit wechselnden Frauen unsicher zu machen, von denen eine weniger standesgemäß war als die andere. Ich fragte mich, ob er seine wilde Jugend inzwischen hinter sich gelassen hatte.

Bobs sah auf und ertappte mich, wie ich lächelte.

„Ich habe gerade an die alten Zeiten gedacht und mich gefragt, ob deine Eltern deinetwegen immer noch graue Haare bekommen", erklärte ich.

Er lachte.

„Ja, ich war ziemlich schlimm, nicht wahr? Mutter lebte in ständiger Angst, ich könnte nach Paris durchbrennen und eine Opernsängerin heiraten – und manchmal war es tatsächlich ganz schön knapp. Erinnerst du dich an Lili Le Sueur?"

Ich erinnerte mich nur zu gut an sie. Bobs hatte sie kennengelernt, als sie in einer zweitklassigen Revue auftrat. Sie gab sich als Französin aus, weil es ihrer Karriere als Tänzerin angeblich förderlich war, dabei stammte sie in

Wirklichkeit aus Amerika, hatte vor Vergnügen blitzende Augen und einen Humor, der nicht unterzukriegen war.

„Allerdings! Aber ich meine mich zu erinnern, dass es zwischen euch vorbei war, als ich England verlassen habe. Ist sie nicht nach Amerika zurückgekehrt?"

„Ja. Sie wollte zum Film, hat sie gesagt, aber ich habe gehört, dass sie zu Hause in Wisconsin einen Zahnarzt geheiratet hat. Vermutlich ist sie mittlerweile dick und unansehnlich", sinnierte Bobs mit deutlichem Bedauern in der Stimme. „Das ist das Schlimmste bei verheirateten Frauen. Sie werden sesshaft, machen sich Sorgen um den Haushalt und die Kinder und dann sind sie keinen Blick mehr wert."

Ich ertappte mich bei der Überlegung, ob Rosamund inzwischen ebenfalls dick und unansehnlich war, und ärgerte mich über mich selbst. Warum sollte das wichtig sein? Ich muss müde sein von der Reise, dachte ich, sonst würde ich mich einer solchen Schwäche nicht hingeben. Rosamund gehörte zu meiner Vergangenheit, und ich wollte mich auf die Zukunft freuen.

„Dann vergnügst du dich also nicht mehr mit nicht standesgemäßen jungen Damen?", fragte ich halb im Scherz.

Bobs antwortete nicht sofort. Das Kaminfeuer schien seine ganze Aufmerksamkeit zu fesseln oder vielleicht hing er der Erinnerung an die bezaubernde Miss Le Sueur nach. Als ich meine Frage wiederholte, schreckte er auf.

„Was hast du gesagt? Oh, ja, damit ist endgültig Schluss. Jetzt bin ich älter und gerate in andere Arten von Schlamassel."

In seinen Augen lag ein seltsamer Ausdruck. Ich schaute ihn fragend an, doch er ging nicht näher darauf ein. Stattdessen starrte er weiter wehmütig in die Glut.

Das Feuer im Kamin war heruntergebrannt und nach

den langen Jahren in der Sonne ließ mich die Kühle der englischen Oktobernacht frösteln.

„Ich glaube, ich gehe besser zu Bett." Ich stand auf und streckte mich. „Es ist einfach herrlich, dich wiederzusehen, Bobs. Ich kann dir gar nicht sagen, wie dankbar ich bin, dass ihr mich in Southampton abgeholt habt. Ich hatte mich schon damit abgefunden, die Nacht in einem tristen Londoner Hotel zu verbringen, aber natürlich ist es viel angenehmer, den ersten Abend unter Freunden zu verbringen!"

Bobs winkte lässig ab.

„Schlaf gut, alter Junge, und schöne Träume von der südafrikanischen Steppe."

Ich wünschte ihm eine gute Nacht und stieg müde die Treppe zu meinem Zimmer hinauf, wo ich meine Sachen ordentlich in die Schränke geräumt vorfand. Ich zog mich schnell aus, fiel ins Bett und schlief bald tief und fest, ohne von irgendwelchen Träumen geplagt zu werden.

# Kapitel Zwei

Ich verbrachte mehrere Tage bei den Buckleys und beteiligte mich an den üblichen Aktivitäten, die man auf dem Land für gewöhnlich unternimmt, und an den Besuchen und Einladungen, die zum Leben auf einem herrschaftlichen Anwesen wie Bucklands dazugehörten. Ich staunte selbst, wie mühelos ich in die alten Gewohnheiten zurückfiel. Die Hitze und der Staub, die Geräusche und die Gerüche Afrikas kamen mir wie ein Teil eines vergangenen Lebens vor, und schon nach wenigen Tagen fühlte ich mich nicht mehr wie ein Fremder im eigenen Land. Bobs und ich verbrachten einige schöne Tage beim Angeln am Fluss, der durch den Park von Bucklands fließt. Abends gab es Cocktails und Partys, und an den seltenen Tagen, an denen keine Besucher da waren, redeten und lachten wir bis spät in die Nacht.

In dieser Woche erneuerte ich auch meine Freundschaft mit Sylvia – oder besser gesagt lernte ich die lebhafte junge Frau kennen, die sie nun war, und nicht das immer zu Streichen aufgelegte Kind von früher. Wir machten stundenlange Spaziergänge auf dem weitläufigen Anwesen, bei denen sie mir neugierige Fragen über das Leben eines Goldgräbers stellte und mich mit amüsanten Erzählungen über ihre Freunde in London, bei denen es sich um ein ziemlich wildes Völkchen zu handeln schien, zum Lachen brachte. Sie erwies sich als eine angenehme Begleiterin, ich war gern mit ihr zusammen und spürte, dass sie mich auch mochte. Meine Gedanken schweiften zu müßigen, aber sehr angenehmen Spekulationen ab. Vermutlich war es an der Zeit, mich irgendwo häuslich niederzulassen, bevor ich zu alt und eingefahren und unbeweglich wurde, und Sylvia war die Art von junger Frau, zu der ich mich immer hingezogen gefühlt hatte: Sie war hübsch und klug und konnte gut zuhören. Außerdem war ich sicher, dass Lord und Lady Haverford nichts dagegen hätten. Trotz der unglücklichen Umstände, die zum Niedergang meiner Familie geführt hatten, war an meinem familiären Hintergrund nichts auszusetzen, und die Tatsache, dass ich aus eigener Kraft zu einem erfolgreichen Mann geworden war, würde sicherlich ihre letzten Zweifel zerstreuen. Allerdings zögerte ich, mich endgültig zu binden. Immerhin war ich gerade erst nach England zurückgekehrt. Ich wollte nichts überstürzen und keine unwiderrufliche Entscheidung treffen, die ich möglicherweise bereuen würde.

„Du bist heute mit den Gedanken ganz woanders, Charles. Was geht dir durch den Kopf?", fragte Sylvia und sah mich von der Seite an, während wir im Rosengarten nach mehreren Tagen Nieselregen die Herbstsonne genossen. Ich zwang mich, meine Grübeleien beiseitezuschieben.

„Wie unhöflich von mir. Ich fürchte, die leidigen Geschäfte lassen mich nicht los", antwortete ich. „Wie es scheint, bin ich gedanklich noch nicht ganz angekommen. Das ist meine einzige Entschuldigung für meine Unaufmerksamkeit."

„Oh je! Wir müssen dich unbedingt ablenken. Unmittelbar nach deiner Ankunft warst du eher streng und zurückhaltend, aber die letzten paar Tage haben schon Wunder gewirkt. Aber es geht noch besser. In ein paar Wochen fahren Bobs und ich nach Sissingham Hall und besuchen die Stricklands. Du musst mitkommen. Ich sage Rosamund, dass sie dich einladen soll."

Sylvia bemerkte mein Zögern und hielt sich erschrocken die Hand vor den Mund. „Wie schrecklich dumm von mir", rief sie, „das habe ich ganz vergessen! Natürlich bist du Rosamund nicht mehr begegnet, seit –"

Ich musste sie beruhigen, sowohl um meinetwillen als auch um ihretwillen. Daher lachte ich möglichst unbefangen und sagte, sie solle keinen Unfug reden.

„Rosamund und ich sind alte Freunde, mehr nicht", erklärte ich leichthin. „Unsere Verlobung war ein Fehler, das haben wir beide schnell eingesehen. Wir haben uns im besten Einvernehmen getrennt und ich würde mich sehr freuen, sie nach all den Jahren wiederzusehen."

Sylvia hatte mich während meiner nicht ganz wahrheitsgemäßen Ansprache aufmerksam beobachtet und wirkte erleichtert.

„Puh, da bin ich aber froh", meinte sie. „Ich hatte Angst, mal wieder ins Fettnäpfchen getreten zu sein. Das mache ich ständig. Mutter sagt immer, eine gute Diplomatenfrau würde ich sicher nicht abgeben."

Ich entgegnete, sie solle nicht albern sein, und beteuerte, dass sie Rosamunds Namen in meiner Gegenwart ruhig nennen dürfe und ich mich darauf freue, die Stricklands wiederzusehen. Ferner deutete ich an, dass es andere Frauen – insbesondere eine Frau – gab, die ich viel attraktiver fand als Rosamund. Sylvia schnaubte zu Recht über diese unbeholfene Schmeichelei, gab sich aber mit meinen Erklärungen zufrieden.

„Wie dem auch sei", sagte sie, „ich hoffe, du planst, noch eine ganze Weile bei uns zu bleiben. Ich – wir genießen es sehr, dich hierzuhaben. Und außerdem", fuhr sie in dem sachlichen Ton fort, der eher zu ihr passte, „hast du mir gestern Abend beim Kartenspielen mein ganzes Geld abgeknöpft und das will ich mir unbedingt zurückholen."

Ich lachte und es entspann sich eine lebhafte Diskussion, die erst endete, als wir wieder am Haus waren.

„Worüber habt ihr beide so vertraut im Rosengarten geplaudert?", murmelte Bobs und sah mich mit hochgezogenen Augenbrauen an, als wir zum Tee hereinkamen.

„Hast du denn nichts Besseres zu tun, als Leuten beim Spaziergang im Rosengarten zuzusehen?", gab ich ausweichend zurück. Bobs' Augenbrauen gingen noch weiter in die Höhe, doch er ließ das Thema fallen.

„Charles, mein lieber Junge", sagte Lord Haverford mit dröhnender Stimme, als er den Raum betrat. „Wir müssen uns über die Schürfrechte unterhalten. Ich habe die Karten schon herausgesucht."

„Jederzeit, Sir."

„Dann lass uns in mein Arbeitszimmer gehen, dort werden wir nicht gestört. Und was die Einbindung eines weiteren Beteiligten in das Geschäft angeht, weiß ich den richtigen Mann. Kennen Sie Sir Neville Strickland? Er engagiert sich bereits in Afrika und hat einschlägige Erfahrungen."

Sylvia hob überrascht den Kopf und unsere Blicke trafen sich, als mich ihr Vater aus dem Raum führte. Ich lächelte freundlich und sie zwinkerte mir zu, sehr zu Bobs' offensichtlicher Erheiterung. Ich hatte ein schlechtes Gewissen, weil sie seinen gnadenlosen Neckereien nun allein ausgesetzt war, aber natürlich konnte ich Lord Haverford nicht warten lassen. Außerdem, überlegte ich, war sie vermutlich inzwischen daran gewöhnt.

Nach etwa einer Woche voller Vergnügungen und Müßiggang machte ich mich widerwillig auf den Weg nach London. Dort warteten Geschäfte auf mich, und außerdem musste ich mich dringend neu einkleiden, da meine Garderobe für das feuchtkalte englische Herbstwetter vollkommen ungeeignet war. So stieg ich in einem warmen Anzug, den mir Bobs geliehen hatte, am Bahnhof Waterloo aus dem Zug und kam zum ersten Mal seit mehr als acht Jahren wieder mit dem Londoner Nebel in Berührung. Nach dem finanziellen Ruin und dem anschließenden Tod meines Vaters hatte ich die Stadt fast als Bettler verlassen, damals besaß ich kaum mehr als die Kleider, die ich am Leib trug. Als ich jetzt ein Taxi anhielt und dem Fahrer die Anweisung „zum Ritz" gab, verspürte ich ein Triumphgefühl, das man mir wohl kaum verübeln kann.

Nachdem ich mich mit meinen Habseligkeiten in diesem luxuriösen Etablissement eingerichtet hatte, verbrachte ich die nächsten Tage damit, wichtige Geschäfte zu erledigen. Schon bald verfügte ich über eine geeignete Garderobe, und als ich mich in dem großen Spiegel betrachtete, stellte ich mit Genugtuung fest, dass man mir, abgesehen von der Sonnenbräune, nicht mehr sofort den Rückkehrer aus den Kolonien ansah. Als Nächstes machte ich mich auf die Suche nach einem diskreten Kammerdiener: Ich hatte lange genug in der Wildnis gelebt und war fest entschlossen, alle Annehmlichkeiten des Londoner Lebens zu nutzen. Natürlich brauchte ich irgendwann auch eine Wohnung, aber das verschob ich auf später.

In London war zu dieser Jahreszeit nicht viel los, aber es gelang mir, einige alte Schulkameraden ausfindig zu machen, die sich sehr freuten, mich zu sehen, oder zumindest den Anschein erweckten, und mich vor der unsäglichen Tristesse bewahrten, die Abende allein zu verbringen. Ich aß in noblen Restaurants, vergnügte mich in den neuesten und angesagtesten Jazz-Clubs und tanzte mit einer Reihe hübscher Frauen. Südafrika rückte in immer weitere Ferne.

Kurz nach meiner Ankunft in London hatte ich einen Brief von Sir Neville Strickland erhalten, der mich zum Mittagessen in seinen Club einlud, um mit mir über Schürfrechte zu sprechen.

Er erhob sich und schüttelte mir herzlich die Hand, als ich in den großen, holzgetäfelten Raum geführt wurde, in dem im Laufe der Jahre so viele wichtige Staatsangelegenheiten besprochen und so viele fragwürdige Geschäfte abgeschlossen worden waren.

„Wie schön, Sie wiederzusehen, mein Junge", begrüßte er mich. „Es ist mindestens fünf Jahre her, dass Sie weggegangen sind, was?"

„Acht, Sir", antwortete ich.

„Tatsächlich? So lange ist das her? Meine Güte, wie die Zeit vergeht! Gut, gut, setzen wir uns. Was nehmen Sie? Der Fisch hier ist sehr gut."

Sir Neville war ein rotwangiger Mann um die fünfzig, der sich auf dem Lande viel wohler fühlte als in der Stadt. Er erkundigte sich höflich nach meiner Reise und Rückkehr nach England und ging dann ohne Umschweife zu den geschäftlichen Angelegenheiten über. Damit waren wir bis zum Kaffee beschäftigt, als er plötzlich das Thema wechselte und mich nach Sissingham Hall einlud.

„Wir würden uns sehr freuen, Sie zu sehen", beteuerte er. „Ich weiß, dass Rosamund sich besonders wünscht, dass Sie kommen, Sie sind ja alte Freunde. Der junge Buckley und seine Schwester werden ebenfalls da sein und ein paar andere Leute. Ich denke, es wird eine recht fröhliche Gesellschaft. Was meinen Sie, hm?"

Ich nahm seine Einladung dankend an und versprach, meinen Teil zu einem abwechslungsreichen Wochenende beizutragen. Natürlich ahnte ich damals nicht, wie denkwürdig das Wochenende tatsächlich werden würde.

„Wie geht es Rosamund?", erkundigte ich mich.

„Oh, ihr geht es prächtig, wirklich prächtig. Natürlich findet sie es auf dem Land furchtbar langweilig, deshalb ist sie ganz versessen darauf, sich Gäste ins Haus zu holen. Deshalb überlasse ich ihr die Organisation. Das können Frauen so viel besser, meinen Sie nicht auch? Wir Männer tun gut daran, uns rauszuhalten!" Er stieß ein kurzes, schallendes Gelächter aus.

Ich erinnerte mich nur zu gut, wie sehr Rosamund Pracht und Glamour großer Gesellschaften genossen hatte, bei denen sie alle Aufmerksamkeit auf sich zu lenken verstand. Sie empfand ein beinahe kindliches Vergnügen daran, im Mittelpunkt zu stehen, und revanchierte sich für die ihr entgegengebrachte Bewunderung, indem sie ihren Verehrern ein strahlendes Lächeln und ein paar Augenblicke im Glanz ihrer Persönlichkeit schenkte. Ich hatte selbst für kurze Zeit zum Kreis ihrer Anhänger gehört, aber dieses Mal würde ich widerstehen.

Im weiteren Gespräch ging es um Sport und Angeln, dann um Politik und ganz allgemein um den Zustand des Landes. Sir Neville beklagte sich über die astronomischen Kosten für die Bewirtschaftung seines Anwesens und beim Thema Steuern wurde er ziemlich aufgebracht. Ich nickte und gab an den richtigen Stellen mitfühlende Laute von mir, obwohl ich in Wahrheit gar nicht richtig zuhörte. Stattdessen dachte ich über die seltsamen Umstände nach, die Menschen zusammenbringen. Sir Neville und seine Frau waren derart unterschiedlich, dass sie auf den ersten

Blick nur wenig gemeinsam hatten: Er war ein behäbiger Mann mittleren Alters, der das ruhige Leben auf dem Land inmitten seiner Familie vorzog, während sie eine lebhafte, schöne junge Frau mit einem großen Freundeskreis und einer Vorliebe für Aufregung und Abenteuer war – und doch waren sie nach allem, was man hörte, ein hingebungsvolles Paar, an dessen Verbundenheit niemand zweifelte. Aber vielleicht hatte sich Rosamund in den acht Jahren, seit ich sie zuletzt gesehen hatte, verändert. Dass die Zeit viele Wandlungen mit sich brachte, wusste ich nur zu gut.

Sir Neville und ich verabschiedeten uns herzlich voneinander. Er kehrte auf sein Anwesen in Norfolk zurück und ich in meine Suite im Ritz, wo ich einige Briefe zu schreiben hatte. Bei meiner Rückkehr wartete bereits ein Telegramm auf mich. Es lautete:

*Ich hoffe, Neville hat daran gedacht, dich nach Sissingham Hall einzuladen. Bitte komm! Ohne dich ist es nicht dasselbe. Ein starker, schweigsamer Mann aus den Kolonien gehört einfach dazu.*

ICH KONNTE mir ein Lächeln nicht verkneifen. Wie sehr sie sich auch geändert haben mochte, Rosamund schien immer noch so impulsiv zu sein wie eh und je.

Zwei Tage später, als ich zufällig ein Restaurant betrat, das in gewissen Kreisen für seine Diskretion geschätzt wurde, erblickte ich Bobs, der mit einer recht eindrucksvoll aussehenden Frau speiste. Die beiden schienen in eine angeregte Unterhaltung vertieft, und ich wollte gerade taktvoll um einen Tisch in angemessener Entfernung von ihnen bitten, um ihnen und mir eine unangenehme Szene zu ersparen, als Bobs mich sah und mich zu sich winkte.

„Hallo, alter Knabe", rief er. „Komm, setz dich zu uns. Wir haben gerade über Sissingham Hall gesprochen. Kennst du Mrs Marchmont schon? Angela, das ist mein guter Freund Charles Knox. Angela ist eine Cousine von Rosamund. Sie hat lange in Amerika gelebt und ist gerade erst nach England zurückgekehrt. Sie wird nächstes Wochenende ebenfalls auf Sissingham Hall sein. Dass sie sich mit so unehrenhaften Typen wie mir trifft, sollte dich nicht täuschen. Sie ist eine Dame von tadellosem Ruf und obendrein eine reizende Gesprächspartnerin."

Mrs Marchmont nahm seine Schmeichelei gelassen entgegen.

„Freut mich, Sie kennenzulernen, Mr Knox", begrüßte sie mich. „Wie Bobs schon sagt: Ich fürchte, Sie ertappen mich in einer wenig vorteilhaften Situation. Aber das ist wohl der Lauf der Gesellschaft heutzutage. Zu meiner Entschuldigung kann ich nur vorbringen, dass wir in den Staaten diese Dinge viel weniger ernst nehmen."

Sie schüttelte mir freundlich lächelnd die Hand und ich fand sie sofort sympathisch. Groß, dunkelhaarig und elegant, in schimmernden aber unaufdringlichen Blau- und Grüntönen gekleidet, schien sie kaum älter als dreißig zu sein, aber bei näherem Hinsehen erkannte ich die eine oder andere Falte um Augen und Mund, die eine andere Geschichte erzählten. Sie war nicht gerade schön, aber in ihrem Blick lag etwas, das anziehend und zugleich herausfordernd wirkte. Ich hatte natürlich von Rosamunds amerikanischer Cousine gehört und erinnerte mich vage, dass sie als Kinder eine enge Beziehung hatten, sich aber seit Mrs Marchmonts Übersiedelung in die Staaten nicht mehr gesehen hatten. Der Kellner stellte mir einen Stuhl an den Tisch, und ich setzte mich.

„Wie lange waren Sie in Amerika?", fragte ich höflich.

„Oh, länger, als ich mich erinnern kann! Es werden gut und gerne fünfzehn Jahre sein", antwortete sie. „Ich bin ein oder zwei Jahre vor dem Krieg weggegangen. Und jetzt, wo ich zurück bin, kommt es mir vor, als sei es erst gestern gewesen."

Sie berichtete, wie froh sie war, Rosamund nach so langer Zeit wiederzusehen. Als Kinder waren sie wie Schwestern gewesen, dann hatten sie sich umständehalber aus den Augen verloren und jetzt freute sie sich darauf, Zeit mit ihrer Cousine zu verbringen, von der sie mit großer Zuneigung sprach.

Mrs Marchmont schien sich blendend mit Bobs zu verstehen, was mich nicht wunderte, denn mein Freund kam mit Gott und der Welt gut aus. Sie hatte in Amerika allerlei erlebt und machte einige interessante Bemerkungen zu den Veränderungen, die sich in England während ihrer Abwesenheit vollzogen hatten.

Mrs Marchmont verabschiedete sich bald, da sie noch eine andere Verabredung hatte, und ich bot an, sie zu ihrem Auto zu begleiten.

„Es war schön, Sie kennenzulernen", sagte sie, als der Wagen vorfuhr. „Ich freue mich darauf, unser Gespräch auf Sissingham Hall fortzusetzen."

Ich versicherte ihr, dass das Gefühl auf Gegenseitigkeit beruhte und sah ihr einen Moment nach, als das Auto davonfuhr. Mir fiel auf, dass Mrs Marchmont wenig Ähnlichkeit mit ihrer Cousine hatte. Dann kehrte ich zu unserem Tisch zurück, wo sich Bobs gerade eine Zigarre ansteckte.

„Eine wunderbare Frau", bemerkte er.

Ich pflichtete ihm voller Überzeugung bei.

„Vielleicht ein bisschen schwer zu durchschauen", sagte ich. „Sie schien mir ganz anders als andere Frauen zu sein, die sich nur für Schmuck und schöne Kleider interessieren. Es mag sich seltsam anhören, aber im Laufe unserer Unterhaltung hatte ich das Gefühl als hütete sie viele Geheimnisse und könnte viele interessante Sachen erzählen, wenn sie nur wollte."

„Ja, so wirkt sie, nicht wahr?"

„Gibt es auch einen Mr Marchmont? Sie hat ihn mit keinem Wort erwähnt."

„Hm, das weiß ich nicht. Ich glaube, es gibt einen – oder zumindest gab es früher einen. Er war ein Finanzmagnat oder Bankier oder Industrieller oder so etwas, drüben in Amerika."

„Nach dem, was sie erzählt hat, waren sie und Rosamund früher ein Herz und eine Seele."

„Ja, das stimmt – trotz des Altersunterschieds", nickte Bobs. „Angela ist ein gutes Stück älter als Rosamund und hat sich immer als ihre Beschützerin betrachtet, vor allem nach dem Ärger mit dem alten Hamilton. Aber Angelas Familie war auch nicht gerade reich, also musste sie in die Welt hinaus und ihren Lebensunterhalt verdienen, und so gingen sie getrennte Wege." Zuerst hat sie als Sekretärin bei einem Herzog gearbeitet, dann trat sie eine Stelle bei Bernstein, dem Finanzier, an. So ist sie nach Amerika gekommen. Damals war Rosamund noch ein Kind, sie blieb in England bei ihrer Mutter. Sie hatten Mühe, über die Runden zu kommen – aber das weißt du ja alles."

Und ob ich das wusste. Nach dem finanziellen Ruin meines Vaters und dem damit verbundenen Elend und den Schwierigkeiten hatte ich wenigstens für kurze Zeit das Gefühl, dass Rosamund und ich etwas gemeinsam hatten. Doch bald war mir klargeworden, dass ich nicht von ihr erwarten konnte, mit mir in Armut zu leben. Obwohl sie von Kindesbeinen an gewohnt war, dass das Geld knapp war, brachte man Rosamund nicht mit Sparsamkeit und

Pfennigfuchserei in Verbindung. Der Gedanke, dass sie beim Metzger gut gelaunt die preiswertesten Stücke verlangte, dass sie Socken stopfte oder das Geschirr spülte, wenn das Hausmädchen seinen freien Tag hatte, erschien absurd. Man stellte sich Rosamund unweigerlich in einem glitzernden Kleid vor, umgeben von Wärme, Pracht und Eleganz. Das raue Leben in Südafrika, der Existenzkampf, die ungewisse Zukunft – all das war nichts für sie.

„Erzähl mir von Sissingham Hall", sagte ich. Bobs wedelte vage mit der Zigarre.

„Oh, es ist ein nettes Anwesen. Ein bisschen klein, aber jagen kann man dort gut. Ist natürlich am Ende der Welt."

Bobs' Anmerkung zur Größe des Hauses nahm ich nicht ganz ernst, da er alles an Bucklands maß.

„Sylvia ist oft dort, nicht wahr?", fragte ich

„Ja, sie und Rosamund sind beste Freundinnen. Wir sind beide oft auf Sissingham Hall. Die Stricklands laden sich gern Besuch ein – Rosamund liebt es, Leute um sich zu haben. Neville ist davon nicht so begeistert."

„Wie meinst du das?"

Bobs grinste.

„Oh, er sitzt abends am liebsten am Kamin oder in seinem Arbeitszimmer. Er macht gute Miene zu bösem Spiel, aber Rosamund schert sich nicht um ihn. Ich meine, verdammt! Man kann doch nicht eine attraktive Frau wie sie heiraten und sie dann dem Rest der Welt vorenthalten."

„Verbringen die Stricklands viel Zeit in der Stadt?"

„Nicht so viel, wie Rosamund es gerne hätte. Deswegen haben sie so oft Hausgäste, damit sie sich nicht langweilt."

„Weißt du, wer nächstes Wochenende kommt?"

„Ich glaube, es wird nur eine kleine Gesellschaft. Außer uns und Angela sind die MacMurrays die einzigen anderen Gäste. Ich glaube nicht, dass du sie kennst. Hugh MacMurray ist ein Verwandter von Sir Neville."

Ich runzelte angestrengt nachdenkend die Stirn. „Mac-Murray … MacMurray. Der Name sagt mir nichts."

„Nein? Nun, du wirst sie ja bald kennenlernen. Er ist ein netter Bursche, aber nicht allzu helle. Seine Frau ist recht interessant."

„Inwiefern?"

Bobs senkte die Stimme zu einem verschwörerischen Flüstern. „Sie hat einen beachtlichen gesellschaftlichen Aufstieg hinter sich", sagte er mit einem anzüglichen Grinsen, „ich kannte sie flüchtig, als ich mit Lili zusammen war. Du solltest aber nicht alles für bare Münze nehmen, was sie von sich erzählt. Mehr sage ich nicht." Er zwinkerte mir übertrieben zu.

Ich lehnte mich auf meinem Stuhl zurück.

„Bobs, du bist wirklich ein schreckliches Klatschmaul!", schimpfte ich. „Schlimmer als eine alte Frau! Ich sollte gar nicht auf diesen Unfug hören."

Bobs grinste. „Gegen ein bisschen lockeres Geplauder ist doch nichts einzuwenden. Ich bin sicher, du wirst sie faszinierend finden. Man kann ihr einen gewissen Charme nicht absprechen. Überhaupt sollte es ein äußerst interessantes Wochenende werden, mit den MacMurrays und deinem ersten Wiedersehen mit Rosamund, seit du England den Rücken gekehrt hast."

Ich fand seine Bemerkung ziemlich boshaft und teilte ihm meine Meinung in wohlgesetzten Worten mit. In meinem tiefsten Innern hatte ich jedoch das Gefühl, dass er recht haben könnte.

# Kapitel Drei

AM SPÄTNACHMITTAG eines kühlen Herbsttages stieg ich aus dem Bummelzug, der mich zu der winzigen Bahnstation Tivenham St. Mary gebracht hatte, und blinzelte in die untergehende Sonne. Sir Neville hatte versprochen, dass mich jemand abholen würde, doch weit und breit war niemand zu sehen. Ich nahm meine Taschen, winkte dem Gepäckträger ab und trat aus dem Bahnhofsgebäude. Ich war ganz allein und sog begierig die frische Abendluft ein, die nach dem rußigen Nebel in den Straßen Londons eine Wohltat war. Aus der Ferne näherte sich Motorengeräusch, und als ich mich umwandte, sah ich ein Auto kommen. Es blieb neben mir stehen und ein fragendes Gesicht mit Hornbrille spähte heraus.

„Hallo, Sie müssen Mr Knox sein.“

Ich bejahte. Ein schmächtiger junger Mann mit bescheidenem Auftreten stieg aus.

„Mein Name ist Simon Gale, ich bin Sir Nevilles Sekretär. Er hat mir aufgetragen, Sie abzuholen, aber leider habe ich mich verspätet. Ich hoffe, Sie mussten nicht zu lange warten.“

„Nein, kein Problem. Der Zug ist erst vor ein paar Minuten angekommen", beruhigte ich ihn. „Und ich habe die frische Luft genossen."

„Oh, gut", sagte er erleichtert. „Sind das Ihre Taschen? Kommen Sie, die nehme ich."

Er verstaute sie im Kofferraum.

„Steigen Sie ein. Es ist nicht weit, obwohl es schneller ist, wenn Sie querfeldein gehen", behauptete er und fuhr mit krachenden Gängen an. „Waren Sie schon mal auf Sissingham Hall?"

„Nein, noch nie", antwortete ich. „Aber wie ich gehört habe, ist es ein sehr schönes Anwesen."

„Oh ja, das ist es – ein entzückendes Haus. Und die Landschaft ringsum ist herrlich."

„Sind Sie schon lange hier?"

„Ungefähr seit anderthalb Jahren. Ich fühle mich sehr wohl. Sir Neville ist ausgesprochen freundlich zu mir. Natürlich hat er seine Launen, wie jeder andere auch, aber -" Er hielt abrupt inne und errötete, vielleicht weil er befürchtete, zu viel gesagt zu haben. „Ich schätze mich überaus glücklich, diese Stelle gefunden zu haben."

„Ein wahrhaft glühendes Zeugnis", sagte ich und fragte mich, was er mit Sir Nevilles „Launen" meinte.

Wir fuhren gemächlich die Landstraße entlang, wobei mich Gale unterwegs auf allerlei interessante Punkte hinwies. Die Gegend schien menschenleer zu sein, im Umkreis von mehreren Kilometern war kaum ein Gebäude zu sehen. Wenn man sich vom Rest der Welt abschotten wollte, dann hätte man kaum einen geeigneteren Ort finden können.

Das Aufheulen eines Automotors riss mich jäh aus meinen Gedanken. Als ich mich umdrehte, sah ich einen vertrauten dunkelgrünen Wagen heranrauschen. Obwohl die Straße viel zu eng war, setzte er zum Überholen an.

„Lieber Himmel, was ist das denn?", rief Gale und riss das Lenkrad nach links, um einen Zusammenstoß zu verhindern, der übel hätte ausgehen können. Zum Glück war die Straße an dieser Stelle etwas breiter, sonst wären wir im Graben gelandet. Der grüne Lagonda schoss mit Getöse davon.

„Wenn ich mich nicht irre, waren das Mr Buckley und seine Schwester", japste ich und nahm mir vor, ein ernstes Wort mit Bobs zu reden.

„Herrje! *Herrje!*" Gale hing bleich und erschüttert über dem Lenkrad.

„Ach, kommen Sie, Mann, das war doch nur Bobs", sagte ich, um ihn aufzumuntern. „Sie sollten froh sein, dass Sie in diesem Auto sitzen und nicht in dem Lagonda. Als Bobs' Beifahrer hätten Sie wirklich Grund zur Sorge. Er ist eine Gefahr für die Menschheit", scherzte ich, aber Gale saß nur zitternd da und schüttelte den Kopf.

„Tut mir leid, Mr Knox, aber mir geht es nicht gut, nein, es geht mir gar nicht gut", wiederholte er schwach. „Meine Nerven, wissen Sie. Pötzliche laute Geräusche bringen mich aus der Fassung."

Das hielt ich für eine maßlose Untertreibung, aber ich konnte nachvollziehen, dass eine Arbeitsstelle in einer so ruhigen und abgelegenen Gegend genau das Richtige für ihn war.

„Jetzt sind sie ja weg", beruhigte ich ihn. „Meinen Sie, Sie können weiterfahren?"

„Ja, ja, danke. Es geht mir schon viel besser", antwortete er und tatsächlich hatte sein Gesicht wieder etwas Farbe angenommen. „Bitte entschuldigen Sie meine überstürzte Reaktion, aber seit meiner Krankheit kann ich keinerlei Lärm ertragen. Ich brauche Ruhe und Frieden."

„Ja, das verstehe ich", entgegnete ich munter, um den

peinlichen Augenblick zu übertünchen. „Und dafür haben Sie sich genau den richtigen Ort ausgesucht."

Wir setzten unsere Fahrt fort und erreichten das Tor ohne weitere Zwischenfälle. Sissingham Hall stand mitten in einem Park, mit Ausblicken in alle Richtungen. Das Gebäude selbst wies einen Mischmasch aus verschiedenen Baustilen auf. Das ursprüngliche Haus stammte aus der elisabethanischen Zeit, wie Gale mir erzählte, doch davon war nicht viel übrig, da Generationen von Besitzern es teilweise niedergerissen hatten, um andere Teile anzubauen. Das Gesamtergebnis war recht ansprechend und das Haus schien sich harmonisch in die Landschaft einzufügen.

In gemächlichem Tempo näherten wir uns dem Eingang, hielten an und stiegen aus. Mir klopfte das Herz bis zum Hals und ich wappnete mich insgeheim für die erste Begegnung mit Rosamund. Stattdessen wurden wir an der Tür von einer molligen, missmutig dreinblickenden jungen Frau begrüßt, die ich nicht kannte und die vergeblich versuchte, zwei ungestüme Terrier zu bändigen.

„Sie müssen Mr Knox sein", sagte sie plötzlich und streckte mir die Hand entgegen. „Rosamund ist mit diversen Erledigungen im Haus beschäftigt, aber Bobs und Sylvia sind im Salon. Wo Neville ist, weiß ich nicht – er hatte vorhin eine scheußliche Laune. Ich bin übrigens Joan Havelock. Passen Sie auf die Hunde auf, sie laufen einem ständig vor die Füße."

Verblüfft über diese unverblümte Begrüßung folgte ich ihr in die große Eingangshalle, wobei es mir nur mit Mühe gelang, den Terriern auszuweichen, die vergnügt bellten und sich nichts sehnlicher zu wünschen schienen, als mir ein Bein zu stellen. Joan Havelock führte mich in einen geräumigen, prächtig ausgestatteten Salon, in dem sich bereits einige Leute versammelt hatten. Bobs unterhielt sich am Fenster mit einer Frau, die ich nicht kannte. Er begrüßte mich mit einem verlegenen Grinsen. „Du brauchst mich gar nicht anzuschreien, Charles", bemerkte er, bevor ich etwas sagen konnte. „Sylvia hat mir bereits die Leviten gelesen."

Ich gab mir Mühe, ihn streng zu mustern, aber wie immer schaffte ich es nicht, Bobs böse zu sein, und so gab ich den Versuch auf.

„Es ist ja nichts passiert. Wir wurden nur ein bisschen durchgeschüttelt", antwortete ich. „Damit muss man rechnen, wenn man einen Graben nur knapp verfehlt." Ich beschloss, Simon Gales Zusammenbruch nicht zu erwähnen, um ihn nicht in Verlegenheit zu bringen.

„Ein Cocktail wird dich bald wieder aufrichten", behauptete Bobs, als ein Diener mit einem Tablett voller Drinks erschien. Zu der Frau gewandt sagte er: „Gwen, ich glaube, du kennst Charles Knox noch nicht. Charles, das ist Gwendolen MacMurray."

„Freut mich, Sie kennenzulernen", sagte Mrs MacMurray. Sie leerte ihr Glas in einem Zug, nahm ein weiteres vom Tablett, streckte mir die Hand entgegen und taxierte mich von Kopf bis Fuß, alles in einer einzigen fließenden Bewegung. „Sie sind Goldgräber, habe ich gehört? Erzählen Sie doch mal: Wie ist Afrika wirklich? Ist es tatsächlich so gefährlich, wie es immer heißt? Vor einiger Zeit wollte mein Mann ins Bergbaugeschäft einsteigen, aber man hört solch schreckliche Geschichten über die Hitze und die Tiere und die Eingeborenen! Das kam für mich einfach nicht in Frage und natürlich wäre Hugh auf keinen Fall ohne mich ausgewandert und so wurde am Ende nichts daraus. Aber manchmal überlege ich, ob es nicht doch besser gewesen wäre, wenn wir nach Afrika gegangen wären. Man muss bedenken, dass sich in den Goldminen ein Vermögen machen lässt!" Sie seufzte. „Warum ist das Geldverdienen bloß so harte Arbeit? Ich finde das schrecklich ungerecht.“

„Ist sie nicht hinreißend, Charles?“, lachte Bobs. „Gwen möchte ihre Tage umgeben von kostbarem Schmuck und teuren Pelzen verbringen und von ganzen Horden hingebungsvoller Bewunderer umschwärmt werden, die ihr jeden Wunsch von den Augen ablesen. Und sie macht keinen Hehl daraus.“

Mrs MacMurray zog einen Schmollmund. „Was soll schlimm daran sein, wenn man sich nach schönen Dingen sehnt? Viele Leute haben schöne Dinge und ich will dazugehören, das ist alles. Ich fände es schrecklich, in einem kleinen Haus zu wohnen, ohne etwas Gutes zu essen und ohne Dienstboten.“

Bei näherem Hinsehen dachte ich, dass das wohl kaum passieren würde. Gwendolen MacMurray war offenkundig eine Frau, die wusste, was sie wollte. Sie war exquisit gekleidet in etwas, das für mein ungeübtes Auge wie die neueste Pariser Mode aussah – auf jeden Fall wirkte es teuer. Dazu war sie mit Schmuck geradezu behängt. Ihr Gesicht hatte etwas Puppenhaftes, und ich vermutete, dass es ebenso wie ihr perfekt frisiertes blondes Haar viel dem Geschick eines Salons verdankte. Sie beugte sich zu mir wie eine alte Bekannte. Dabei schwankte sie ein wenig. Sie hatte sich offenbar schon ein paar Cocktails genehmigt. Bobs hatte sich währenddessen abgewandt und unterhielt sich mit Miss Havelock.

„Ist dies Ihr erster Besuch auf Sissingham Hall?“, fragte Gwen. „Hugh und ich kommen mehrere Male im Jahr hierher. Hughs Mutter war Sir Nevilles Cousine und Hugh ist sein engster lebender Verwandter. Wissen Sie“, fuhr sie mit gesenkter Stimme fort, „wenn die Stricklands keine Kinder bekommen, geht Sissingham Hall an Hugh.“ Sie hielt inne und warf einen glasigen Blick über meine

Schulter. „Natürlich ist das Anwesen wunderschön, aber ich glaube nicht, dass ich hier ständig leben möchte, so weit weg von London. Vielleicht verkaufen wir es. Dann könnten wir uns ein Haus in London kaufen und den Rest des Jahres in Monte Carlo verbringen. Oder in Juan-les-Pins? Nein, ich denke, Monte wäre schöner. Da sieht man interessantere Leute."

Eine leichte Abneigung keimte in mir auf. Wenn ich nicht in der Zimmerecke gefangen gewesen wäre, hätte ich das Gespräch so schnell wie möglich beendet. Es kam jedoch noch schlimmer, als Mrs MacMurray ein Gedanke durch den Kopf blitzte, der sie aus den Träumereien von künftigen Reichtümern riss.

„Aber ja! Jetzt weiß ich, woher ich Ihren Namen kenne!", rief sie laut. „Waren Sie nicht mal mit Rosamund verlobt? Jemand - wer war es noch gleich? - hat mir erzählt, dass Sie mit gebrochenem Herzen nach Afrika gegangen sind, als es zwischen Ihnen aus war. Sie armer, lieber Junge! Ich finde das so romantisch. Es ist ganz schön mutig von Ihnen, zurückzukehren, nicht wahr? Ich fände es wunderbar, wenn zwei starke Männer um mich kämpfen würden. Wissen Sie", fuhr sie mit vertraulich gesenkter Stimme fort, „früher haben die Heiratskandidaten bei mir Schlange gestanden, aber dann habe ich Hugh kennengelernt und das war's."

Sie griff sich mit melodramatischer Geste ans Herz, wobei sie leicht schwankte. Ich sah mich verzweifelt um, in der Hoffnung, irgendwo einen Fluchtweg zu entdecken. Mein Blick fiel auf Bobs, der ganz in der Nähe stand und grinste. Er amüsierte sich offensichtlich köstlich über meine missliche Lage, machte aber keine Anstalten, mir zu helfen. Meine Rettung erschien schließlich in der Gestalt von Sir Neville. Er war in Begleitung eines Mannes, den ich für Hugh, den Ehemann von Mrs MacMurray hielt.

Wenn Miss Havelocks Beobachtung zutraf und Sir Neville tatsächlich schlecht gelaunt gewesen war, so schien er seinen Ärger überwunden zu haben, denn er kam mit strahlendem Lächeln auf mich zu.

„Wie schön, dass Sie kommen konnten", begrüßte er mich. „Bitte entschuldigen Sie, dass ich nicht hier war, um Sie in Empfang zu nehmen, aber es gab dringende Angelegenheiten zu erledigen - Sie wissen ja selbst, wie das ist. Aber wie ich sehe, hat Gwen Sie unterhalten. Gwen, meine Liebe, geht es dir gut? Du siehst ein bisschen blass aus."

Gwen gab sich sichtlich Mühe, sich zusammenzureißen.

„Danke, Neville, ich habe leichte Kopfschmerzen, aber sonst ist alles in Ordnung. Wahrscheinlich kommt es von der langen Reise. Ich lege mich ein wenig hin, wenn wir uns umziehen."

Angesichts ihres Interesses an Sissingham Hall wollte sich Gwen MacMurray vor Sir Neville offenbar nicht blamieren. Ihr Verhalten hatte sich schlagartig geändert und ich staunte, wie bescheiden sie den Blick senkte und wie höflich sie Sir Nevilles Frage beantwortete. Sie wirkte wie ein vollkommen anderer Mensch. Ich erinnerte mich an Bobs' Andeutungen über ihre Vergangenheit und überlegte, ob sie früher einmal auf der Bühne gestanden hatte. Ihre Schauspielkünste waren auf jeden Fall beeindruckend.

Ich machte mir Sir Nevilles Ankunft zunutze, um mich von Gwen abzuwenden, und wurde Hugh MacMurray, ihrem Ehemann, vorgestellt. Vermutlich galt er bei Frauen als gut aussehender Mann, doch ich meinte, um seinen Mund eine Andeutung von Schwäche zu entdecken, die auch sein Schnurrbart nicht ganz verbergen konnte. Er stellte mir die üblichen Fragen über Afrika und wollte wissen, wie ich mich in England eingelebt hatte.

„Das muss eine gewaltige Umstellung sein. Fasanenjagd im Regen statt Löwenjagd in der Steppe." Er brüllte vor Lachen über seinen eigenen Witz. „Vor ein paar Jahren wären wir fast nach Afrika übergesiedelt, aber Gwen hat in letzter Minute einen Rückzieher gemacht. Wollte nicht so weit weg von ihren Freunden. Oder von den Pariser Modehäusern." Er brach erneut in schallendes Gelächter aus. „Wenn ich mit Leuten wie Ihnen rede, die in Afrika ihr Glück gemacht haben, frage ich mich manchmal, ob ich nicht darauf hätte bestehen sollen. Aber ich kann mich nicht beklagen. Alles in allem ist es ein gutes Leben, und ich würde Gwen nicht für alles Gold der Welt hergeben."

Mir fiel auf, dass er seine Frau während unseres Gesprächs kaum aus den Augen ließ, und fragte mich, ob seine Worte wirklich ernst zu nehmen waren. Gwen fing seinen Blick auf und kam zu uns.

„Nun, Boopsie", sagte sie. „Ich hoffe, du hast schön mit Mr Knox gespielt und ihn nicht zu sehr gelangweilt. Er ist so ein böser Junge, wissen Sie", sagte sie zu mir gewandt. „Manchmal ist er wirklich ganz unmöglich, nicht wahr, Süßer?" Sie zupfte ihn am Schnurrbart.

Ihr Mann starrte sie an. Sein Gesichtsausdruck ähnelte dem eines hypnotisierten Schafs.

„Stimmt genau, Liebes", antwortete er mit einem schmachtenden Blick auf seine Trophäe.

Glücklicherweise riefen Sylvia und Joan in diesem Moment nach Gwen, um mit ihr über Kleider oder ähnlichen Unfug zu reden. Zu meiner großen Erleichterung normalisierte sich MacMurrays Gesichtsausdruck und er griff den Gesprächsfaden auf, als sei nichts geschehen.

„Ihre Frau scheint eine sehr - bemerkenswerte Dame zu sein", sagte ich, in Ermangelung eines besseren Adjektivs.

„Oh, das ist sie, das ist sie", antwortete er. „Ich gebe gerne zu, dass ich ein ziemlicher Draufgänger war, bevor ich sie kennengelernt habe, aber jetzt bin ich geläutert. In der Tat gibt es keinen entschiedeneren Verfechter des Ehestandes als mich. Gwen ist ganz wunderbar. Sie sehen ja selbst, wie entzückend sie ist. Sie gehört zu den wenigen Frauen, die alle Männer mögen, ohne dass ihre Geschlechtsgenossinnen neidisch werden. Wahrscheinlich sollte ich das nicht sagen", fuhr er im Vertrauen fort, „aber ich finde es aufregend, wenn sie mit anderen Männern flirtet und von ihnen bewundert wird. Nicht jeder Ehemann würde ihr das durchgehen lassen, aber ich bin nicht eifersüchtig."

Ich wusste nicht, was ich darauf erwidern sollte, aber in diesem Moment trat Sylvia zu uns, sodass ich um eine Antwort herumkam. Sie bat MacMurray, ihr einen Cocktail zu holen.

„Bin ich froh, dass du mich gerettet hast!", sagte ich leise. „Ich hatte das Gefühl, in einer Szene aus Alice im Wunderland oder etwas Ähnlichem gefangen zu sein."

Sylvia lächelte.

„Fühlst du dich von dem MacMurrays überfordert?", fragte sie. „Ich muss zugeben, dass sie gewöhnungsbedürftig sind."

„So kann man es auch sehen", erwiderte ich. „Aber wie gewöhnt man sich an solche Leute? Ich bin gerade erst angekommen und mir reicht es schon."

Sie warf lachend den Kopf zurück und das Abendlicht ließ ihre Augen strahlen.

„Ach, du bist nur müde und mürrisch von der langen Reise. Außerdem brauchst du dringend etwas zu essen - ich kenne die Symptome. Dann fühlst du dich gleich besser, wart's ab!"

„Vielleicht", räumte ich ein. „Aber beantworte mir bitte eine Frage: Wer ist die junge Havelock?"

„Oh, hat sie sich nicht vorgestellt? Sie ist Nevilles Mündel.“

„Sie wirkt ziemlich unfreundlich.“

„Ja, in Gesellschaft ist sie oft schüchtern und unbeholfen, aber wenn man sie näher kennenlernt, ist sie sehr nett. Ich glaube, sie steht ein wenig in Rosamunds Schatten, doch sie ist humorvoll und geistreich und viel klüger als ich.“

„Unmöglich!“, erwiderte ich spöttisch, was mir einen strafenden Blick eintrug.

Simon Gale betrat leise den Raum und stellte sich unauffällig zu Sir Neville, der sich mit Joan unterhielt. Mrs MacMurray stand mit Bobs an den Terrassentüren und umgarnte ihn mit ihrem Charme.

Hugh MacMurray kam mit Sylvias Drink zurück und verwickelte sie in eine angeregte Diskussion über die neuesten Theateraufführungen. Ich dagegen wandte mich der Gruppe in der Ecke zu, um meine Pflichten meinem Gastgeber gegenüber zu erfüllen.

„Ah, hier ist Mr Knox, er ist gekommen, um uns zu amüsieren“, sagte Joan. In Sir Nevilles Gegenwart schien sie sich mehr Mühe zu geben, höflich zu den Gästen zu sein.

„Da bin ich mir nicht sicher“, antwortete ich mit gespieltem Entsetzen. „Ich komme mir selbst furchtbar langweilig vor und hatte gehofft, dass Sie mich amüsieren würden.“

Sie lachte und ihr Gesicht schien wie verwandelt.

„Wir haben uns übers Wetter unterhalten! Das passiert, wenn man Tag für Tag mit denselben Leuten zusammen ist. Dann muss man ein und dasselbe Thema immer wieder durchkauen.“

„Meine Liebe, da wir Gäste haben, denen wir morgen

vielleicht den Park zeigen wollen, ist das Wetter durchaus von Bedeutung", wandte Sir Neville vernünftigerweise ein.

„Wahrscheinlich hast du recht, aber du stapfst ja sowieso jeden Tag über die Felder, egal, ob es regnet oder die Sonne scheint, vor allem, wenn es etwas zu schießen gibt."

„Gehen Sie auch auf die Jagd?", fragte ich Simon Gale. Wie erwartet schüttelte er den Kopf.

„Es ist keine Sportart, die mir zusagt", erklärte er. „Ich bin nicht sehr geschickt im Umgang mit Gewehren."

„Ich wünschte, Sie würden ab und zu einen Tag freinehmen und mit uns auf die Jagd gehen", sagte Sir Neville. „Ich habe noch nie jemanden erlebt, der tagein, tagaus über seiner Arbeit hockt."

„Neville ist es unbegreiflich, dass jemand nicht jeden Tag auf die Jagd gehen will", sagte Joan. „Er ist wie besessen, wenn es ums Schießen geht."

„Du übertreibst, meine Liebe, aber ich gebe zu, dass ich gerne so viel wie möglich draußen bin. An der frischen Luft kann man seine Probleme vergessen, jedenfalls für eine kurze Zeit."

„Deine Probleme? Ehrlich, Neville, welche Probleme kannst du schon haben?"

„Oh, da spricht die Stimme der Jugend und der Sorglosigkeit", warf ich leichthin ein, als ich sah, wie sich Sir Nevilles Miene verfinsterte. Joan machte jedoch unbeirrt weiter.

„Neville ist der Letzte, der für sich in Anspruch nehmen kann, ein sorgenvolles Leben zu führen!", behauptete sie lachend. „Er ist reich, hat ein wunderbares Haus und eine schöne Frau. Er kann tun und lassen, was er will."

„Ich wünschte, es wäre so, meine Liebe." Sir Neville hatte sich sogleich wieder gefangen. „Aber mit den Jahren wirst du erkennen, dass auch die vom Glück Begünstigten ihre Probleme haben können."

Möglicherweise war es sein Ton, der Joan verstummen ließ. Sie antwortete nicht und verlegenes Schweigen breitete sich aus, das Sylvia von der anderen Seite des Raumes durchbrach.

„Wo ist eigentlich Rosamund?", rief sie. „Sie wollte nur kurz wegen des Dinners mit der Köchin sprechen, aber sie ist schon ewig weg."

Im Trubel der neuen Bekanntschaften hatte ich Rosamund völlig vergessen, aber jetzt schlug mir das Herz wieder bis zum Hals. Dass die ganze Gesellschaft Zeuge unserer ersten Begegnung seit acht Jahren werden würde, machte die Sache nicht einfacher.

„Soll ich nachsehen, wo sie bleibt?", fragte Joan und ging zur Tür. In diesem Moment wurde sie aufgerissen und zwei Frauen traten ein. Eine der beiden war Angela Marchmont. Die andere war Rosamund.

# Kapitel Vier

IM RAUM WURDE ES STILL. Alle drehten sich um und sahen Rosamund an, die in der Tür stehen blieb und die Anwesenden musterte, als suchte sie jemanden. Dann entdeckte sie mich und stieß einen kleinen Schrei aus.

„Charles, Liebling!", rief sie, kam direkt auf mich zu und nahm meine beiden Hände in ihre. „Wie wundervoll, dich wiederzusehen! Meine Güte, wie gut du aussiehst! Sylvia, du hinterhältiges Ding, du hast mir gar nicht gesagt, wie wahnsinnig gut er aussieht!"

„Ist mir gar nicht aufgefallen", antwortete Sylvia leichthin.

„Mir auch nicht", gab ich zu. Im allgemeinen Gelächter löste sich die Spannung und das Stimmengewirr flackerte wieder auf.

„Komm, setz dich zu mir, dann können wir vor dem Essen gemütlich plaudern", sagte Rosamund und zog mich zu einem Chesterfieldsofa am anderen Ende des Salons. „Ich werde dich mit niemandem teilen. Rogers, bringen Sie mir einen Drink. Charles, du musst mir unbedingt erzählen, was du alles erlebt hast, seit ich dich das letzte

Mal gesehen habe. Stimmt es, dass die Bergleute dort draußen alles in Goldnuggets bezahlen? Und wie viele Leoparden hast du geschossen? Das muss schrecklich aufregend gewesen sein!"

Obwohl ich im Laufe der letzten Wochen immer wieder dieselben Fragen beantwortet hatte – und sie ehrlich gesagt kaum noch hören konnte -, klangen sie bei Rosamund witzig und originell. Und was noch wichtiger war: Sie gab ihrem Gesprächspartner das Gefühl, dass seine Antworten ungeheuer geistreich waren. Und so erzählte ich ihr von der beschwerlichen Zeit auf der Farm, wie ich allmählich begriffen hatte, dass die Landwirtschaft nichts für mich war, und wie ich schon fast entschlossen war, alles hinzuwerfen und mit eingekniffenem Schwanz und ohne mein Glück gemacht zu haben nach England zurückzukehren, wie ich im Colonial Hotel einen alten Mann mit ledrigem Gesicht und wässrigen Augen kennengelernt hatte, der Gefallen an mir gefunden hatte, mich dazu brachte, ihm einen Whisky zu spendieren, und mir ins Ohr flüsterte, er wisse, wo es Gold gäbe, und er suche jemanden, der jung und stark sei, um ihm bei der Förderung zu helfen. Der Alte starb kurz nach unseren ersten Erfolgen, was mir von Herzen leidtat, denn er war gut zu mir gewesen. Ich stürzte mich jedoch in die Arbeit und schwor mir, sein Vertrauen in mich zu würdigen. Ein paar Jahre später betrachtete ich zufrieden die Ergebnisse meines Schaffens und beschloss, dass es an der Zeit sei, mich aus dem Tagesgeschäft zurückzuziehen, nach England zurückzukehren und die Früchte meiner Arbeit zu genießen.

In meinen Ohren klang die Schilderung von acht Jahren unermüdlicher Schufterei eher langweilig und prosaisch, aber Rosamund schien sie faszinierend zu finden und hörte mir mit weit aufgerissenen Augen und gelegentlichen erstaunten Ausrufen zu. Allmählich war ich selbst überzeugt, dass meine Geschichte doch nicht so uninteressant war, und spürte, wie mir die Brust schwoll. Aber so war es bei Rosamund: Wenn man mit ihr sprach, verfiel man unweigerlich in eine gewisse Selbstgefälligkeit.

„Ach, ich fürchte, ich habe dich gelangweilt", sagte ich. „Genug von mir. Jetzt musst du mir erzählen, wie es dir ergangen ist."

„Natürlich hast du mich nicht gelangweilt!", rief Rosamund aus. „Noch nie hat mich die Lebensgeschichte eines Menschen so gefesselt. Niemand hier hat derart wunderbare Geschichten zu erzählen, ich am allerwenigsten. Nein, Charles, du brauchst mich nur anzusehen, dann siehst du sofort, was in den letzten acht Jahren aus mir geworden ist. Ich bin eine respektable verheiratete Frau und bin dick und alt geworden. Ich glaube, ich entdecke jeden Tag ein neues graues Haar!" Sie lachte und warf selbstgefällig ihre leuchtend rot-goldenen Locken nach hinten, die ihre Behauptung Lügen straften.

Ich kannte Rosamund zu gut und wusste, dass sie sich keineswegs für dick hielt. Und mit achtundzwanzig konnte man sie kaum als alt bezeichnen. Wenn es etwas gab, dessen sie sich immer schon sicher gewesen war, dann war es die Fähigkeit, ihre Umgebung zu verzaubern, und der Spiegel würde ihr sicherlich stets aufs Neue bestätigen, dass sie so entzückend aussah wie eh und je. Sie wirkte wie eine Katze, die Sahne geschleckt hat. Das sagte ich ihr und sie kreischte vor Vergnügen.

„Du kannst dir gar nicht vorstellen, wie sehr ich dich vermisst habe, Charles", sagte sie und drückte meine Hand. „Du hast es immer verstanden, mich in die Schranken zu weisen. Wenn ich mir schrecklich würdevoll vorgekommen und allzu sehr von mir eingenommen war, hast du mich von der Seite angesehen und mich mit ein paar ernüchternden und gleichzeitig furchtbar komischen Worten auf den Boden der Tatsachen zurückgeholt, sodass ich mich vor Lachen gekrümmt habe. Gib's zu: Du hast mich nicht ernst genommen!"

„Ich nehme nie etwas ernst", behauptete ich und kam mir ziemlich verwegen vor.

„Nun, deine Geschäfte musst du wohl ernst genommen haben, sonst wärest du nicht so erfolgreich gewesen. Bist du furchtbar reich?"

„Oh ja. Ich habe sogar so viel Geld, dass ich es gar nicht ausgeben kann. Was würdest du mir empfehlen, was ich damit machen soll?"

„Da fallen mir viele Dinge ein. Ich selbst habe nie genug Geld - wenn ich welches hätte, würde ich dir zeigen, wie man es ausgeben kann!"

„Nicht genug Geld! Du machst Witze!"

„Witze? Vielleicht ein bisschen. Wahrscheinlich sollte man dankbar sein für das, was man hat, aber das Geld zerrinnt einem zwischen den Fingern und manchmal traue ich mich fast nicht, Neville am Ende des Monats mein Scheckbuch zu zeigen. Nun ja, ich muss zugeben, dass ich bisweilen ein wenig verschwenderisch bin." Sie räumte dies so reumütig und doch mit so viel Charme ein, dass ich dachte, Sir Neville müsse es geradezu als eine Ehre betrachten, alle ihre Rechnungen begleichen zu dürfen.

„Also, dann sag mir, wie du meinen Reichtum für mich ausgeben würdest", schlug ich im Scherz vor.

„Oh! Nun, ich würde natürlich ein großes Haus in London kaufen und viele Partys geben. Du würdest dich wundern, Charles, was es kostet, der Star der Saison zu sein! Man kann dabei Unmengen an Geld verschwenden."

„Habt ihr denn kein Haus in London?", fragte ich erstaunt. Rosamund schüttelte bedauernd den Kopf.

„Anfangs hatten wir eins, aber Neville hat gesagt, der

Unterhalt sei zu teuer, und außerdem hat es ihm sowieso nicht gefallen. Er hat das Leben in London nie gemocht, also wohnen wir jetzt fast die ganze Zeit auf Sissingham Hall, und wenn ich mich amüsieren will, muss ich mich von anderen Leuten einladen lassen."

„Vermisst du das Leben in London?"

„Manchmal, vor allem im Frühling. Sissingham Hall ist wunderschön, aber ziemlich abgelegen, und ich will nicht, dass sich Neville hier auf dem Land von allem abschottet. Wir fahren natürlich noch nach Deauville und Cowes und an all die anderen Orte, an denen man sich einfach sehen lassen muss. Schließlich kann man nicht auf alle Vergnügungen verzichten."

„Ich hätte gedacht, dass du London äußerst ungern den Rücken kehrst. Ich hatte dich als Gastgeberin der High Society gesehen, die rauschende Bälle veranstaltet, von denen spätere Generation noch erzählen werden."

Sie wandte schweigend den Kopf ab, doch als sie mich ansah, war ihr Gesichtsausdruck unverändert.

„Das hatte ich mir auch vorgestellt." Ihre Stimme klang normal. „Aber weißt du, wenn wir älter werden, stellen wir fest, dass wir uns etwas anderes wünschen, als wir ursprünglich dachten. Oh je, ich glaube, ich habe mich in eine Sackgasse geredet. Verstehst du, was ich meine? Neville und ich sind sehr glücklich und daran möchte ich nichts ändern. Und jetzt", änderte sie plötzlich das Thema, „stelle ich dich Angela vor, meiner lange verschollenen Cousine."

„Wir haben uns schon kennengelernt", sagte ich.

„Wirklich? Wann denn? Angela, Schätzchen", rief sie mit erhobener Stimme. „Komm und sprich mit uns. Ich bin jetzt bereit, Charles mit euch anderen zu teilen."

Angela Marchmont hatte mit Joan Havelock gesprochen, schwebte jetzt aber herüber und schien erfreut, mich zu sehen. Sie war in den gleichen schimmernden Farbtönen gekleidet wie bei unserer ersten Begegnung und wirkte wie eine graziöse Meerjungfrau oder ein ähnliches Fabelwesen.

„Wie lieb von dir, dass du dich um Joan kümmerst", sagte Rosamund. „Ich mag sie sehr, aber manchmal ist sie so unbeholfen. Wenn wir Gäste haben, bin ich immer in heller Aufregung, weil ich Angst habe, dass sie alle in die Flucht schlägt, indem sie etwas Schreckliches über Major Lytteltons Karbunkel oder Lady Benlowes Zähne sagt. Und was fangen wir dann mit den Wochenenden an? Ich stelle mir vor, dass wir drei uns jeden Abend stumm wie Fische über die Tischplatte hinweg anstarren oder einander bitten, das Salz zu reichen. Wie unaussprechlich langweilig!"

Angesichts von Rosamunds gespielt trauriger Miene brachen wir in Gelächter aus.

„Ich glaube, du übertreibst ein wenig, meine Liebe", wandte Mrs Marchmont ein. „Joan ist eine reizende junge Frau; dass sie so schüchtern und unbeholfen ist, ist nur eine Phase, mehr steckt nicht dahinter. Und sie gibt sich heute Abend alle Mühe, sicherlich Neville und dir zuliebe." Und tatsächlich lachte Joan Havelock herzlich, während ihr Bobs eine seiner haarsträubenden Geschichten erzählte. Simon Gale stand schweigend daneben.

„Nun, dann will ich meine Pflicht tun und sie ermuntern", antwortete Rosamund und ging zu der kleinen Gruppe hinüber.

Ich begann eine Unterhaltung mit Angela Marchmont. Sie war eine angenehme Gesprächspartnerin und ehrlich gesagt war sie wie ein frischer Wind, der die Oberflächlichkeit der MacMurrays und den Wirbel, den Rosamund in meinem Kopf ausgelöst hatte, verscheuchte. Wir unterhielten uns über dies und das, und ich war erleichtert, dass sie nicht von mir erwartete, einen Löwenkopf hervorzuzaubern, den sie sich an die Wand hängen konnte. Sie fragte auch nicht, wie viel Geld ich in Südafrika verdient hatte, wofür ich ihr sehr dankbar war. Allmählich beschlich mich das unangenehme Gefühl, dass alle annahmen, ich sei selbst aus reinem Gold, und rechnete fast damit, dass man versuchen würde, Stücke von mir abzureißen, um sie nach Hause mitzunehmen.

Nachdem ich es jahrelang mit sehr einfachen Menschen zu tun gehabt hatte, war ich nach meiner Rückkehr nach England erschrocken zu sehen, wie besessen alle meine Bekannten vom Geld zu sein schienen. Als ich nach Südafrika aufbrach, galt es als vulgär, über Geld zu sprechen, doch das hatte sich offenbar grundlegend geändert. Ich kam mir altmodisch vor, nicht auf der Höhe der Zeit. Ich erwachte aus meinen Grübeleien und stellte fest, dass mich Mrs Marchmont aufmerksam betrachtete. Ich konnte nicht anders: Ich musste ihr einfach ein wenig von dem erzählen, was mir durch den Kopf gegangen war. Dabei ließ ich selbstverständlich nicht durchblicken, dass mein Befremden auch gegen einige der Anwesenden gerichtet war. Sie nickte verständnisvoll.

„Ja, ich weiß, was Sie meinen", sagte sie. „So ging es mir in meinen Anfangsjahren in den Staaten. Dort reden alle über Geld - wie viel sie verdienen, wie viel ihr Besitz wert ist, wie viel sie in Zukunft zu verdienen hoffen. Das gilt als ganz normal und gesund und keineswegs als vulgär. Aber dort hat man eine andere Sicht der Dinge. Die Amerikaner sind der Ansicht, dass jemand, der jahrelang hart für seinen Erfolg gearbeitet hat, das Recht hat, seinen Reichtum zur Schau zu stellen und darüber zu sprechen. Die Engländer haben immer ganz anders darüber gedacht - je mehr man hat, desto weniger sollte man darüber reden. Allerdings scheint es modern zu sein, die Amerikaner zu kopieren. Ich habe mich mittlerweile daran gewöhnt, aber Sie sind eher zu bedauern. Schließlich sind Sie erst vor Kurzem zurückgekehrt und alles ist neu für Sie."

„Das stimmt", antwortete ich. „Und ich glaube, es gefällt mir nicht besonders."

„Aber wissen Sie, man könnte argumentieren, dass über Geld zu reden zumindest nichts Heuchlerisches an sich hat. Und warum sollte man nicht darüber sprechen? Wir reden über das Wetter, über Politik, über Menschen, die wir kennen. Was ist an Geld so anders? Schließlich ist es eines der grundlegendsten Dinge im Leben."

Ich dachte einen Moment nach.

„Ich verstehe, was Sie meinen", erwiderte ich. „Aber ich glaube nicht, dass es das Geld selbst ist. Es ist die Beschäftigung mit dem Geld. Mir hat man immer gesagt, ich solle die Leute nicht mit meinen Geldsorgen langweilen. Wir Engländer haben jeden, der mit seinem Reichtum prahlt, stets mit einem gewissen Misstrauen betrachtet. Das Gleiche trifft auf Leute zu, denen ihr Besitz über alles geht. Wir sollen unseren Reichtum in diskretem Schweigen genießen oder unsere Armut ertragen. Die Amerikaner können von mir aus machen, was sie wollen, aber ich glaube, ich ziehe unsere Art vor."

Mrs Marchmont lachte.

„Dann werde ich aufpassen, dass ich nicht den Anschein erwecke, als sei ich allzu sehr an Geld interessiert. Wenn mir aus Versehen ein Schilling aus der Geldbörse fällt, dürfen Sie das auf keinen Fall erwähnen", sagte sie.

„Jetzt machen Sie sich über mich lustig. War ich furchtbar wichtigtuerisch?"

„Ganz und gar nicht."

„Nein, Sie haben recht, das klang zu aufgeblasen. Es

steht mir nicht zu, diese Dinge zu kritisieren." Tatsächlich war mir gerade aufgefallen, dass ich mich möglicherweise selbst der Heuchlerei schuldig gemacht hatte. War ich nicht stolz und ostentativ im Ritz abgestiegen und hatte es mir mit meinem neugewonnenen Wohlstand an den Fleischtöpfen Londons gutgehen lassen? Vielleicht hatte auch ich die neue Einstellung übernommen, ohne es zu merken.

Als der Gong ertönte, drängte uns Sir Neville, der offenbar großen Wert auf Pünktlichkeit legte, zum Umziehen auf unsere Zimmer zu gehen. Ich wurde eine imposante Treppe hinaufgeführt und gelangte über eine Galerie zu einem geräumigen Gästezimmer mit einem Kamin, in dem ein einladendes Feuer brannte. Ich ging zum Fenster und schob den Vorhang zur Seite, aber der mondlose Abend war zu dunkel, um viel zu sehen. Während ich mich fürs Dinner umzog, dachte ich über die vergangenen Stunden nach. Im Großen und Ganzen fand ich, dass ich das Zusammentreffen mit Rosamund gut überstanden hatte. Wie absurd von mir, dachte ich, dass ich Angst hatte, mich lächerlich zu machen. Unsere Begegnung war vollkommen freundlich und ohne irgendwelche Peinlichkeiten verlaufen. Als ich mein Spiegelbild betrachtete, fiel mir mein dümmliches Grinsen auf und mir wurde klar, wie sehr ich mich vor diesem Wiedersehen gefürchtet haben musste. Jetzt hatte ich das Gefühl, als sei eine große Last von mir abgefallen. In diesem Moment erschien eine Bedienstete.

„Ihre Ladyschaft schickt mich. Ich soll fragen, ob Sie alles haben, was Sie brauchen, Sir", sagte sie.

„Bitte richten Sie Ihrer Ladyschaft meinen Dank aus und sagen Sie ihr, dass ich bestens versorgt bin", antwortete ich und sie ging davon. Kurz darauf lief ich leichten Herzens die Treppe hinunter und wäre unten beinahe über einen der Terrier gestolpert, der aus einem unbeleuchteten Seitenflur hervorgeschossen kam und mit begeistertem Kläffen um mich herumsprang.

„Dodie! Lass das!", schimpfte Sir Neville, der mit dem anderen Hund aus dem Flur trat, während ich leise fluchend von einem Bein aufs andere hüpfte. „Sie müssen sich vor den Hunden in Acht nehmen, Charles. Vor allem Dodie ist ein kleiner Teufel. Er ist nur übermütig, er meint es nicht böse. Die beiden sind immer schrecklich aufgeregt, wenn wir Besuch haben."

„Ja, das sehe ich!", rief ich. „Dann werde ich gut aufpassen. Ich möchte mir nicht die Knochen brechen."

Sir Neville stieß ein kurzes Lachen aus.

„Kommen Sie, wir setzen uns in mein Arbeitszimmer", sagte er. „Wir haben gerade noch Zeit für einen Drink vor dem Abendessen." Er führte mich durch den Flur zu einem gemütlich eingerichteten Raum, der eindeutig die Handschrift eines Mannes trug. Manche Möbelstücke waren ziemlich abgenutzt und in den Regalen entdeckte ich seltsam geformte Objekte, die mir aus meiner Zeit in Afrika vertraut waren. Zu meiner Überraschung überkam mich plötzliches Heimweh.

„Ah, wie ich sehe, bewundern Sie meine afrikanischen Kunstwerke", bemerkte Sir Neville. „Die habe ich vor Jahren von meinen Reisen mitgebracht. Manche Leute finden sie hässlich, aber mir gefallen sie. Sie erinnern mich an meine sorglose Jugendzeit." Er goss Whisky aus einer Karaffe in zwei Gläser. „Sie ahnen vermutlich, dass dies mein Refugium ist. Rosamund juckt es in den Fingern, das Zimmer neu einzurichten, aber ich erlaube es nicht. Ich sage ihr immer, dass es mir gefällt, so wie es ist." Er reichte mir ein Glas. „Was halten Sie von dem Whisky? Ich beziehe ihn von einem Mann in London, einem unangenehmen kleinen Cockney mit fettigen Haaren. Aber mit

Whisky kennt er sich aus. Ich kann Ihnen den Namen geben, wenn Sie interessiert sind. Es sei denn, Sie gehören zu diesen modernen jungen Leuten, die lieber Cocktails trinken."

Ich lobte den Whisky, der tatsächlich hervorragend schmeckte, und dann saßen wir einen Moment schweigend da, während ich die grob geschnitzten Holzfiguren betrachtete und an das Land am anderen Ende der Welt dachte, aus dem sie stammten. Schließlich räusperte sich Sir Neville nervös. Er wollte mir offenbar etwas sagen.

„Charles", setzte er an, dann verstummte er und zupfte an seinem Schnurrbart. Er hüstelte und versuchte es noch einmal. „Also, wie gefällt es Ihnen hier in unserem bescheidenen Winkel des Landes?"

Ich war mir ziemlich sicher, dass er etwas ganz anderes hatte sagen wollen, aber natürlich sang ich ein Loblied auf sein Haus, seinen Park, seine Frau und seinen perfekt organisierten Haushalt. Er lächelte, doch ich spürte, dass er mit den Gedanken woanders war und mir kaum zuhörte. Als ich verstummte, breitete sich Schweigen zwischen uns aus.

„Wissen Sie, Sie sehen Ihrem Vater sehr ähnlich", sagte er schließlich.

„Das höre ich immer wieder", erwiderte ich.

„Schrecklich, wie das alles geendet ist", sagte er mit rauer Stimme. „Schrecklich, wirklich schrecklich."

Ich antwortete nicht. Diese Zeit in meinem Leben wollte ich am liebsten vergessen.

„Aber natürlich sind Sie nicht Ihr Vater. Ihr Leben folgt einem ganz anderen Muster. Harte Arbeit und ein unerbittliches Klima haben Sie gestärkt. So etwas stellt das Durchhaltevermögen und die Aufrichtigkeit eines Mannes auf die Probe."

Ich runzelte die Stirn. Unabhängig von dem, wie die Leute über meinen Vater dachten, war ich immer noch überzeugt, dass er ein Ehrenmann gewesen war, und jede Andeutung, es könnte anders gewesen sein, versetzte mir einen schmerzhaften Stich, obwohl ich im Laufe der Jahre genügend Mutmaßungen und Getuschel hinter vorgehaltener Hand ertragen hatte.

„Es ist schwierig", fuhr Sir Neville fort, fast so, als würde er laut nachdenken. „Diese Dinge passieren anscheinend alle auf einmal. Ich bin in letzter Zeit sehr aufgewühlt, wirklich sehr aufgewühlt. Glauben Sie mir, Charles, es gibt nichts Schlimmeres, als herauszufinden, dass man sich in jemandem getäuscht hat. Aber mittlerweile habe ich das Gefühl, dass ich von Lügnern und Intriganten umgeben bin."

Meinte er etwa mich? Ich würde uns nicht als enge Freunde bezeichnen, also schien es eher unwahrscheinlich. Unwillkürlich musste ich an die MacMurrays denken, die ich zwar kaum kannte, auf die die Beschreibung aber zu passen schien. Sprach er von ihnen? Warum sollte er in diesem Fall mit mir darüber reden?

„Was meinen Sie damit?", fragte ich.

Der Klang meiner Worte riss ihn aus seinen Gedanken.

„Ich bitte um Entschuldigung, Charles. Verzeihen Sie, dass ich so vor mich hinplappere. Ich bin altmodisch und kann mich einfach nicht an die modernen Sitten und Gebräuche gewöhnen. Rosamund sagt mir immer, dass ich in der Vergangenheit feststecke, und ich wage zu behaupten, dass sie recht hat. Aber nun zu den Schürfrechten." Sir Neville begann, in den Papieren in seiner Schreibtischschublade zu wühlen. „Ich wollte Ihnen etwas zeigen, das Sie vielleicht überrascht. Ich habe selbst gestaunt und wüsste gerne, was Sie davon halten, denn ich weiß kaum, ob ich es glauben soll."

Und so gingen wir zu anderen Themen über.

Wenige Minuten später ertönte der Gong und rief uns

zum Abendessen, wofür ich sehr dankbar war. Während ich Sir Neville den Flur entlang in die Eingangshalle folgte, dachte ich über unser Gespräch nach. Soweit ich es in der kurzen Zeit, die ich auf Sissingham Hall verbracht hatte, beurteilen konnte, gingen alle sehr freundschaftlich und unkompliziert miteinander um, und doch hatte Sir Neville von Lügnern und Intriganten gesprochen. Wen könnte er damit gemeint haben?

# Kapitel Fünf

DER SPEISESAAL WAR ein beeindruckender Raum mit getäfelten Wänden und prächtigen Damastvorhängen. Ich saß zwischen Rosamund und Gwen MacMurray – eine schwierige Position, die meine ganze Konzentration erforderte. Schon bei der Vorsuppe zeigte sich Gwen fest entschlossen, meine Aufmerksamkeit allein auf sich zu ziehen, während Rosamund ebenso entschieden darum kämpfte, dass ich mich ausschließlich ihr widmete. Bobs, der mir gegenübersaß, beobachtete die Manöver der beiden Damen mit ausdrucksloser Miene, die ein schadenfrohes Funkeln in seinen Augen Lügen strafte. Darüber hinaus tat er sein Bestes, den Konkurrenzkampf anzufachen. Als der Fisch serviert wurde, war der Ton zwischen Gwen und Rosamund schon gefährlich gereizt und Bobs hatte Mühe, die Fassung zu wahren. Glücklicherweise rettete Angela Marchmont die Situation, indem sie vom anderen Ende des Tisches aus eine Frage an Gwen richtete, die eine ausführliche Antwort erforderte. Die Katastrophe war abgewendet und Rosamund hatte gewonnen.

Ich lobte die köstlichen Speisen und beglückwünschte

sie zu der perfekten Organisation ihres Haushalts, in dem alle Arbeiten reibungslos vonstatten zu gehen schienen.

„Ja", seufzte sie, „aber es ist ein ständiger Kampf, alles in Ordnung zu halten. Sissingham Hall ist so abgelegen, dass es schwierig ist, gute Dienstboten zu finden. Heutzutage suchen sich die Mädchen lieber eine Stelle in der Stadt und ich muss der Köchin und der Wirtschafterin, die ursprünglich in unserem Londoner Haus gearbeitet haben, ein enormes Gehalt bieten, um sie hierzuhalten. Aber ich kann auf keine von beiden verzichten und so bin ich gerne bereit, zu zahlen."

„Das solltest du auch", mischte sich Bobs ein. „Es muss furchtbar langweilig sein für ein Dienstmädchen, das hier meilenweit von allem festsitzt, besonders an ihrem freien Tag, an dem sie vielleicht gerne mit ihrem Verehrer tanzen gehen würde."

„Ja", antwortete Rosamund.

„Aber möglicherweise ziehst du eines Tages zurück nach London und dann kannst du so viele gute Angestellte finden, wie dein Herz begehrt, und alle deine Dienstmädchen können so oft tanzen gehen, wie sie wollen."

„Und wann wird das sein?", fragte Rosamund langsam und mit einem merkwürdigen Gesichtsausdruck, den ich nicht deuten konnte.

„Sobald du willst", antwortete Bobs. „Du weißt besser als jeder andere, wie man Neville um den Finger wickelt. Du brauchst nur ein Wort zu sagen, und schon bist du wieder da, wo du hingehörst!"

„Wenn das nur so einfach wäre."

„Aber natürlich ist es das! Eine Frau weiß immer, wie sie bekommt, was sie will, ohne dass ihr Mann es merkt. Und ich bin sicher, du bist da keine Ausnahme."

„Ich habe ihn gefragt. Das weißt du doch. Sehr oft sogar. Er sagt immer ‚noch nicht‘."

„Du bist ein furchtbarer Ränkeschmied, Bobs", sagte ich. „Ich glaube wirklich, dass es dir Spaß macht, überall Unruhe zu stiften."

„Oh, das tut er! Ist er nicht schrecklich?", rief Rosamund. „Und das, nachdem ich mir vorhin solche Mühe gegeben habe, dich zu überzeugen, dass ich für den Rest meiner Tage auf Sissingham Hall bleiben würde! Charles, was ich vorhin gesagt habe, war absolut wahr, aber du kennst Bobs – ständig verführt er einen zu irgendwelchem Unfug. Manchmal denke ich, er ist mit dem Teufel im Bunde. Weiche von mir, Bobs!", befahl sie spöttisch.

„Unsinn", sagte Bobs. „Ich sage nur, dass man, wenn man etwas wirklich will, alles in seiner Macht Stehende tun sollte, um es zu bekommen."

„Aber was ist, wenn jemand anderes nicht will, dass ich es bekomme?"

„Dann gibt es Mittel und Wege ...", antwortete Bobs geheimnisvoll.

„Ich bin mit Bobs einer Meinung", sagte Gwen, die den letzten Teil unseres Gesprächs mitgehört hatte. „Wenn ich weiß, was ich will, lasse ich mich von niemandem davon abhalten, es zu bekommen."

„Vorsicht, es ist gefährlich, so zu reden", mahnte Bobs.

„Aber es ist wahr", beharrte sie. „Ich bin sehr gut darin, meinen Willen durchzusetzen. Als ich zum Beispiel Hugh kennenlernte, stand er kurz vor der Verlobung mit einer anderen, aber ich habe ihn dazu gebracht, die Sache zu beenden."

„Ach ja? Es würde mich sehr interessieren, wie genau du das gemacht hast", sagte Bobs. Die Worte klangen harmlos genug, aber in seinem Tonfall schwangen unausgesprochene Andeutungen mit.

Gwen errötete, wollte etwas erwidern, überlegte es sich aber anders.

„Du schrecklicher Mensch!", rief sie schließlich und warf den Kopf zurück. „Ich erzähle dir jetzt nichts mehr davon."

Sie wandte sich ab und Bobs grinste.

„Bobs, ich lasse nicht zu, dass du dich meinen Gästen gegenüber respektlos verhältst", murmelte Rosamund nicht sonderlich überzeugend.

„Du hast recht", räumte Bobs ein. „Gwen, bitte verzeih mir. Ich bin ein unverbesserlicher Plagegeist und verdiene es, bis in alle Ewigkeit im Höllenfeuer zu schmoren."

„Oh, na gut", sagte Gwen ein wenig besänftigt.

„Aber ich warne dich: Ich werde dich auch in Zukunft bei jeder sich bietenden Gelegenheit aufziehen."

„Das versteht sich von selbst", sagte ich.

Am anderen Ende des Tisches wurden ernstere Themen besprochen, etwa die neuesten Einzelheiten eines aufsehenerregenden Prozesses, der in den letzten Wochen Schlagzeilen gemacht hatte. Angeklagt war eine Frau, die ihre alte Mutter in einem plötzlichen Wutanfall mit einem Schürhaken getötet haben sollte. Es war eine elende Geschichte, die aus irgendeinem Grund die Fantasie der Öffentlichkeit beschäftigte.

„Es ist mir egal, wie grässlich die alte Dame war", sagte Hugh MacMurray. „Ich glaube nicht, dass eine Frau ihre Mutter mit einem Schürhaken erschlagen würde. Das ist unnatürlich. Ich könnte mir vorstellen, dass sie sie vergiftet, aber physische Gewalt passt einfach nicht zu einer Frau."

„Das kann man aber nie wissen. Manchen Menschen gelingt es, ihren wahren Charakter zu verbergen, manchmal sogar jahrelang", wandte Joan ein. „Das hat mit Psychologie zu tun oder so. In der Schule hatten wir ein Mädchen, das so war. Sie erschien eigentlich ganz normal, aber man wusste nie, was sie dachte. Eines Tages stellte sie fest, dass ihr Fahrrad einen Platten hatte, als sie es dringend brauchte, und da bekam sie einen furchtbaren Wutanfall. Sie schrie es an und trat dagegen, bis das Rad ganz verbeult war. Die anderen Mädchen starrten sie nur verwundert an. Dann rannte sie die Treppe hinauf und kam eine Stunde später in den Gemeinschaftsraum, als sei nichts geschehen. Wir wussten nicht, was wir sagen sollten, aber wir haben alle aufgepasst, sie nicht zu reizen!"

Alle lachten, aber mir fiel auf, dass Simon Gale recht blass aussah. Er war so empfindsam, dass er das ganze Gerede über Gewalt vermutlich ziemlich beunruhigend fand.

Wir Männer saßen nicht mehr lange am Tisch, nachdem sich die Damen zurückgezogen hatten, und als wir in den Salon kamen, hatten sie sich lachend um das Grammophon versammelt. Wir waren alle gut gelaunt und bald begannen ein oder zwei Paare zu tanzen. Sir Neville hielt es eine Weile aus, entschuldigte sich dann aber mit dem Hinweis, er habe einige dringende Dokumente durchzugehen. Er schien erneut in Trübsinn versunken zu sein.

„Benötigen Sie meine Hilfe, Sir Neville?", fragte Simon Gale.

„Nein, nein, Gale, das ist schon in Ordnung. Die Damen brauchen Sie hier, zum Tanzen." Er nickte in die Runde und verließ den Raum.

„Was ist denn mit dem alten Neville los?", fragte Bobs, aber niemand antwortete.

„Komm und tanz mit mir", bat mich Sylvia, als das nächste Lied begann.

„Wie Sie wünschen, Mylady", erwiderte ich mit einer Verbeugung und sie zog mich zum Grammophon. Sie bewegte sich anmutig, und während wir tanzten, dachte ich, wie schön sie im Schein des Kaminfeuers aussah.

„Ich weiß, ich sollte nicht fragen." Sie hielt unsicher

inne. Ich lächelte. Ich hatte keinen Zweifel, was ihr durch den Kopf ging.

„Was solltest du nicht fragen?"

„Nun, ich habe nur überlegt - wegen vorhin und dir und Rosamund."

„Was ist mit mir und Rosamund?"

„Verflixt, Charles, du weißt genau, was ich meine!"

„Ich finde, du bist eine sehr neugierige junge Dame", bemerkte ich.

„Oh ja, das bin ich!", rief sie. „Ist das nicht furchtbar? Ich wollte so gerne wissen, worüber du mit Rosamund gesprochen hast, aber dann hat Hugh mich erwischt und mir eine endlose Geschichte erzählt, und leider gab es kein Entrinnen. Aber jetzt musst du mir unbedingt erzählen, wie es war, sie nach all den Jahren wiederzusehen? Sag nicht, du hättest nichts empfunden, denn das glaube ich dir nicht."

Ich schaute in ihr gespanntes, ängstliches Gesicht und warf dann lachend den Kopf zurück.

„Du kleines Biest! Ich hätte gute Lust, dich für deine Unverschämtheit ordentlich auszuschimpfen. Um aber deine Frage zu beantworten: Ja, natürlich habe ich etwas empfunden. Ich habe mich gefreut, Rosamund als alte Freundin wiederzusehen. Bitte sehr. Bist du jetzt zufrieden?"

„Nicht ganz, aber es ist wohl aussichtslos, dich zu Indiskretionen verleiten zu wollen. Verflucht seien Hugh und seine Geschichten!"

„Du darfst ruhig wissen, was wir geredet haben: Wir haben uns darüber unterhalten, was wir beide in den letzten acht Jahren gemacht haben, das ist alles", erklärte ich.

„Verstehe", sagte sie. Das Lied endete und wir gingen zum Fenster. Sylvia schaute hinaus in die Dunkelheit und drehte sich dann zu mir um. Ich zündete uns beiden Zigaretten an.

„Wie gefällt dir mein Kleid?", fragte sie unvermittelt. „Ich habe es eigens für dieses Wochenende gekauft, aber du hast es gar nicht bemerkt, oder?"

„Es ist sehr hübsch." Ihre Unverblümtheit amüsierte mich. Sie lächelte breit.

„Natürlich musst du das sagen, nachdem ich dich gefragt habe. Weißt du, Charles, ein Gentleman bist du nicht gerade. Eine Frau sollte einem Mann keine Komplimente entlocken müssen."

„Ich dachte, junge Damen interessieren sich heutzutage nicht mehr für solche Dinge."

„Natürlich tun wir das! Warum kauft eine Frau sich ein neues Kleid, wenn sie nicht will, dass es jemand bemerkt?"

„Ich glaube, ich war schon immer um Worte verlegen, wenn es um Frauen ging. Irgendwie sage ich nie das Richtige. Bobs kann das viel besser als ich."

„Unfug! Erzähl mir nicht, dass du nach all den Jahren im Ausland vergessen hast, wie man sich in weiblicher Gesellschaft verhält. Ich habe dich heute Abend beobachtet und ich kann es einfach nicht glauben."

„Ach, du hast mich beobachtet? Warum?"

Sie errötete leicht.

„Nein, eigentlich habe ich dich nicht wirklich beobachtet. Man könnte eher sagen, dass ich dich im Auge behalten habe. Ich mache mir Sorgen um dich."

„Weshalb denn?", fragte ich erstaunt.

„Nun, du warst so lange weg, und die Dinge haben sich in dieser Zeit verändert, in einer Weise, die dir vielleicht nicht bewusst ist."

„Ich glaube, ich verstehe dich nicht ganz."

„Es ist nicht einfach zu erklären. Wie soll ich es ausdrücken? Weißt du, die Menschen, die du zurückgelassen hast,

haben während deiner Abwesenheit ihr Leben weiterge-
führt und alles Mögliche getan, gesagt und gedacht. Und
alles, was ein Mensch tut, sagt oder denkt, führt dazu, dass
er sich verändert - und sei es auch nur ein kleines bisschen.
Und nach vielen Jahren können sich all diese kleinen
Veränderungen zu einer großen Veränderung summieren.
Es könnte also sein, dass du nach deiner Rückkehr mit
jemandem sprichst und denkst, dass er derselbe Mensch ist
wie vor acht Jahren, während er in Wirklichkeit jemand
ganz anderes ist.

„Du machst dir also Sorgen, dass ich wie ein Tölpel
herumstolpere und die falschen Dinge zu den falschen
Leuten sage?" Ich war ein wenig beleidigt.

„Nein, so habe ich das natürlich nicht gemeint. Es ist
nur so, dass du furchtbar aufrichtig und ehrlich bist, und es
wäre schrecklich, wenn du England so ernüchternd
fändest, dass du es desillusioniert wieder verlässt."

„Was haben meine Aufrichtigkeit und Ehrlichkeit
damit zu tun?"

„Siehst du, jetzt bist du verstimmt", seufzte Sylvia. „Ich
habe dir ja gesagt, dass ich als Frau eines Diplomaten eine
Katastrophe wäre. Ich versuche, den Leuten etwas Nettes
zu sagen, aber es kommt immer falsch heraus."

„Sei nicht albern. Natürlich bin ich nicht verstimmt",
entgegnete ich. „Es ist lieb von dir, dass du dir Sorgen um
mich machst, aber ich kann dir versichern, dass das völlig
unnötig ist."

„Was flüstert ihr denn so vertraulich hinter dem
Vorhang?", rief Rosamund von der anderen Seite des
Raumes. „Sylvia, sei ein Schatz und spiel mit, ja? Sonst
bekommen wir keine zwei Teams zusammen."

Ich schob den Vorhang beiseite, damit sich Sylvia zu
Rosamund, Hugh MacMurray und Simon Gale gesellen

konnte, die sich gerade zum Kartenspielen um den Tisch gesetzt hatten.

„Komm, Gwen, lass uns das Tanzbein schwingen", sagte Bobs, der am Grammophon saß. „Nur um zu beweisen, dass wir nicht nachtragend sind."

„Na gut, wenn du meinst", erwiderte Gwen, stand aber ohne merkliches Zögern auf. Wie immer staunte ich – nicht ohne einen gewissen Neid - über Bobs' Fähigkeit, alle zu bezaubern. In der Vergangenheit hatte er sich einige haarsträubende Eskapaden geleistet – ich kannte ihn seit der Kindheit und erinnerte mich nur zu gut, weil ich ihm oft genug aus der Patsche helfen musste. Trotzdem schien er deswegen nie in ernsthafte Schwierigkeiten zu geraten. Stattdessen entwaffnete er die Opfer seiner Missetaten, indem er sich reumütig entschuldigte und wie ein Schuljunge die Nase krauszog, und sobald man ihm verziehen hatte, heckte er auf der Stelle etwas noch Schlimmeres aus. Wenn ich auch nur einen Bruchteil der Dinge angestellt hätte, die Bobs angezettelt hatte, hätte niemand mehr mit mir zu tun haben wollen.

Angela Marchmont saß allein da und beobachtete Bobs und Gwen nachsichtig. Ich ging zu ihr hinüber.

„Ich hoffe, Sie haben nicht vor, mich zum Tanzen aufzufordern", sagte sie. „Ich habe schon einmal mit Bobs getanzt und er hat mich so heftig herumgewirbelt, dass ich dachte, er bricht mir alle Knochen."

„Machen Sie sich keine Sorgen", beruhigte ich sie. „Im Vergleich zu Bobs würde ich sowieso keine gute Figur machen. Er ist in ganz London für seinen – äh, kraftvollen Tanzstil bekannt. Soweit ich weiß, bekommt er regelmäßig Rechnungen von Nachtclubs, weil er das Mobiliar demoliert hat."

„Das kann ich mir gut vorstellen!", antwortete sie.

Ich wollte mehr über ihre Beziehung zu Rosamund erfahren.

„Es muss seltsam sein, Ihre Cousine nach all den Jahren neu kennenzulernen", bemerkte ich.

„Das war es am Anfang tatsächlich. Ich bin etwa zehn Jahre älter als sie und sie war noch ein Kind, als ich England verlassen habe. Als wir uns im August wiedergesehen haben, war es also recht befremdlich, sie zum ersten Mal als Erwachsene zu sehen. Allerdings hatten wir uns im Laufe der Jahre oft geschrieben, sodass es nicht ganz so schwierig war, wie man hätte meinen können."

„Finden Sie, dass sie sich verändert hat? In ihrer Persönlichkeit, meine ich?"

„In mancher Hinsicht vielleicht. Wir alle verändern uns mit den Jahren bis zu einem gewissen Grad - hoffentlich zum Guten. Ansonsten ist sie jedoch noch das Mädchen, das ich zurückgelassen hatte."

„Mit derselben Dickköpfigkeit?"

„Auf jeden Fall", lachte Angela.

„Worüber lacht ihr zwei da drüben?", fragte Rosamund und blickte von ihren Karten auf.

„Wir haben über dich geredet, Liebes", antwortete Angela.

„Wie schön! Ich mag es, wenn man über mich redet - natürlich nur nette Sachen. Ich hoffe, ihr habt euch gegenseitig beteuert, wie reizend ich bin."

„Aber selbstverständlich", versicherte ich ihr.

Rosamund wandte sich wieder dem Spiel zu und Angela und ich setzten unser Gespräch fort. Nach ein paar Minuten gähnte Joan Havelock, die allein in einer Ecke gelesen hatte, klappte ihr Buch zu und kam zu uns herüber.

„Wie furchtbar müde ich bin!", sagte sie. „Mr Knox, wahrscheinlich halten Sie mich für schrecklich ungehobelt, aber ich finde es anstrengend, in Gesellschaft zu sein, so sehr ich es auch genieße. Ich bin sicher, man verbraucht beim Lächeln mehr Energie als beim Stirnrunzeln, und wenn man Gäste hat, muss man ständig lächeln."

„Das mag ja sein, aber es lohnt die Mühe", wandte Angela ein. „Erstens hält es die Gäste bei Laune und zweitens sieht man viel hübscher aus, wenn man lächelt!"

„Du sagst immer das Richtige", seufzte Joan liebevoll. „Ich wünschte, ich könnte das auch. Aber ich fürchte, ich werde nie eine so glanzvolle Gastgeberin der High Society wie Rosamund."

Ich erinnerte mich an meine Unterhaltung mit Rosamund vor dem Abendessen. Die traurige Wahrheit war, dass sie eben keine glanzvolle Gastgeberin der High Society war, sondern sich fernab der feinen Gesellschaft im tiefsten Norfolk langweilte, mit einem ältlichen Ehemann und bestenfalls den örtlichen Würdenträgern als Gäste – wenn sich nicht ein paar Freunde bereiterklärten, die beschwerliche Reise nach Sissingham Hall auf sich zu nehmen. Sie hatte gesagt, sie sei glücklich, aber stimmte das wirklich?

# Kapitel Sechs

ALS ICH AM nächsten Morgen die Treppe herunterkam, fand ich die anderen Mitglieder der Hausgesellschaft lustlos um den Frühstückstisch sitzend vor, ein merklicher Unterschied zu der fröhlichen Stimmung des Vorabends. Der Regen, der unablässig an die Scheiben prasselte, trug sicher seinen Teil dazu bei. Das schlechte Wetter schien sich für den Rest des Tages festgesetzt zu haben und wir verbrachten den Vormittag auf das ganze Haus verteilt, jeder mit seinen eigenen Angelegenheiten beschäftigt. Sir Neville und Simon Gale waren im Arbeitszimmer, während Mrs Marchmont verschwand, um ein paar Briefe zu schreiben und ein Telefonat zu führen. Ich erinnerte mich daran, dass ich selbst Briefe zu schreiben hatte, und kehrte in mein Zimmer zurück, sobald die Hausmädchen es hergerichtet hatten.

Um die Mittagszeit schien sich das Wetter jedoch zu bessern. Zumindest hatte es aufgehört zu regnen, die Wolken lichteten sich zaghaft, und als ich mich zu den anderen an den Tisch setzte, stellte ich fest, dass die Stimmung nicht mehr gar so trübsinnig war. Beim Mittagessen erfuhren wir, dass ein weiterer Besucher erwartet wurde. Mr Pomfrey, Sir Nevilles Anwalt, wollte mit seinem Mandanten einige Dokumente durchgehen und sollte zum Abendessen bleiben.

„Na, Neville, willst du deinen Letzten Willen ändern? Kommt Mr Pomfrey deswegen?", fragte Bobs. „He, Leute, ihr solltet euch vorsehen und besonders höflich zu ihm sein, sonst werdet ihr möglicherweise enterbt. Ist ihm einer von euch in letzter Zeit auf die Füße getreten?"

Ich warf einen verstohlenen Blick in die Runde, aber nur einige der Anwesenden quittierten Bobs' Witz mit einem kleinen Lachen. Vor allem Gwen MacMurray sah aus, als fände sie das überhaupt nicht lustig. Offensichtlich hatte er bei ihr einen wunden Punkt getroffen. Sir Neville hüstelte.

„Mr Pomfrey ist ein alter Freund der Familie und besucht uns oft hier", sagte er. „Ich glaube sogar, du bist ihm schon einmal begegnet, Bobs."

„Ja", sagte Rosamund. „Er war vor ein oder zwei Monaten hier. Du musst dich doch an das Wochenende erinnern, Bobs."

„Oh ja, ich erinnere mich sehr gut an ihn", sagte Bobs. „Er war ungefähr eins achtzig groß und mindestens hundertsechs Jahre alt. Er sah aus, als könnte ihn ein Windstoß wegfegen, aber beim Händeschütteln hat er mir fast alle Knochen zerquetscht. Ich war total schockiert, das könnt ihr mir glauben."

„Er ist ein ziemlich humorloser alter Knabe", erklärte Joan. „Aber er ist schon in Ordnung. Zu mir ist er immer sehr nett. Er hat wahnsinnig viel Ahnung von der Gartenarbeit. Ich wollte ihm ein paar Fragen wegen seiner Rosen stellen."

„Nun, er wird um vier Uhr hier sein, dann kannst du ihn fragen", sagte Rosamund. Das allgemeine Gespräch wandte sich anderen Themen zu und erst später wurde mir klar, dass Sir Neville den Vorwurf, er wolle sein Testament ändern, nicht wirklich bestritten hatte. Ich nahm jedoch an, dass er es einfach nicht für nötig gehalten hatte, auf Bobs' eher geschmacklosen Witz zu reagieren.

Um zwei Uhr war das Wetter aufgeklart und ich ging mit Joan Havelock und den aufgeregt umherlaufenden Hunden in den Garten. Joan war redseliger als sonst.

„Ich hoffe, es ist hier nicht zu langweilig für Sie", sagte sie. „Wir sind nur eine ziemlich kleine Gesellschaft, fürchte ich. Rosamund hatte noch ein paar andere Freunde von ihr eingeladen, aber die konnten nicht kommen. Und Neville ist im Moment nicht er selbst. Er ist schon die ganze Woche niedergeschlagen, mal mehr, mal weniger, ich weiß nicht, warum. Wenn Bobs und Sylvia hier sind, haben wir natürlich immer großen Spaß. Sie kommen sehr oft hierher, wissen Sie."

Ich beeilte mich, ihr zu versichern, dass ich mich keineswegs langweilte.

„Gut. Das freut mich", sagte sie. „Rosamund war es wichtig, dass Sie uns hier draußen nicht nur in all unserer ländlichen Behäbigkeit erleben. Ehrlich gesagt hat sie sich geärgert, weil sie keine größere Gesellschaft auftreiben konnte. Ich glaube, sie wollte Sie beeindrucken."

„Wirklich?"

„Selbstverständlich. Das ist doch nur natürlich, wenn man bedenkt, was zwischen Ihnen war. Wollten Sie sie nicht beeindrucken?"

Ich dachte beschämt an die schicken neuen Anzüge, die ich sorgfältig eingepackt hatte, und an den ordentlichen Haarschnitt, den ich mir vor meiner Abreise nach Norfolk hatte verpassen lassen, und schwieg. Joans Beobachtungen trafen unangenehm oft ins Schwarze.

„Was halten Sie von den MacMurrays?", lautete ihre nächste Frage.

Ich hatte nicht vor, ihr zu sagen, was ich wirklich von den MacMurrays hielt.

„Sie scheinen sehr angenehme Leute zu sein", antwortete ich.

Joan lachte.

„Oh, mir gegenüber brauchen Sie nicht taktvoll zu sein", beteuerte sie. „Ich habe gestern Ihr Gesicht gesehen, als Gwen Sie mit Beschlag belegt hat. Das war ein denkwürdiger Anblick! Aber ich stimme Ihnen zu", fuhr sie fort und antwortete damit auf meine geheimen Gedanken statt auf meine Bemerkung, „sie sind grässlich. Nun, sie ist es jedenfalls." Dann erzählte sie mir eine skandalöse Geschichte über Mrs MacMurray, die ich hier nicht wiedergeben will. Ich war schockiert und wollte gerade etwas entgegnen, als Angela Marchmont zu uns stieß, die gerade um die Ecke des Hauses kam.

„Nun, Mr Knox", rief sie. „Sie sehen aus, als hätten Sie einen Schock erlitten!"

„Oh, ich habe ihm diese alte Geschichte über Gwen erzählt. Ich glaube, ich habe ihn erschreckt."

„Joan, Schätzchen, wenn es die ist, von der ich annehme, dass sie es ist, finde ich, dass du Gwen gegenüber nicht ganz fair bist. Du gibst eine Geschichte zum Besten, die sie in einem schlechten Licht zeigt und die wahrscheinlich gar nicht stimmt. Außerdem ist es Mr Knox gegenüber nicht fair, denn er hat das Recht, sich ein eigenes Urteil über Menschen zu bilden, ohne von solchen Geschichten beeinflusst zu werden."

Das alles sagte sie in einem sehr ruhigen und freundlichen Ton. Joan sah ein wenig verlegen aus.

„Vielleicht ist es nicht richtig, Geschichten wiederzugeben, die möglicherweise nicht wahr sind, aber es war Bobs, der sie mir erzählt hat, und er hat geschworen, dass sie stimmt", wandte sie ein. „Und Gwen ist wirklich nervtötend. Ich weiß nicht, warum wir sie so oft hier haben müssen. Ständig macht sie gehässige Bemerkungen über meine Figur und meine Kleider und tut dabei so zuckersüß. Ihr wisst schon, was ich meine: ‚Du würdest in diesem Kleid einfach wunderbar aussehen, Schätzchen, wenn du nur das bisschen Hüftspeck loswerden würdest und eine reinere Haut hättest. Es ist genau deine Farbe'."

Trotz meiner Missbilligung musste ich lächeln, so perfekt ahmte sie Gwen MacMurray nach.

Mrs Marchmont lachte und entschuldigte sich dann, um sich einen Schal aus dem Haus zu holen. Wir sahen ihr nach, als sie sich entfernte.

„Eigentlich sollte ich Angela böse sein, weil sie mich zurechtgewiesen hat, aber ich kann es nicht. Sie ist so ein Schatz", sagte Joan.

Trotz allem wollte ich Genaueres über die MacMurrays erfahren.

„Erzählen Sie mir mehr über die beiden. Ich nehme an, Sie mögen sie nicht", sagte ich.

Joan rümpfte die Nase.

„Nicht besonders. Hugh ist Nevilles engster noch lebender Verwandter, also steht ihnen die Tür von Sissingham Hall immer offen. Sie kommen oft und bleiben immer ewig. Das liegt natürlich nur daran, dass sie kein Geld haben. Aber Hugh will Neville vermutlich auch Honig ums Maul schmieren, damit er nach dessen Tod einen Haufen Geld erbt."

„Dann wird er also im Testament von Sir Neville genannt?"

„Oh ja. Ich glaube, er erbt eine ganze Menge Geld. Haben Sie nicht die Gesichter der beiden gesehen, als Bobs beim Mittagessen den Witz über die Änderung des

Testaments gemacht hat? Hugh und Gwen waren wie vom Donner gerührt. Es würde sie hart treffen, wenn sich ihre Hoffnung auf das Erbe zerschlagen würde. Hugh war nie sehr wohlhabend, aber seit er mit Gwen verheiratet ist, reicht das Geld hinten und vorne nicht. Kein Wunder — ihre Garderobe muss ein Vermögen kosten. Und in der Stadt führen sie ein kostspieliges Leben und gehören zu einer recht fragwürdigen Clique. Vor allem Gwen würde sich die Haare raufen, wenn sie nicht auf Nevilles Geld hoffen könnte. Meistens gibt sie sich Mühe, eine gesittete Fassade zu wahren, aber wenn sie zu viele Cocktails getrunken hat, spricht sie ganz offen darüber."

Joans Beobachtungen deckten sich mit meinen eigenen Erfahrungen und Eindrücken von den MacMurrays.

„Aber Sie glauben doch nicht wirklich, dass Sir Neville sein Testament ändert, oder? Das war bestimmt nur einer von Bobs' Scherzen."

„Da wäre ich mir nicht so sicher", antwortete Joan und senkte die Stimme, obwohl niemand in der Nähe war. „Wenn Sie mir versprechen, mich nicht auszuschimpfen, erzähle ich Ihnen etwas, das ich gestern gehört habe."

Ich zögerte, aber schließlich gewann meine Neugier die Oberhand.

„Erzählen Sie", sagte ich.

„Nun, ich war gestern Nachmittag in der Bibliothek und habe ein Buch gesucht. Ich hatte das Fenster aufgemacht, weil das Wetter gut war und weil die Luft dort oft furchtbar muffig ist. Ich dachte an nichts Bestimmtes, nur an mein Buch, aber dann hörte ich zwei Leute auf der Terrasse unter dem Fenster herumlaufen. Ich konnte nicht sehen, wer es war, aber Nevilles Stimme habe ich sofort erkannt. Er schien über irgendetwas sehr verärgert zu sein, ich weiß nicht genau, worüber, aber dann, als er mit seinem Begleiter direkt unter dem Fenster vorbeiging, hörte ich ihn sagen: ‚Denk bloß nicht, dass du von mir Geld bekommst. Damit ist es jetzt vorbei' oder so etwas. Ich schwöre, ich habe nicht gelauscht - es ging so schnell, dass ich gar keine Zeit hatte, rechtzeitig zu verschwinden."

„Warum sind Sie sich sicher, dass er mit MacMurray gesprochen hat?", fragte ich.

„Wer hätte es denn sonst sein können? Die MacMurrays waren zu diesem Zeitpunkt die einzigen Gäste."

Darauf hatte ich keine Antwort.

„Auf jeden Fall haben Sie offenbar nur einen sehr kleinen Ausschnitt des Gesprächs mitbekommen, also ging es vielleicht um etwas ganz Unbedeutendes", sagte ich schließlich. „Vielleicht hat Sir Neville sich geweigert, einen unehrlichen Händler zu bezahlen, oder etwas in der Art."

Joan schnaubte und warf mir einen ungläubigen Blick zu, doch bevor sie etwas sagen konnte, kam Simon Gale auf uns zu und teilte uns mit, dass er Mr Pomfrey vom Bahnhof abholen wolle. Wir sahen ihm nach, als er losfuhr, und Joan sagte: „Armer Simon! Er kann einem leidtun, weil er hier arbeitet."

„Er hat mir gesagt, dass er hier sehr glücklich ist", sagte ich überrascht.

„Natürlich hat er das. Er würde Ihnen wohl kaum etwas anderes erzählen, oder? Aber Neville lässt ihn furchtbar hart schuften, und dem ist Simon nicht gewachsen. Der Krieg hat ihm sehr zugesetzt, danach war er ziemlich lange krank. Ich glaube nicht, dass Neville Simon absichtlich schlecht behandelt, aber er hat einfach nicht viel Verständnis für sensible Menschen, schon gar nicht für Männer. Außerdem glaubt er nicht an Kriegsneurosen."

Ich selbst hatte Zweifel, dass es so etwas tatsächlich gab, aber es erschien mir sinnlos, darüber zu diskutieren, zumal Joan offenkundig Sympathien für Simon hegte, also schwieg ich und nickte nur verständnisvoll.

Wir schlenderten langsam durch den geometrisch angelegten Garten auf das Haus zu und blieben dann an dem Begrenzungsgraben stehen, der eine der Rasenflächen begrenzte, und betrachteten das Gebäude, das im Licht des späten Nachmittags sehr schön und stattlich aussah. Für einen Augenblick versank ich in einem Tagtraum und stellte mir Sylvia und mich in einem solchen Haus vor. Ich malte mir aus, wie wir mit den Hunden durch den Park spazierten, wie sie zu mir aufschaute und über eine schrecklich witzige Bemerkung von mir lachte und wie wir dann zum Tee vor einem hell lodernden Feuer ins Haus zurückkehrten. Es war ein schönes Bild und trotzdem nicht überzeugend. Über meinem Tagtraum lag ein Schatten, von dem ich nicht einmal wusste, wie er aussah; er war zu verschwommen und undeutlich, aber da war etwas, das im Widerspruch zu dem hellen, frohen Bild in meinem Kopf stand und es irgendwie künstlich erscheinen ließ.

„Da kommen Rosamund und Bobs", sagte Joan.

Es waren tatsächlich Rosamund und Bobs. Sie kamen von dem Weg, der um den Wintergarten herum an die Vorderseite des Hauses führte. Sie winkten und wir gingen ihnen entgegen.

„Da seid ihr ja!", rief Rosamund. „Wir haben uns gefragt, wo alle geblieben sind. Seit Stunden haben wir niemanden zu Gesicht bekommen."

„Kein Wunder – schließlich hast du darauf bestanden, so weit weg vom Haus wie möglich zu gehen, bis in die hinterste Ecke des Parks", entgegnete Bobs.

„Unsinn, das stimmt nicht!", rief Rosamund aus. „Gefällt dir unser Park, Charles? Natürlich ist diese strenge Anordnung der Beete einfach grässlich, aber im nächsten Frühjahr gestalten wir ihn um. Ich dachte, wir könnten stattdessen Sträucher pflanzen."

Vielleicht lag es an der Nachmittagssonne, die dem

Haus so geschmeichelt hatte, oder vielleicht war es der belebende Spaziergang an der frischen Luft, aber Rosamund sah strahlend aus. Wie ich schon immer vermutet hatte, war die Ehe mit einem wohlhabenden Mann genau das Richtige für sie, und zum ersten Mal seit meiner Ankunft verspürte ich ein Bedauern, das ich eigentlich längst begraben hatte.

„Joan, musst du diese schrecklichen Hunde überall mit hinnehmen? Sie laufen einem ständig vor die Füße und außerdem sind sie so lästig", bemerkte Rosamund, als wir das Haus durch den Wintergarten betraten.

„Das ist nicht fair, Rosamund", erwiderte Joan vorwurfsvoll. „Sie machen dir keine Mühe, immerhin kümmern Neville oder ich uns um sie, nicht du. Und sie laufen dir nur vor die Füße, wenn du nicht aufpasst, wohin du gehst."

„Rosamund will, dass ihr jemand den Weg durchs Leben ebnet, ohne dass sie sich anstrengen muss", bemerkte Bobs.

„Natürlich will ich das", antwortete Rosamund mit entwaffnender Aufrichtigkeit. „Ich möchte, dass mir alles in den Schoß fällt. Und warum auch nicht? Ist das denn zu viel verlangt?"

Bei ihren Worten musste ich an Gwen MacMurray denken, die am Abend etwas ganz Ähnliches gesagt hatte, und ich fragte mich, wie ein Charakterzug, den ich bei der einen Frau so abstoßend fand, bei einer anderen so attraktiv erscheinen konnte.

Der Rest der Gesellschaft hatte sich bereits im Salon zum Tee versammelt. Darunter war auch ein Unbekannter, bei dem es sich vermutlich um Mr Pomfrey handelte. Er war ein vertrockneter alter Mann mit einem, wie Bobs erwähnt hatte, äußerst kräftigen Händedruck. Er war offensichtlich ein Experte auf dem Gebiet der Gartenarbeit, und Joan begann, ihn eingehend über ein neues Mittel gegen Blattläuse zu befragen, von dem sie gehört hatte. Während ich an meinem Tee nippte, fiel mir auf, dass Gwen MacMurray Mr Pomfrey aufmerksam musterte. Amüsiert sah ich zu, wie sie zu ihm trat und Joan geschickt beiseitedrängte. Neben mir ertönte ein leiser Pfiff, und als ich mich umdrehte, stellte ich fest, dass Bobs es auch bemerkt hatte.

„Saubere Arbeit, das muss man ihr lassen", sagte er.

„Psst! Sie kann dich hören."

„Was meinst du - ob sie dem alten Pomfrey Informationen entlocken will? Ich wette, sie möchte unbedingt erfahren, warum er hier ist. Sie hat panische Angst, dass sie nie einen Penny von Nevilles Geld sehen wird."

„Will er sein Testament wirklich ändern?" Ich hatte Bobs' Bemerkung beim Mittagessen für einen Scherz gehalten, aber Joans Geschichte hatte mich nachdenklich gemacht. Bobs zuckte mit den Schultern.

„Keine Ahnung. Überraschen würde es mich allerdings nicht. Neville ist ein ziemlich spießiger alter Knabe und ich kann mir nicht vorstellen, dass es ihm gefallen würde, wenn er wüsste, was die MacMurrays in London treiben."

Ich tat diese Antwort als ein Produkt aus Bobs' Gerücheküche ab und kam zu dem Schluss, dass Mr Pomfrey vermutlich aus anderen Gründen hier war. Es erschien mir unwahrscheinlich, dass Sir Neville seine Absicht, sein Testament zu ändern, so offen ankündigen würde. Immerhin waren diejenigen, die eine solche Änderung am ärgsten treffen würde, in seinem Haus zu Gast. Ich warf einen Blick auf Hugh MacMurray. Die Mutmaßungen über seine bevorstehende Verarmung konnten seiner guten Laune offensichtlich nichts anhaben. Er brüllte vor Lachen über eine Bemerkung von Angela Marchmont und wirkte fröhlich und unbekümmert.

Gwen entließ den Anwalt schließlich aus ihren Klauen, und ich hörte Sir Neville sagen: „Sollen wir wieder ins Arbeitszimmer gehen, Pomfrey? Da sind noch ein paar Punkte, die ich erwähnen möchte."

„Gewiss", antwortete Mr Pomfrey. „Wie ich bereits sagte, birgt der Weg, den Sie einschlagen wollen, gewisse … wie soll ich sagen? Implikationen? Die sollten wir unbedingt ausführlich besprechen, bevor ich die von Ihnen gewünschten Maßnahmen durchführe."

Er entschuldigte sich bei den Anwesenden und verließ mit Sir Neville den Raum. Ich schaute verstohlen zu Gwen MacMurray hinüber, weil ich mich fragte, ob sie Mr Pomfrey den Grund für seinen Besuch hatte entlocken können, aber ihre Miene verriet nichts.

Beim Abendessen saß ich neben dem Anwalt und er erwies sich als sympathischer Mensch, intelligent und mit einem trockenen Humor. Offensichtlich verkehrte er regelmäßig in der Gesellschaft und verfügte über einen Fundus an leicht anrüchigen Anekdoten, mit denen er Angela Marchmont (die ihm gegenübersaß) und mich während des gesamten Abendessens unterhielt. Die anderen amüsierten sich unter schallendem Gelächter über Bobs' früheren Eskapaden, von denen er mit großem Vergnügen erzählte.

„Wir haben gestern Abend über den Fall Mason gesprochen", berichtete ich, „und waren uns nicht einig, ob die Angeklagte schuldig ist oder nicht."

„Ähnlich geht es dem Rest von England, nehme ich an", antwortete Mr Pomfrey. „Sind Sie zu einem Ergebnis gekommen?"

„Keineswegs. Wir haben hin und her debattiert, ob das Verbrechen gewissermaßen zu ihr passte. Einige fanden es unwahrscheinlich, dass eine Frau überhaupt einen Mord begehen würde. Wir halten Gewalt für ein typisches Merkmal von Männern, und obwohl wir alle wissen, dass es viele Mörderinnen gibt, verwenden sie doch im Allgemeinen subtilere Waffen wie Gift. Alle Nachbarn der Masons haben gesagt, Aline Mason sei eine reizende Person. Sie kann es also nicht gewesen sein."

„Das könnte man meinen", antwortete der Anwalt vorsichtig. „Und doch fallen mir einige Beispiele ein, in denen eine scheinbar ruhige und ausgeglichene Frau plötzlich gewalttätig geworden ist."

„Ja, Joan hat uns von einer Schulkameradin erzählt, bei der es so war", sagte Angela, die auf der Seite derer gewesen war, die Aline Mason den Mord zutrauten. „Und ich selbst habe vor Jahren etwas Ähnliches erlebt. Damals hat ein Kind unerwartet die Beherrschung verloren und einen kleinen Hund so brutal geschlagen, dass er eingeschläfert werden musste."

„Tatsächlich? Wo war das?"

„Oh, das war in - in New York, vor langer Zeit. Es war das Kind von Freunden und man war immer der Ansicht, es habe ein besonders sonniges Gemüt." Sie sah aus, als wollte sie noch mehr sagen, überlegte es sich aber anders.

„Was für ein abscheuliches Kind! Ich hoffe, es wurde hart bestraft", sagte ich. „Was ist aus ihm geworden? Hat es sich zu einem nützlichen Mitglied der Gesellschaft entwickelt?"

„Ich glaube schon", vermutete Angela lächelnd.

„Nun, das zeigt, dass man es nie wissen kann", bemerkte Mr Pomfrey. „Ich persönlich neige dazu, zu glauben, dass Miss Mason ihre Mutter tatsächlich umgebracht hat, auch wenn wir vielleicht nie erfahren werden, was wirklich passiert ist. Geschworene haben oft viel Mitleid mit hübschen jungen Frauen, die vor ihnen auf der Anklagebank sitzen."

„Ja“, erwiderte Angela. Sie sah nachdenklich aus, sagte aber nichts weiter.

Die Damen zogen sich bald zurück, und als wir uns zu ihnen gesellten, blieb Sir Neville wieder nur kurz, bevor er sich entschuldigte und in sein Arbeitszimmer ging, ohne dass einer der Anwesenden seinen Weggang kommentierte. Trotzdem musste ich erneut an unser Gespräch vom Vorabend denken und fragte mich, was er wohl gemeint hatte, als er von „Lügnern und Intriganten“ sprach.

Das Grammophon wurde angestellt, doch niemand schien Lust zum Tanzen zu haben. Aus irgendeinem Grund, den ich nicht näher benennen konnte, lastete eine bedrückte Stimmung auf uns. Nach dem fröhlichen Abend am Vortag wirkten heute alle eher gereizt und niedergeschlagen. Man ging im Raum ein und aus, längere Gespräche kamen kaum zustande. Zwischen Joan und Gwen herrschte eine kaum verhohlene Feindseligkeit, während Bobs' gelegentliche Versuche, Witze zu reißen, allesamt fehlschlugen. Sylvia saß schweigend am Fenster, nur Angela und Mr Pomfrey schien die Atmosphäre nichts auszumachen. Sie unterhielten sich angeregt an einem Ende des Salons.

„Meine Lieben, kein Wunder, dass ihr alle ein Gesicht macht wie sieben Tage Regenwetter. Bei diesem Lied muss man ja schwermütig werden“, rief Rosamund, die atemlos ins Zimmer stürmte. Sie suchte eine Grammophonplatte mit einem lebhafteren Stück aus. „Das ist schon viel besser. Also, wer von euch möchte mit mir tanzen? Mr Pomfrey, ich weiß, dass Sie nicht Nein sagen!“

Mr Pomfrey gab ein trockenes Lachen von sich.

„Meine liebe Lady Strickland, ich bewundere Ihren Optimismus, aber ich fürchte, das Tempo dieser modernen Musik wäre zu viel für mich. Vielleicht springt Mr Buckley in diesem Fall für mich ein? Sollten Sie jedoch später etwas spielen, das meinem fortgeschrittenen Alter und meiner nachlassenden Energie angemessener ist, so versichere ich Ihnen, dass ich mich sehr geehrt fühlen würde!"

Bobs ließ sich nicht lange bitten, aber selbst die flotte Musik änderte nichts an der allgemeinen Stimmung. Ich fragte mich, was mit uns los war, und kam schließlich zu dem Schluss, dass es etwas mit dem Anwalt zu tun hatte - oder vielmehr mit dem, wofür er möglicherweise angereist war, denn er selbst war völlig harmlos.

Als Nächstes spielte Rosamund ein langsameres Stück und bestand darauf, dass Mr Pomfrey sein Versprechen einlöste, was er denn auch mit feierlicher Geste tat. Als perfekte Gastgeberin schien sie entschlossen, uns alle aufzuheitern. Sie tanzte nacheinander mit allen Männern, obwohl keine der anderen Frauen mitmachen wollte, und plauderte erst mit dem einem, dann mit einem anderen. Ich fand ihre Bemühungen bewundernswert und stellte überrascht und erfreut fest, dass sie Erfolg zeigten, denn die Atmosphäre hellte sich spürbar auf. Nachdem sie getanzt hatte, bis sie kaum noch Luft bekam, überredete sie uns zu einem Schreibspiel namens Consequences, bei dem wir alle uns vor Lachen krümmten.

„Oh!", sagte Rosamund und wischte sich nach einer besonders albernen Runde die Lachtränen aus den Augen. „Dieses Spiel muss ich mir merken, wenn meine Gäste das nächste Mal gelangweilt herumsitzen und drohen, nach Hause zu gehen. Ich habe es nicht mehr gespielt, seit ich ein Kind war, aber ich bin froh, dass es mir eingefallen ist."

„Vielleicht können wir Neville dazu bringen, mitzuspielen", schlug Joan vor. „Das könnte ihn ein bisschen aufmuntern."

„Was für eine gute Idee!", sagte Rosamund nach einem Augenblick. „Charles, du kommst mit und hilfst mir, ihn zu überreden. Zu mir kann er ziemlich unfreundlich sein, aber bei einem Gast würde er nicht Nein sagen, nicht wahr?"

Sie zog mich aus dem Zimmer, bevor ich etwas erwidern konnte, und lief leichtfüßig vor mir her zum Arbeitszimmer.

„Wie dumm! Warum in aller Welt hat er die Tür abgeschlossen?" Sie klopfte und lauschte.

„Liebling, lass die verstaubten alten Papiere liegen und komm mit in den Salon", rief sie laut. Sie zog eine Grimasse und schüttelte den Kopf, als ich nähertrat. „Bist du sicher?", fragte sie. „Na, dann bleib nicht zu lange auf."

Sie wandte sich mit resignierter Miene zu mir um und wir gingen gemeinsam den Gang entlang zurück in die Eingangshalle. „Ich weiß nicht, was in den letzten Tagen mit ihm los ist", sagte sie kopfschüttelnd. „Dass er seine Gäste im Stich lässt, ist schlimm genug, aber ich dringe nicht zu ihm durch, wenn er in dieser Stimmung ist."

In der Eingangshalle trafen wir auf Hugh MacMurray, der gerade durch eine Seitentür hereinkam.

„Hallo!", begrüßte ihn Rosamund. „Wir wollten Neville überreden, zu uns in den Salon zu kommen, aber er weigert sich, nicht wahr, Charles?"

„Ja", pflichtete ich ihr bei.

„Der alte Neville ist ziemlich stur, was?", bemerkte MacMurray. „Das ist eine Schande. Wir werden ihn alle aufmuntern müssen. Brrr!", fuhr er fort und schüttelte sich. „Es ist eiskalt da draußen! Ich brauche einen ordentlichen Drink, um mich aufzuwärmen."

„Ach du meine Güte! Was hat dich denn dazu bewogen, um diese Zeit nach draußen zu gehen?", wollte Rosamund wissen.

„Ach, weißt du, ich wollte nur etwas frische Luft schnappen. Im Salon ist es recht stickig", antwortete er und sah dabei ein wenig verlegen aus.

„Hattet ihr Glück?", fragte Joan, als wir zu den anderen zurückkehrten.

„Nein, er besteht darauf, weiterzuarbeiten. Nun, dann müssen wir uns eben ohne ihn amüsieren", antwortete Rosamund.

Allerdings es sah so aus, als sei die heiterere Stimmung nur vorübergehend gewesen. Auf eine weitere Partie Consequences hatte niemand Lust und auch Rosamunds Vorschlag, Karten zu spielen, stieß nicht auf Gegenliebe. Joan ging hinaus und kam mit einem Buch zurück, während Simon Gale etwas von einer Arbeit murmelte, die er zu Ende bringen müsse, und Bobs verschwand, ohne zu sagen, wohin.

„Ich will mehr Musik!", forderte Gwen etwas zu laut. Sie hatte den ganzen Abend über getrunken und schwankte nun zum Grammophon hinüber, wobei sie hochkonzentriert einen Fuß vor den anderen setzte.

„Muss das sein?", meinte Joan. „Ich habe rasende Kopfschmerzen."

„Was für Kopfschmerzen? Als wir vorhin Musik gespielt haben, hast du nichts von Kopfschmerzen gesagt", murrte Gwen.

„Da war noch alles in Ordnung. Sie sind erst vor ein paar Minuten aufgetreten."

„Wie praktisch", sagte Gwen. In ihrer Stimme schwang ein gefährlicher Unterton mit.

„Wie meinst du das?"

„Ich glaube nicht, dass du Kopfschmerzen hast - du willst nur allen den Abend verderben."

„So ein Unsinn!", brauste Joan auf. „Wenn uns jemand den Abend verdirbt, dann bist du es."

„Nein, das stimmt nicht!"

„Doch, es stimmt! Du willst immer im Mittelpunkt

stehen. Wir haben hier ganz ruhig gesessen, aber du musst natürlich den Störenfried geben, wie immer."

„Meine Lieben", rief Rosamund, „wo sind eure Manieren? Ich will nicht, dass ihr euch streitet, wo es doch gerade so gut läuft."

Gwen schenkte ihr keine Beachtung, sondern richtete sich empört auf.

„Was soll das heißen, ‚wie immer'? Du kleines Biest! Meinst du, ich wüsste nicht, was du wirklich von mir hältst? Ich weiß, dass du auf uns herabsiehst. Deiner Meinung nach sind wir nicht gut genug für Sissingham Hall, das ist ganz offensichtlich. Vielleicht glaubst du, ich bemerke deinen Spott nicht, wenn wir hierherkommen, aber das tue ich. Und ich sehe, wie du versuchst, Neville gegen uns einzunehmen!"

„Gwen, hör mal -", begann Hugh MacMurray und rutschte unbehaglich auf seinem Sessel hin und her.

„Sei still, Hugh! Ich habe es satt, mich von diesen Leuten beleidigen zu lassen. Merkst du nicht, dass sie denken, du hättest unter deinem Stand geheiratet? Nein, natürlich merkst du das nicht - warum auch? Schließlich musst du nicht das Getuschel und die Gerüchte über dich ergehen lassen und dir ansehen, wie sie die Nase rümpfen. Wenn du ein richtiger Mann wärst, würdest du mich gegen sie verteidigen, aber das tust du nie."

Ihr Mann stieß einen Laut aus, der entfernt an ein traurig blökendes Schaf erinnerte.

„Und du bist gerade die Richtige, ein Urteil über andere Leute zu fällen!" fuhr Gwen zu Joan gewandt fort. „Ich sehe doch, wie du Simon nachläufst wie eine verliebte Kuh, glaub bloß nicht, das wüsste ich nicht. Aber mal ehrlich", hier brach sie in schallendes Gelächter aus, „welcher Mann würde sich mit einem fetten Kloß wie dir abgeben?"

Einen Augenblick herrschte verblüffte Stille, dann brach Joan in Tränen aus und verließ eilig den Raum. Gwens Wut schien schlagartig verraucht zu sein. Sie setzte sich mit einem Ruck hin.

„Mir ist schlecht", jammerte sie. „Boopsie, bring mich ins Bett".

Rosamund nickte Hugh zu.

„Ja, Liebes", sagte er und führte sie aus dem Zimmer.

Es folgte ein allgemeines Räuspern und irgendjemand versuchte, ein Gespräch über das Wetter in Gang zu bringen. Rosamund saß einen Moment lang mit der Hand an der Stirn da und seufzte dann tief.

„Was für ein schwieriger Abend! Ich glaube, ich gebe den Versuch auf, ihn zu retten, und schlage vor, dass ihr alle sofort zu Bett geht. Warum benehmen sich die Leute nicht so, wie es sich gehört, wenn ich mir alle Mühe gebe, eine feine Hausgesellschaft auf die Beine zu stellen?"

„Es ist schon spät. Vielleicht geht es uns allen morgen besser, wenn wir ausgeschlafen sind", meinte Angela.

Ich warf einen Blick auf meine Uhr und stellte fest, dass es schon fast halb zwölf war. Ich war tatsächlich ziemlich müde, wollte aber nicht wie ein Feigling aussehen, wenn ich mich als Erster verabschiedete. Glücklicherweise verkündete Mr Pomfrey, er werde sich zurückziehen, und bald folgten ihm Rosamund und Angela. Ich entschuldigte mich kurz darauf und ging in mein Zimmer. Ich lag einige Zeit wach, bevor ich in einen unruhigen Schlaf fiel.

# Kapitel Sieben

Am nächsten Morgen wurde ich durch das Geräusch hastiger Schritte im Flur geweckt, gefolgt von Stimmengewirr und emsigem Hin-und-Hereilen, das aus der Richtung der Treppe zu kommen schien. Benommen schaute ich auf die Uhr und stellte fest, dass es noch früh war, also drehte ich mich auf die andere Seite und versuchte, weiterzuschlafen. Doch der Lärm und das geschäftige Treiben ebbten nicht ab, sondern schienen eher zuzunehmen, sodass ich mich widerwillig von meinem gemütlichen Bett erhob, mich anzog und die Treppe hinunterging. In der Eingangshalle erwartete mich heilloses Durcheinander. Die Hälfte der Bediensteten schien in mehr oder weniger großer Aufregung umherzulaufen, während der alte Butler vergeblich versuchte, sie in ihren Teil des Hauses zu scheuchen. Ein Hausmädchen stand laut jammernd in einer Ecke. Ich entdeckte Simon Gale und Mr Pomfrey, die die Köpfe zusammensteckten, und ging zu ihnen.

„Hallo, was zum Teufel ist hier los?", fragte ich.

„Mr Knox, es tut mir leid, Ihnen mitteilen zu müssen, dass Sir Neville einen Unfall hatte", antwortete Mr

Pomfrey mit ernster Miene. Simon Gale nickte. Er war leichenblass.

„Was soll das heißen, ein Unfall?" Ich schaute von einem zum anderen. „Sie meinen doch nicht etwa, dass er …"

Mr Pomfrey senkte den Kopf.

„Ich fürchte, er ist tot."

Ich starrte ihn fassungslos an.

„Aber wie kann das sein? Was ist passiert?"

„Wie es aussieht, ist er gestern Abend gestürzt und mit dem Kopf am Kaminsims aufgeschlagen. Man hat ihn heute Morgen in seinem Arbeitszimmer gefunden."

„Gestürzt und mit dem Kopf aufgeschlagen?", wiederholte ich, als wäre ich nicht ganz gescheit. „Das kommt mir merkwürdig vor. Wie um alles in der Welt soll das gehen?"

Simon Gale ergriff widerstrebend das Wort.

„Wir sind uns nicht ganz sicher, was den genauen Ablauf der Ereignisse angeht. Wir wissen nur, dass das Hausmädchen, das heute Morgen das Arbeitszimmer putzen wollte, die Tür verschlossen fand. Nach einigem Suchen entdeckte der Butler schließlich einen Ersatzschlüssel. Gemeinsam betraten sie das Zimmer und sahen Sir Neville am Kamin liegen. Er war offenbar gestürzt. Neben ihm lag ein Glas auf dem Boden und es roch stark nach Whisky. Natürlich besteht kein Grund zu der Annahme, dass er betrunken war", setzte er eilig hinzu.

„Nein, nein, natürlich nicht", bekräftigte Mr Pomfrey. „Aber selbst der Genuss einer kleinen Menge könnte dazu geführt haben, dass er leichter das Gleichgewicht verloren hat."

„Rosamund - was ist mit Rosamund?", fiel mir plötzlich ein. „Weiß sie es?"

„Lady Strickland wurde kurz nach der Entdeckung der Leiche informiert", antwortete der Anwalt. „Sie bestand darauf, mit Sir Neville alleingelassen zu werden. Ich hielt es nicht für richtig, aber sie ließ sich nicht davon abbringen." Er schüttelte den Kopf. „Sie ist jetzt im kleinen Salon mit Miss Havelock und Mr Buckley."

„Der Arzt sollte in Kürze eintreffen", sagte Gale, „obwohl ich fürchte, dass man nichts tun kann." Er schluckte. Es sah aus, als hätte er selbst einen ordentlichen Whisky nötig. „Lady Strickland wollte Sir Neville in sein Zimmer tragen lassen, aber Mr Pomfrey hat ganz richtig darauf hingewiesen, dass er nicht von der Stelle bewegt werden darf, bevor ihn der Arzt untersucht hat."

„Oh, ganz recht, ganz recht", nickte der Anwalt. „Der Sachverhalt muss geklärt werden, so schmerzhaft es für die Familie auch sein mag. Ich habe vorsichtshalber die Tür wieder verschlossen, um zu verhindern, dass neugierige Bedienstete das Zimmer betreten." Er fügte nicht hinzu: „Oder neugierige Gäste", aber der Satz hing unausgesprochen in der Luft.

Die Nachricht von Sir Nevilles Tod erschütterte mich zutiefst. Ich wandte mich von den beiden Männern ab und betrat den kleinen Salon. Rosamund saß auf einem niedrigen Diwan neben Joan, die leise in ein Taschentuch schluchzte. Bobs, die Hände in den Taschen, starrte nachdenklich aus dem Fenster. Rosamund selbst war blass, wirkte aber gefasst. Als ich eintrat, blickte sie auf.

„Oh Charles!", rief sie klagend. „Was soll ich nur tun?"

Ich ging zu ihr und nahm ihre Hand, fand aber keine Worte.

Bobs wandte sich um und blickte mich an.

„Hallo, alter Junge", sagte er, ohne eine Spur seiner üblichen Schalkhaftigkeit. Er sah ziemlich erschüttert aus. „Schreckliche Sache, was?"

„Wann kommt endlich der Arzt?", fragte Rosamund.

„Ich will, dass er sofort kommt. Das Warten ist unerträglich."

„Er ist unterwegs und wird bald hier sein", beruhigte
ich sie.

„Er muss sich beeilen, unbedingt. Wo sind denn die
anderen?"

„Keine Ahnung. Ich nehme an, sie schlafen alle noch",
antwortete ich.

„Vielleicht ist das im Moment das Beste", sagte sie.
„Ich weiß nicht, was ich tun soll. Was tut man in einer
solchen Situation?" Sie presste die Hände an die Schläfen.
„Ich muss dringend nachdenken, aber in meinem Kopf
dreht sich alles im Kreis und ich kann keinen klaren
Gedanken fassen."

„Ganz ruhig", sagte ich. „Versuche einfach, gar nicht
nachzudenken. Lass dir Zeit, bis der Arzt hier ist."

Sie schenkte mir ein Lächeln, das ich nicht deuten
konnte.

„Lieber Charles! Immer so wunderbar unkompliziert."
Sie sah sich hektisch um. „Wo ist Angela? Ich brauche
Angela. Sie wird sich um mich kümmern. Bitte, jemand
soll Angela holen."

„Hier bin ich, Liebes." Mrs Marchmont betrat in
diesem Moment das Zimmer. Sie trat zu Rosamund und
küsste sie auf die Wange. „Ich habe es gerade erfahren.
Meine Liebe, es tut mir so furchtbar leid." Sie richtete sich
auf und sah uns alle an. „Der Arzt ist eingetroffen und
befindet sich jetzt im Arbeitszimmer."

„Oh!" Rosamund sprang auf. „Na endlich! Ich muss
sofort zu ihm."

Bevor wir sie davon abbringen konnten, eilte sie aus
dem Zimmer, gefolgt von ihrer Cousine.

Sylvia kam herein. Sie war blass und atemlos.

„Ist es wahr?", fragte sie. Niemand antwortete, aber ein Blick in unsere Gesichter genügte.

Joan stand auf, ihre Augen waren rot vom Weinen. Vielleicht erinnerte sie sich an ihre Pflichten, jedenfalls gab sie sich offenbar große Mühe, sich zusammenzureißen.

„Nun, es hat keinen Sinn, den ganzen Tag hier zu sitzen, und wir können sowieso nichts tun, nachdem der Arzt und Mr Pomfrey die Sache in die Hand genommen haben. Ich denke, wir sollten frühstücken", schlug sie vor, „obwohl ich sicher keinen Bissen essen kann."

Wie benommen gingen wir gemeinsam in den Speisesaal und versuchten zu frühstücken. Rogers, der alte Butler, der offenbar mit seinen Gedanken ganz woanders war, bediente uns. Danach versammelten wir uns alle im Salon und unterhielten uns mit gedämpften Stimmen. Es war, als würden wir auf etwas warteten, obwohl ich kaum wusste, auf was.

Am späten Vormittag kamen schließlich die MacMurrays herunter. Sie hatten gerade von der Tragödie erfahren und platzten lärmend in den Salon.

„Was habe ich da gehört?", rief MacMurray. „Was ist das mit Neville? Das kann doch nicht wahr sein." Er sah entsetzt aus.

„Ich fürchte, es stimmt", erwiderte ich.

Er wandte sich um und starrte mich an.

„Wo ist es passiert?", fragte er.

„In seinem Arbeitszimmer. Es muss irgendwann gestern am späten Abend gewesen sein."

„Sind Sie sicher? Aber das ist unmöglich!", sagte er. Mit einem Ruck setzte er sich hin und verbarg das Gesicht in den Händen. „Oh Gott", stöhnte er. „Ich brauche einen Drink." Er sah schrecklich aus.

Gwen sah tatsächlich noch schlimmer aus, falls das überhaupt möglich war. Zum Teil lag es sicher daran, dass sie gestern Abend dem Alkohol reichlich zugesprochen hatte. Ihr Gesicht war fleckig und aufgedunsen und ihre Augen huschten unstet hin und her, als wüsste sie nicht recht, wo sie war.

„Was sollen wir jetzt tun?", fragte sie.

„Hier warten, bis der Arzt fertig ist, nicht wahr?", antwortete ich.

Der Rest des Vormittags schien sich unendlich in die Länge zu ziehen. Ich überlegte, dass ich besser verschwinden sollte, weil ich mir angesichts dieser Tragödie, die nicht die meine war, wie ein Eindringling vorkam. Andererseits wollte ich nicht den Eindruck erwecken, dass ich die Familie in ihrer Not im Stich ließ. Außer mir schien niemand mit dem Gedanken zu spielen, abzureisen, aber natürlich waren sie alle enge Freunde oder Verwandte von Sir Neville, während ich ein vergleichsweise Fremder war. Ich saß also voller Unbehagen da und wartete vergeblich auf einen Hinweis, was ich tun sollte.

Erst als wir beim Mittagessen saßen, tauchte Mr Pomfrey wieder auf, begleitet von Angela Marchmont. Der Anwalt blickte der Reihe nach in unsere fragenden Mienen.

„Dr. Carter ist mit seiner Untersuchung fertig", berichtete er. „Er ist jetzt bei Lady Strickland. Wir haben sie überredet, sich für ein paar Stunden hinzulegen."

„Was hat er gesagt?", wollte Joan wissen.

„Er scheint mit unserer Ansicht übereinzustimmen, dass es sich um einen tragischen Unfall gehandelt hat. Es sieht aus, als habe Sir Neville das Gleichgewicht verloren, während er am Kamin stand. Dabei ist er mit dem Hinterkopf auf der Kante des Kaminsimses aufgekommen. Es mag Ihnen ein Trost sein, dass der Tod fast sofort eingetreten sein muss."

„Wo ist der arme Neville jetzt? Sie haben ihn doch sicher nicht im Arbeitszimmer liegen lassen?"

„Sir Neville wurde in sein Zimmer getragen, bis er – äh, abgeholt werden kann."

„Wo sind die Hunde?", fragte Joan plötzlich. „Die armen Tiere. Sie mussten heute Morgen auf ihren Spaziergang verzichten. Ich gehe jetzt mit ihnen raus. In der frischen Luft kriege ich hoffentlich einen klaren Kopf." Sie erhob sich vom Tisch und ging hinaus.

„Gute Idee. Ich glaube, das mache ich auch", sagte ich.

„Ich komme mit", sagte Sylvia.

Wir holten unsere Mäntel und gingen durch die Seitentür ins Freie. Es war ein trüber Tag, aber die kühle Luft war nach der bedrückenden Atmosphäre im Haus eine willkommene Abwechslung. Wir gingen schweigend auf der Terrasse auf und ab, jeder in seine Gedanken vertieft.

„Es kommt mir alles so unwirklich vor", sagte Sylvia schließlich.

„Ja, mir auch", antwortete ich.

„Wie schnell man den Tod vergisst", fuhr sie wie zu sich selbst fort. „Ich meine, es ist erst zehn Jahre her, dass Ralph gestorben ist. Damals war ich natürlich noch ein Kind. Es ist wirklich schrecklich, aber man reißt sich zusammen und macht weiter, nicht wahr?"

„Ja, wahrscheinlich", sagte ich und dachte an den Tod meiner Eltern.

„Ich hoffe, Rosamund kommt wieder auf die Beine. Ich würde ja gerne etwas für sie tun, aber man fühlt sich dermaßen verzweifelt und hilflos. Wie soll man ihr in einer solchen Situation helfen - außer dass man sich vielleicht so unauffällig wie möglich verhält."

„Ja – ausgerechnet jetzt Gäste zu haben, kann nicht einfach sein. Ich werde ihr natürlich meine Hilfe anbieten, aber wenn sie sie nicht annehmen will, ist es vermutlich das Beste, so diskret und diplomatisch wie möglich zu verschwinden.

In diesem Moment hörten wir hinter uns ein Geräusch. Als wir uns umwandten, stellten wir fest, dass wir an den Fenstertüren zum Arbeitszimmer standen.

„Hallo." Angela Marchmont trat auf die Terrasse hinaus. „Ich habe gerade die Türen ausprobiert."

„Wäre es nicht einfacher gewesen, durch die Seitentür nach draußen zu kommen?", erkundigte ich mich.

„Ich denke schon", antwortete sie vage und betrachtete nachdenklich den Riegel. „Ja, ja. Wer weiß, wann sie zuletzt aufgemacht worden sind."

„Nicht seit dem Sommer, nehme ich an", sagte Sylvia.

„Aber ich habe sie gerade eben unverschlossen und entriegelt vorgefunden. Das ist ziemlich merkwürdig."

„Was ist daran seltsam? Vielleicht hat Neville sie gestern aufgeschlossen und Rogers konnte nicht ins Zimmer, um sie wieder zu verschließen."

„Vielleicht. Aber dafür ist es ein bisschen spät im Jahr." Sie bückte sich und begutachtete den Boden. „Hier ist etwas Farbe abgeblättert, aber vielleicht habe ich das ja auch gerade selbst gemacht. Dumm von mir, dass ich mich nicht vorher draußen umgesehen habe."

„Warum interessierst du dich so sehr für die Fenstertüren?", fragte Sylvia.

„Oh, dafür gibt es keinen besonderen Grund", erwiderte Mrs Marchmont. Sie ging ins Zimmer zurück und schloss die Türen schwungvoll. Sylvia und ich sahen uns an, zogen sie ohne uns abgesprochen zu haben wieder auf und folgten ihr ins Arbeitszimmer, wo sich Mrs Marchmont gerade nachdenklich umsah.

„Was ist los?", fragte ich.

Angela runzelte die Stirn.

„Ich bin mir nicht sicher", antwortete sie langsam. „Aber irgendetwas passt nicht ganz."

„Was meinen Sie?"

Sie zögerte.

„Ich kann es nicht recht in Worte fassen. Aber ich frage mich, ob der Doktor und Mr Pomfrey sich nicht vielleicht geirrt haben."

„Wollen Sie damit sagen, dass es kein Unfall war?"

„Nein, nein, für diese Vermutung gibt es keinen Anlass. Aber dass Neville rückwärtsgefallen und mit dem Kopf aufgeschlagen ist, klingt für mich nicht ganz schlüssig - ich bin mir allerdings nicht sicher, warum."

Sie ging zum Kamin und betrachtete ihn genau. Ich schnupperte.

„Hier riecht es stark nach Whisky", bemerkte ich.

„Ja, das stimmt", antwortete Angela. „Das finde ich auch seltsam. Wenn er nur ein Glas verschüttet hat, müsste sich der Geruch inzwischen verflüchtigt haben. Aber es riecht, als hätte jemand eine ganze Flasche von dem Zeug über den Teppich geschüttet."

Ich blickte zu der Anrichte an der Wand. Darauf stand eine Karaffe, die zu einem knappen Viertel gefüllt war.

„Vorgestern war die Karaffe fast voll", sagte ich. „Ich weiß es, weil Sir Neville mir ein Glas daraus eingeschenkt hat."

„Vielleicht hat er den Rest getrunken", vermutete Sylvia.

„Das ist ziemlich viel Whisky für zwei Tage", wandte ich ein. „Hat Sir Neville - äh, hat er öfter dem Alkohol zugesprochen?"

„Ich habe nie mitbekommen, dass er viel getrunken hätte, aber man kann sich natürlich nie sicher sein", entgegnete Sylvia. „Rogers müsste es wissen. Vielleicht sollten wir ihn fragen."

Angela Marchmont betrachtete den Kamin eingehend. Dann wandte sie sich um und schien zu einem Entschluss zu kommen.

„Sehen Sie", sagte sie, „ich werde Ihnen zeigen, was ich meine. Vielleicht können Sie helfen." Zu unserem Erstaunen legte sie sich auf den Rücken, sodass der Kopf zum Feuer und die Füße in den Raum wiesen.

„Was machst du denn da?", fragte Sylvia.

„So hat Neville gelegen, als man ihn gefunden hat", gab Angela zurück. „Zumindest habe ich ihn so liegen sehen, als ich Dr. Carter ins Arbeitszimmer geführt habe."

„Und?", fragte ich verwirrt. „Das scheint mir eindeutig zu sein. Er ist gestolpert, nach hinten gefallen und hat sich den Kopf aufgeschlagen."

„Aber ja, natürlich", sagte Sylvia plötzlich mit weit aufgerissenen Augen. „Ich glaube, ich verstehe, was du meinst. Es ist alles zu glatt, zu einfach."

Angela stand so anmutig wie möglich auf und klopfte sich den Rock ab.

„Ich verstehe nicht", gab ich zu.

„Sieh her", sagte Sylvia. Sie stellte sich mit dem Rücken an den Kamin. „Wenn du nach hinten fällst und dir den Kopf stößt, was passiert dann? Sicherlich würdest du in diese Richtung geschleudert werden und man würde dich in zusammengekrümmter Haltung mit den Füßen oder, was in diesem Fall wahrscheinlicher ist, mit dem Kopf in der Nähe des Feuers finden." Sie demonstrierte es vorsichtig.

„Ja", sagte Angela. „Die einzige Möglichkeit, wie Sie flach auf den Rücken zum Liegen kämen, wäre, wenn Sie steif wie ein Brett nach hinten fallen und die Füße unter Ihnen wegrutschen würden - aber dieser Teppich ist überhaupt nicht rutschig."

„Jetzt verstehe ich, was Sie meinen, aber sind Sie sich sicher?", fragte ich.

„Nein, ganz und gar nicht", antwortete Angela. „Deshalb habe ich Sie ja gefragt. Ich befürworte bei einer solchen Untersuchung durchaus eine gründliche Vorgehensweise, aber ich würde mir nicht den Kopf am Kaminsims aufschlagen, nur um eine Theorie zu testen."

„Vielleicht ist er gar nicht auf dem Kaminsims aufgeschlagen, sondern auf der gemauerten Umrandung", überlegte Sylvia.

„Das glaube ich nicht. Die Anrichte hätte das verhindert."

„Vielleicht hat ihn jemand anders hingelegt", schlug ich vor.

„Das ist natürlich möglich", räumte Angela ein. „Aber Mr Pomfrey hat berichtet, dass der Butler ihn sofort nach Auffinden der Leiche unterrichtet hat. Der Anwalt hat kurz darauf die Tür zum Arbeitszimmer abschließen lassen. Ich nehme an, der Butler könnte Sir Neville bewegt haben, aber warum sollte er?"

„Eine weitere Frage, die wir ihm stellen müssen", sagte ich.

„Vielleicht war Neville nicht sofort tot, wie Mr Pomfrey behauptet. Dann hat er sich möglicherweise zum Kamin geschleppt und ist hier gestorben", mutmaßte Sylvia. Der Gedanke war schrecklich, aber ganz von der Hand zu weisen war er nicht. Angela schien jedoch nicht überzeugt.

„Da ist noch etwas", sagte sie. „Seht euch das an." Sie deutete auf eine Vase am Rand des Kaminsimses. „Die steht noch, aber die hier", sie wies mit der Hand auf den Schürhaken und die Schaufel, die verstreut herumlagen, „sind umgefallen. Wenn Neville wirklich so gegen den Kaminsims gefallen wäre, wie wir dachten, hätte er die Vase mitgerissen."

Ich hob die Vase hoch, die einen Abdruck im Staub auf dem Kaminsims hinterlassen hatte, und dachte an Rosamunds Klage über den Mangel an gutem Personal.

„Sie haben recht. Die steht schon ziemlich lange an ein und derselben Stelle", sagte ich.

Sylvia sah sich nachdenklich im Raum um.

„Was glaubst du, ist passiert, Angela?", fragte sie.

„Das ist es ja gerade. Ich weiß es nicht", antwortete Mrs Marchmont. „Und ehrlich gesagt bin ich mir nicht sicher, ob es nicht besser gewesen wäre, die ganze Sache auf sich beruhen zu lassen. Vielleicht sollten wir einfach verschwinden und so tun, als hätten wir nichts gesehen."

Ich fand die Vorstellung beunruhigend, aber Sylvia nickte.

„Ja, ich glaube, das wäre eine gute Idee."

„Aber wenn wir einen Verdacht haben, ist es doch unsere Pflicht, ihn zu melden", sagte ich.

Sylvia bedachte mich mit einem schiefen Lächeln.

„Lieber Charles! So direkt und aufrichtig wie eh und je!", rief sie.

Rosamund hatte mir vorher etwas ganz Ähnliches gesagt. Ich runzelte die Stirn; irgendwie wurde ich das Gefühl nicht los, dass man sich über mich lustig machte.

„Ich weiß nicht, warum wir jemandem davon erzählen sollten", meinte Angela. Sie musste mir mein Unbehagen angesehen haben, denn sie fügte schnell hinzu: „Eigentlich haben wir nichts bewiesen, wissen Sie - wir haben nur ein paar Beobachtungen gemacht und darüber spekuliert, was passiert sein könnte oder auch nicht. Zu einem Ergebnis sind wir nicht gekommen."

Das stimmte zwar, aber ich war trotzdem nicht zufrieden.

„Trotzdem wäre es mir lieber, wenn wir mit dem Anwalt oder jemand anderem darüber sprechen würden", beharrte ich, „vor allem, weil Sie zu vermuten scheinen, dass etwas nicht stimmt.“

„Warum sprechen wir nicht zuerst mit Rogers?“, schlug Sylvia plötzlich vor. „Wir können ihn fragen, ob die – ob Neville bewegt worden ist. Möglicherweise zerbrechen wir uns unnötig den Kopf und es stellt sich heraus, dass es eine ganz harmlose Erklärung für unsere Beobachtungen gibt.“

„Ich hoffe, du hast recht“, sagte Mrs Marchmont. „Mir wäre es viel lieber, das alles erweist sich als ein Hirngespinst von mir als – nun ja, die Alternative.“

Im nächsten Augenblick erwiesen sich all unsere Überlegungen jedoch als irrelevant, denn Mr Pomfrey und Dr. Carter betraten den Raum.

# Kapitel Acht

„Oн", entfuhr es Mr Pomfrey. Er war sichtlich überrascht, das Arbeitszimmer nicht leer vorzufinden. „Wir … äh, wir wollten … eigentlich …"

„Bitte entschuldigen Sie", sagte der Arzt forsch und trat an den Kamin, ohne auf das offensichtliche Unbehagen des Anwalts zu achten, „aber ich möchte mir das genauer ansehen."

„Hm … ah … ja." Mr Pomfrey wand sich vor Verlegenheit. Drei der Gäste im Arbeitszimmer anzutreffen, brachte ihn aus dem Konzept.

Dr. Carter begutachtete die Kante des Kaminsimses und schien etwas zu entdecken. Er strich mit dem Zeigefinger darüber, dann schnupperte er vorsichtig daran. „Ja - Haaröl, würde ich sagen. Das scheint ja eine klare Sache zu sein."

Sir Neville hatte Haaröl benutzt? Das überraschte mich, ich hätte nicht gedacht, dass er der Typ dafür war.

„Sagten Sie, die Leiche sei nicht bewegt worden?", fragte der Arzt zu Mr Pomfrey gewandt.

„Das war jedenfalls der Eindruck, den mir der Butler

vermittelt hat", antwortete Mr Pomfrey.

„Ich verstehe. Vielleicht sollten wir ihn herholen, um die Sache aufzuklären."

Bevor jemand etwas erwidern konnte, läutete der Arzt.

„Stimmt denn etwas nicht?", fragte ich.

„Äh … Dr. Carter wollte sich lediglich die Unfallstelle genauer ansehen", antwortete der Anwalt widerstrebend. „Er hat noch ein paar Fragen. Ich glaube aber nicht, dass es einen Grund zur Besorgnis gibt", fügte er hinzu.

Es klopfte und Rogers trat ein. Er sah etwas beunruhigt aus.

„Sie wünschen, Sir?", fragte er.

„Also, Rogers", sagte Dr. Carter. „Ich würde gerne von Ihnen hören, wie Sir Neville heute Morgen aufgefunden wurde."

Rogers schluckte.

„Verzeihen Sie, Sir", antwortete er mit zittriger Stimme, „aber diese schreckliche Sache hat mich sehr mitgenommen."

„Ja, ja, natürlich", erwiderte Mr Pomfrey aufmunternd. „Wir sind alle schockiert und versuchen unser Bestes, die genauen Umstände von Sir Nevilles furchtbarem Unfall aufzuklären. Deshalb brauchen wir Ihre Hilfe. Wir würden gerne genau wissen, was heute Morgen passiert ist."

„Nun, Sir", begann der alte Mann, „den ersten Hinweis, dass etwas nicht stimmte, bekam ich heute früh, als eines der Hausmädchen zu mir kam und mir mitteilte, es habe die Tür zum Arbeitszimmer verschlossen vorgefunden und könne den Raum daher nicht ausfegen. Ich begleitete das Mädchen, um mich selbst zu überzeugen, und es war genauso, wie es gesagt hatte. Auf mein Klopfen erhielt ich keine Antwort, sodass ich zunächst dachte, das Arbeitszimmer sei leer. Als ich jedoch nachfragte, erfuhr ich von den Bediensteten, dass keiner von ihnen Sir Neville an diesem Morgen gesehen hatte, außerdem war sein Bett unbenutzt. Da fing ich an, mir Sorgen zu machen."

„Kam es Ihnen nicht seltsam vor, dass die Tür verschlossen war?"

„Doch, Sir, das war äußerst ungewöhnlich und machte mich sehr unruhig. Ich wollte so schnell wie möglich in das Zimmer gelangen. Schließlich fiel mir eine Ansammlung von Schlüsseln ein, die in meinem Zimmer in einer zugesperrten Schublade lagen. Ich ließ sie holen und glücklicherweise passte einer von ihnen. Als wir das Arbeitszimmer betraten, fanden wir Sir Neville tot vor dem Kamin liegen." Der alte Butler nahm ein Taschentuch aus der Tasche und wischte sich über die Stirn. „Verzeihen Sie, Sir, aber ich bin so etwas nicht gewohnt."

„Gewiss, das verstehe ich", antwortete Mr Pomfrey mitfühlend.

„Wenn Sie die Tür mit einem Zweitschlüssel öffnen konnten, hat der reguläre Schlüssel nicht auf der Innenseite der Tür gesteckt, nehme ich an", wandte ich ein. „Sonst hätte der Ersatzschlüssel nicht gepasst."

„Oh nein, Sir", antwortete der Butler. „Ich hätte erwähnen sollen, dass der Schlüssel im Schloss steckte und wir ihn mit einem festen Draht herausschieben mussten. Erst als wir ihn im Inneren des Zimmers auf den Boden haben fallen hören, konnten wir einen der Ersatzschlüssel ausprobieren."

Mr Pomfrey nickte.

„Ja, ich habe beide Schlüssel hier in meiner Tasche", bestätigte er. Zu Rogers gewandt fragte er: „Haben Sie sich Sir Neville genähert oder ihn angefasst?"

„Ich musste mich ihm nähern, Sir, weil er von der Tür aus nicht zu sehen war. Der Schreibtisch und der Sessel auf einer Seite des Kamins haben mir die Sicht versperrt. Ich ging ganz nahe an ihn heran, weil es ja möglich war, dass er sich nur verletzt hatte, aber ein Blick reichte. Ich wusste, dass ihm nicht mehr zu helfen war."

„Und was haben Sie dann getan?"

„Nun, Sir, ich habe die Tür verschlossen und bin sofort losgegangen, um Ihnen Bescheid zu sagen. Ich hielt es nicht für meine Aufgabe, Lady Strickland die Nachricht selbst zu überbringen."

„Haben Sie die Leiche bewegt?"

„Nein, Sir. Ich habe sie nicht einmal berührt."

„Als Sie mit mir ins Arbeitszimmer zurückgekehrt sind, lag Sir Neville so da, wie Sie ihn zurückgelassen hatten?"

„Ja, Sir."

„Verstehe. Sehr gut, Rogers, Sie können gehen."

„Einen Augenblick bitte", meldete sich Mrs Marchmont sanft zu Wort. „Ich hätte die eine oder andere Frage, wenn Sie erlauben."

Der Butler blieb gehorsam stehen.

„Es gehört doch zu Ihren Aufgaben, abends abzuschließen, nicht wahr?"

„Das stimmt, Madam", antwortete der Butler.

„Um welche Uhrzeit?"

„Normalerweise mache ich meine Runde um zehn Uhr, aber wenn wir Gäste haben, gehe ich erst um elf Uhr. Manche Leute vertreten sich nämlich abends gerne die Beine auf der Terrasse."

„Kontrollieren Sie jeden Abend alle Türen? Auch die, die vielleicht schon lange nicht mehr geöffnet worden sind?"

„Jede einzelne, Madam. Sir Neville besteht - er hat darauf bestanden. Wir haben oft Gäste hier und man weiß nie, wann es sich einer von ihnen plötzlich in den Kopf setzt, eine Tür aufzuschließen, ohne jemandem Bescheid zu sagen - Verzeihung, Madam."

„Dann haben Sie also gestern Abend alle Türen

kontrolliert?"

„Ja, Madam. Ich habe mich wie üblich vergewissert, dass alle Türen verschlossen waren - bis auf die Fenstertüren hier im Arbeitszimmer. Nach dem Dinner hat sich Sir Neville hierher zurückgezogen und sich eingeschlossen. Er hat gesagt, er brauche mich an diesem Abend nicht mehr und wolle nicht gestört werden."

„War es normal, dass er sich eingeschlossen hat?", fragte Mr Pomfrey.

„Normal? Nein", sagte Rogers. „Aber ich erinnere mich an ein paar Gelegenheiten, wenn er etwas Wichtiges zu erledigen hatte und nicht gestört werden wollte. Einmal hat er gesagt, er habe den Schlüssel aus lauter Zerstreutheit im Schloss gedreht – er sei mit den Gedanken bei der anstehenden Arbeit gewesen, sodass er es gar nicht gemerkt hat."

„Sie wissen also nicht, ob die Fenstertüren gestern Abend verschlossen waren oder nicht?", fragte Angela.

„Nein, Madam. Da Sir Neville darauf bestanden hat, dass man ihn in Ruhe ließ, und die Tür zum Arbeitszimmer abgeschlossen hatte, konnte ich meine Runde nicht wie üblich beenden. Ich habe mit Lady Strickland darüber gesprochen und sie war ebenfalls der Ansicht, dass ich ihn nicht stören sollte. Ich hatte die Fenstertüren vorgestern Abend zugesperrt und wüsste nicht, warum Sir Neville sie in der Zwischenzeit hätte öffnen sollen, also ließ ich die Sache auf sich beruhen. Ich hoffe, ich habe keinen Fehler gemacht", schloss er besorgt.

„Nein, nicht dass ich wüsste", antwortete Mrs Marchmont. „Ich habe nur noch eine Frage." Sie deutete auf die Whisky-Karaffe auf der Anrichte. „Wann haben Sie die zuletzt nachgefüllt?"

„Das muss am Mittwoch gewesen sein, Madam", antwortete Rogers.

„Heute ist Samstag und es ist kaum noch etwas da. Ist das ungewöhnlich? Verzeihen Sie die Frage, aber hat Sir Neville normalerweise solche Mengen Whisky getrunken?"

Rogers sah sie schockiert an.

„Aber nein!", antwortete er. „Er war ein äußerst maßvoller Herr. Ein kleines Glas vor dem Essen und gelegentlich ein weiteres danach, gewöhnlich mit Soda, mehr nicht. Ich weiß nicht, wie es kommt, dass nur noch so wenig Whisky da ist. Vielleicht hatte er Besuch."

„Ich habe am Donnerstag ein Glas getrunken", wandte ich ein, „und da war die Karaffe fast voll. Hat jemand Sir Neville danach in seinem Arbeitszimmer besucht?"

„Ja, ich", sagte Mr Pomfrey. „Ich habe gestern Nachmittag einige Zeit mit Sir Neville hier im Arbeitszimmer zusammengesessen, aber ich habe keinen Whisky getrunken. Ich fürchte, ich habe nicht auf die Karaffe geachtet. Ich nehme an, Sie haben es auch nicht bemerkt, Rogers?"

„Ich erinnere mich nicht genau, aber wenn sie fast leer gewesen wäre, hätte ich es sicher gesehen", antwortete der Butler.

„Danke, Rogers", sagte Mrs Marchmont. „Ich glaube, das war alles."

„Darf ich fragen, worum es hier geht?", fragte der Arzt, als sich der Butler entfernt hatte. Er hatte aufmerksam zugehört. „All diese Fragen wegen verschlossener Türen und Whisky-Karaffen - worauf wollen Sie hinaus?"

„Du liebe Zeit", bemerkte Mrs Marchmont ironisch. „Die Umstände scheinen heute gegen mich zu sein. Eigentlich wollte ich in aller Ruhe über die ganze Angelegenheit nachdenken, anstatt solches Aufsehen zu erregen, das sich als unnötig und sogar als gefährlich erweisen kann. Aber nun stelle ich fest, dass ich mich ebenso gut in den Garten hätte stellen und eine rote Fahne schwingen können." Sie seufzte. „Ich komme wohl um eine Erläuterung nicht herum, doch zunächst sollten Sie uns erklären, warum Sie sich so sehr für den Kamin interessieren, Doktor.“

„Ja, das ist sicher eine gute Idee“, antwortete Dr. Carter mit einem Blick auf Mr Pomfrey, „denn ich habe das Gefühl, dass unsere Gedanken in dieselbe Richtung gehen. Ich hatte das Gefühl, dass die Lage, in der Sir Neville gefunden wurde, nicht mit den Berichten über den Unfall übereinstimmte, der ihm angeblich widerfahren ist. Deshalb wollte ich mir das Arbeitszimmer genauer ansehen. Unter uns gesagt, kann Sir Neville nicht in dieser Position so auf dem Boden aufgekommen sein, nachdem er sich den Kopf am Kaminsims aufgeschlagen hat. Ah!“, fügte er mit einem Blick in die Runde fort. „Ich sehen an Ihren Gesichtern, dass Sie das nicht überrascht.“

„Nein, eigentlich nicht“, gab Angela zu. „Ich muss gestehen, dass ich heute Morgen einige Zweifel hatte, als ich Sie ins Arbeitszimmer begleitet habe und Neville dort liegen sah. Irgendwie kam mir das alles zu sauber vor, obwohl ich natürlich keine Expertin in diesen Dingen bin. Also wollte ich ein wenig auf eigene Faust herumschnüffeln, als mich Sylvia und Mr Knox auf frischer Tat ertappt haben. Wahrscheinlich haben sie mich für verrückt gehalten.“

„Aus Ihrer Frage an Rogers schließe ich, dass Sie die Fenstertüren unverschlossen vorgefunden haben“, bemerkte Mr Pomfrey.

„Ja“, bestätigte Angela. „Der Schlüssel steckte im Schloss, wie Sie sehen, und die Riegel waren nicht vorgeschoben.“

„Du meinst also, dass jemand von draußen hereingekommen sein könnte?“, fragte Sylvia.

„Ja, daran habe ich natürlich gedacht“, erwiderte Angela. „Als ich die Türen probeweise aufgemacht habe, waren sie ein wenig schwergängig, aber nicht sehr. Schwierig zu sagen, ob sie vor Kurzem geöffnet worden waren oder nicht."

Der Arzt ging zu den Fenstertüren, um sich selbst ein Bild zu machen.

„Ja", sagte er. „Der Schlüssel steckt. Und Sie sagen, die Riegel waren zurückgeschoben? Das bedeutet, dass die Türen von innen entriegelt wurden. Wir müssen herausfinden, wer es getan hat."

„Am wahrscheinlichsten wäre Sir Neville", sagte ich.

„Ja. Und was hat es mit dem Whisky auf sich?", wollte Dr. Carter wissen.

Mrs Marchmont machte ihn auf den durchdringenden Whiskygeruch aufmerksam.

Mr Pomfrey atmete tief durch die Nase ein. „Jetzt, wo Sie es sagen, rieche ich es auch", sagte er.

„Das ist ja alles schön und gut", wandte ich ein, „aber wenn ich es richtig verstehe, wollen Sie damit sagen, dass jemand Sir Nevilles Leiche neben dem Kaminsims platziert, das Kaminbesteck umgeworfen und den Teppich mit Whisky getränkt hat, um den Eindruck zu erwecken, er sei betrunken gewesen -"

„Dann hat er Haaröl auf den Kaminsims geschmiert ...", setzte der Arzt hilfsbereit hinzu.

„... und ist schließlich durch die Fenstertüren verschwunden", schloss ich. „Aber warum?"

„Eine unentschuldbare Verschwendung von gutem Whisky, das steht fest", murmelte der Doktor. Er besann sich und hatte den Anstand, beschämt in die Runde zu schauen.

„Nun gut", unterbrach ich das Schweigen, das entstanden war. „Da es offenbar niemand aussprechen will, werde ich es tun. Wir vermuten, dass es sich nicht um einen Unfall, sondern um Mord handelt."

# Kapitel Neun

ICH BIN MIR NICHT SICHER, mit welcher Reaktion auf
meine Worte ich gerechnet hatte, aber ich war verblüfft, als
alle, einschließlich Sylvia, nur bedächtig nickten.

„Ein Mord, der hastig und ungeschickt als Unfall
getarnt wurde", fuhr ich fort.

„Es sieht ganz danach aus, als sei das eine Möglich-
keit", sagte Dr. Carter. „Obwohl wir natürlich keine
Beweise haben - nur ein paar Indizien." Er zählte an den
Fingern ab: „Erstens: die Position der Leiche. Zweitens: die
Whisky-Karaffe. Drittens: die Fenstertüren. Sonst noch
etwas?"

Angela erwähnte die Vase auf dem Kaminsims.

„Hm, auch das sollte man sicher in Betracht ziehen",
nickte der Arzt.

„Wie ist Neville denn gestorben, wenn nicht durch
einen Schlag auf den Kopf?", fragte ich.

„Oh, man hat ihm bestimmt eine Verletzung am
Hinterkopf zugefügt, die ihn sofort umgebracht hat", versicherte uns der Arzt. „Aber das könnte auch die Folge eines
gezielten Schlags gewesen sein."

Mr Pomfrey hüstelte. „Um auf die Fenstertüren zurückzukommen", sagte er. „Mrs Marchmont, ich glaube, Sie sagten, sie seien recht schwergängig gewesen, als Sie sie geöffnet haben."

„Ja", bestätigte Angela, „aber sie haben nicht geklemmt, sondern waren nur ein wenig widerspenstig, also bin ich mir nicht sicher, ob wir daraus etwas ableiten können. Draußen vor den Fenstertüren sind mir ein paar Farbsplitter aufgefallen, aber die sind vielleicht abgeplatzt, als ich sie geöffnet habe. Ich fürchte, ich habe alle Beweise vernichtet, die sich daraus hätten ergeben könnten."

„Wenn die Türen offen waren, hätte jeder von außen eindringen können", sagte Sylvia.

„So scheint es", antwortete Mr Pomfrey.

„Aber wer hat sie von innen aufgeschlossen?", fragte ich. „Das war sicherlich Sir Neville selbst. Er muss einen Besucher erwartet haben."

„Nicht unbedingt", gab Angela zu bedenken. „Im Laufe des gestrigen Tages hätte jeder hereinkommen und die Riegel zurückschieben können. Vermutlich wäre es vor Rogers abendlicher Runde niemandem aufgefallen."

„Einen Moment", sagte Dr. Carter, „nicht so schnell. Die Tatsache, dass die Fenstertüren unverschlossen waren, ist unwichtig, solange es keinen eindeutigen Beweis dafür gibt, dass Sir Neville absichtlich getötet wurde. Für sich genommen sind sie kein Beweis für ein Verbrechen. Wenn es ein Unfall war, dann müssen wir akzeptieren, dass es eine ganz einfache Erklärung dafür gibt. Im Moment stellen die Fenstertüren also nur ein Ablenkungsmanöver dar."

„Ganz recht", meldete sich Mr Pomfrey zu Wort. „Die Frage ist, ob wir genügend Beweise haben, die auf ein Verbrechen hindeuten?"

„Nein", räumte der Arzt ein, „aber die Beweise, die wir

haben, sind sehr vielsagend. Eine Sache möchte ich jedoch noch klären, bevor wir weitermachen. Der Butler gibt an, dass die Leiche nicht bewegt wurde, aber wir haben noch nicht mit dem Hausmädchen gesprochen. Ich möchte sicher sein, dass ihre Aussagen übereinstimmen. Der Butler ist ein alter Mann, und vielleicht hat er Sir Neville bewegt und es nur vergessen, oder er hat es verschwiegen, weil er keinen Ärger bekommen wollte."

Das hörte sich nach einer vernünftigen Erklärung an.

„Vielleicht sollte ich mit dem Hausmädchen allein sprechen", schlug Dr. Carter vor. „Der Armen hat die Aufregung heute Morgen anscheinend sehr zugesetzt und es könnte sie überfordern, wenn sie von fünf Leuten gleichzeitig befragt wird."

Wir pflichteten ihm bei und der Arzt machte sich auf die Suche nach dem Hausmädchen, während wir vier uns ansahen und den Blick durch den Raum schweifen ließen. Ich starrte auf die längliche Statue einer knienden Frau, eines der afrikanischen Artefakte, die Sir Neville mir erst vor zwei Tagen stolz gezeigt hatte, und dachte an unser geheimnisvolles Gespräch. Sylvia ergriff als Erste das Wort und sprach damit meine eigene stumme Frage aus.

„Was ist, wenn die Aussage des Hausmädchens mit der von Rogers übereinstimmt? Was machen wir dann?"

Mr Pomfrey hüstelte erneut.

„Äh - ich muss gestehen, dass ich mir da nicht ganz sicher bin. Ich gehe natürlich davon aus, dass die junge Frau die Darstellung des Butlers bestätigt. Es würde mich sogar überraschen, wenn sie es nicht täte, da Rogers bei den Bediensteten eine gewisse Autorität hat. Wenn sie sie bestätigt – nun ja, die Tatsache, dass Dr. Carter hier ist, macht die Sache etwas schwieriger", schloss er geheimnisvoll.

„Weil er darauf bestehen wird, die Polizei zu rufen, nicht wahr?", fragte Sylvia.

„Aber natürlich wollen wir, dass der Verbrecher gefasst wird", wandte ich ein, „wenn es sich tatsächlich um ein Verbrechen handelt. Nicht auszudenken, welche Gefahr von einem frei herumlaufenden Mörder ausgehen könnte."

Niemand antwortete. Ein paar Minuten später kehrte Dr. Carter zurück.

„Ich denke, es ist aussichtslos", berichtete er kurz. „Das Hausmädchen - es heißt übrigens Ellen - ist sich ganz sicher, dass weder sie noch Rogers die Leiche angefasst haben. Sie sagt, als sie schließlich ins Arbeitszimmer gelangt seien, habe das Licht gebrannt und Sir Neville habe so am Kamin gelegen, wie wir ihn gesehen haben. Der Butler habe sie dann aus dem Zimmer geführt und die Tür verschlossen, aber das wussten wir ja bereits. Gleich darauf habe sie ihn mit Mr Pomfrey sprechen sehen."

„Was nun?", fragte Angela.

„Ich weiß nicht, was passiert ist, aber ich muss leider darauf bestehen, dass dieser Raum vorläufig verschlossen bleibt", antwortete der Arzt. „Pomfrey, Sie und ich müssen entscheiden, was zu tun ist. Ich glaube, wir haben keine andere Wahl, als die Polizei oder zumindest den Gerichtsmediziner einzuschalten. Ich dachte - Sie kennen doch Colonel Tremayne, den Polizeipräsidenten, nicht wahr? Er war auch ein Freund von Sir Neville, glaube ich. Zunächst sollten wir ihn benachrichtigen. Er wird jemanden schicken, der mit der nötigen Diskretion vorgeht. Schließlich wollen wir nicht, dass draußen eine Horde Bauerntrampel Maulaffen feilhält."

„Ja, Tremayne ist ein guter Mann", murmelte Mr Pomfrey. „Hoffentlich ist ihm klar, dass sich die ganze Sache als Wespennest erweisen könnte."

Carter begleitete uns aus dem Zimmer, schloss es ab

und ging mit Mr Pomfrey ins Gespräch vertieft den Flur hinunter. Wir waren entlassen; von nun an würden die Behörden das Kommando übernehmen.

„Ich muss zu Rosamund", sagte Angela und ging davon.

„Kommt mit in den Wintergarten", schlug Sylvia vor. Der Raum war leer und wir setzten uns, um über die erstaunlichen Erkenntnisse der letzten Stunden nachzudenken. Sylvia biss sich nachdenklich auf die Unterlippe.

„Ich frage mich, ob es Neville war, der die Fenstertüren geöffnet hat, oder jemand anderes", sagte sie.

„Ich nehme an, es war Sir Neville selbst", antwortete ich. „Je mehr ich darüber nachdenke, desto weniger überzeugt mich die Theorie von einem Verbrechen. Die Belege dafür sind äußerst dürftig, finde ich. Wer soll der geheimnisvolle Fremde sein, der von draußen ins Arbeitszimmer gekommen ist, um mit Sir Neville zu sprechen? Und warum ein Besuch zu so später Stunde? Sollte niemand etwas davon merken? Wenn ja, warum? Und wie um alles in der Welt konnte dieser Besuch mit einem Mord enden?"

„Vielleicht war es jemand, der einen Groll auf ihn hatte", überlegte Sylvia. „Neville war Friedensrichter, weißt du."

„Aber warum sollte er dann die Fenstertüren entriegeln und denjenigen hereinlassen?"

„Keine Ahnung. Vielleicht hat der Besucher angeklopft und um Einlass gebeten und Neville ist gar nicht in den Sinn gekommen, dass er ihm nach dem Leben trachten könnte."

Plötzlich kam mir ein Gedanke.

„Es könnte doch sein, dass es gar nicht Sir Neville war, der die Türen aufgemacht hat, sondern ein Bediensteter mit finsteren Absichten. Nehmen wir an, er hatte einen oder mehrere Komplizen, die das Haus ausplündern wollten. Also lässt er sie wissen, dass die Terrassentüren im Erdgeschoss offen sind und der Weg frei ist, sagen wir nach Mitternacht. Doch der Plan geht schief – die Hausbewohner und ihre Gäste bleiben nicht nur länger auf als erwartet, sondern der Hausherr hat sich zudem im Arbeitszimmer eingeschlossen. Die Diebesbande taucht auf der Terrasse auf, wird von Sir Neville zur Rede gestellt und bringt ihn zum Schweigen. Die Eindringlinge richten die Leiche so her, dass es wie ein Unfall aussieht, und fliehen mit leeren Händen."

„Nein, das halte ich für unwahrscheinlich", erwiderte Sylvia. „Wenn die Bande schnell und unauffällig verschwinden wollte, warum sollte sie sich dann die Mühe machen, Nevilles Tod wie einen Unfall aussehen zu lassen? Und warum haben die Diebe nichts mitgenommen? Man sollte meinen, dass sie, wenn sie schon zu einem drastischen Mittel wie Mord greifen, wenigstens etwas mitgehen lassen, damit es sich lohnt. Im Arbeitszimmer hängen ein paar recht wertvolle Gemälde, aber die sind nicht angerührt worden. Außerdem", schloss sie, „sind wir überhaupt nicht lange aufgeblieben, wie du dich sicher erinnerst. Der Streit zwischen Gwen und Joan hat allen die Stimmung verhagelt und wir sind ziemlich früh zu Bett gegangen."

Leider musste ich einräumen, dass Sylvia recht hatte.

„Nun, warten wir ab, was die Polizei meint", sagte ich. „Wer weiß, vielleicht findet sie überzeugende Beweise, dass es doch ein Unfall war. Für Rosamund ist es schon schlimm genug, den Tod ihres Mannes verkraften zu müssen, aber wenn sich herausstellt, dass es Mord war, wird es noch schwerer für sie."

„Oh ja, arme Rosamund", sagte Sylvia plötzlich. „Wie furchtbar von uns. Wir überlegen in aller Seelenruhe, ob Neville umgebracht worden ist und von wem, als sei es eine Art Detektivspiel, während sie sich mit der Tatsache auseinandersetzen muss, dass sie ihren Mann verloren hat und nun Witwe ist."

Ich zuckte zusammen. Sylvia hatte recht, das war genau das, was wir getan hatten. Aber es war kein Spiel, sondern die grausame Realität. Wir sahen uns schuldbewusst an.

„Ich fühle mich schrecklich", klagte sie.

„Ich auch", sagte ich.

„Lass uns zum Tee reingehen."

Ich lachte.

„Tee!", rief ich. „Unser Allheilmittel. Sollte das Volk der Engländer jemals kurz vor der Ausrottung stehen, so werden an einem weit entfernten Außenposten sicher die letzten Überlebenden sitzen und Tee trinken, als sei nichts geschehen!"

Erst als wir alle beim Abendessen saßen, kam der Chief Constable in Begleitung eines Inspectors. Rosamund war in ihrem Zimmer geblieben und Angela Marchmont hatte ihren Platz eingenommen. Sie bemühte sich, uns so gut es ging bei Laune zu halten, doch uns allen war der leere Platz am anderen Ende des Tisches nur zu bewusst, an dem Sir Neville noch am Abend zuvor gesessen hatte.

Wir löffelten lustlos unsere Suppe, als Rogers hereinkam und Mrs Marchmont mit leiser Stimme mitteilte, der Chief Constable sei soeben eingetroffen und spreche gerade mit Lady Strickland. Die Ankunft der Polizei sorgte bei den Uneingeweihten unter uns für Aufregung.

„Die Polizei?", rief Gwen MacMurray. „Was um alles in der Welt hat die Polizei hier zu suchen?"

Die allgemeine Überraschung wurde noch größer, als wir erfuhren, dass wir es auf Betreiben des Chief Constable keineswegs mit einem Inspector der örtlichen Polizei zu tun haben würden, sondern mit Inspector Jameson, dem besten Mann, den Scotland Yard zu bieten hatte.

Angela, Sylvia und ich sahen uns erstaunt an und dachten vermutlich alle dasselbe: Scotland Yard! Der Fall musste ernster sein, als wir vermutet hatten. Einen Augenblick lang geriet Angela derart aus der Fassung, dass sie versehentlich ihre Serviette in der Suppe ablegte, und es gab eine kurze Unterbrechung, während Rogers das Malheur beseitigte. Doch schon bald wurde sie aufgefordert, auf die drängenden Fragen derjenigen zu antworten, die von der Zusammenkunft im Arbeitszimmer nichts mitbekommen hatten.

„Komm schon, Angela", sagte Bobs. „Heraus mit der Sprache. Was soll das alles?"

Mrs Marchmont berichtete von den Ereignissen am Nachmittag, was allgemeine Bestürzung auslöste.

„Was! Willst du damit sagen, dass eine Mörderbande ins Haus eingedrungen ist und dem armen alten Neville den Schädel eingeschlagen hat?", rief Hugh MacMurray entsetzt. „Ohne dass jemand etwas gehört oder gesehen hat? Das glaube ich nicht."

Seine Frau stieß einen spitzen Schrei aus. „Sie hätten uns alle im Schlaf umbringen können!", rief sie. „Hugh, wir müssen sofort abreisen. In diesem Haus sind wir nicht sicher."

Joan warf ihr einen vernichtenden Blick zu.

„Die Mörder kommen nicht weit", sagte sie. „Die Polizei wird sie bald erwischen. Immerhin liegt dieses Haus ja mitten in der Einöde. Bestimmt hat sie jemand gesehen. Hier kann sich kein Fremder herumtreiben, ohne aufzufallen."

„Vielleicht waren es keine Fremden", wandte Sylvia ein. „Es könnte jemand gewesen sein, dem Neville in seiner

Funktion als Friedensrichter begegnet ist und der auf Rache aus war."

„Ich wüsste nicht, wer das sein sollte", sagte Joan. „Tivenham ist nicht gerade das East End von London, weißt du. Es ist der friedlichste Ort, den man sich vorstellen kann. Wilderei und Trunkenheit in der Öffentlichkeit – das sind die schlimmsten Verbrechen, die hier passieren. Vor ein paar Jahren hat allerdings ein Bauer im Dorf seine Frau erschossen, aber das war kein Geheimnis und der Fall wurde sehr schnell gelöst."

„Nun", sagte ich, „falls es irgendwelche Ungereimtheiten im Zusammenhang mit Sir Nevilles Tod gibt - wovon ich selbst nicht überzeugt bin -, wird die Polizei sie bald aufklären."

„Ob dieser Inspector uns Fragen stellt?", wollte Gwen wissen. „In Krimis ist das immer so. Oh! Bestimmt bin ich bei der Befragung schrecklich verängstigt und kann keinen klaren Gedanken fassen und wenn er mich fragt, wo ich zur Tatzeit war, weiß ich nicht, was ich sagen soll, oder gebe eine falsche Antwort und dann verdächtigt mich die Polizei, obwohl ich doch gar nichts von der ganzen Sache weiß." Ihre Stimme wurde immer schriller. „Und wenn man mich verhaftet? Boopsie, du musst bei der Befragung bei mir bleiben. Du darfst nicht zulassen, dass der Inspector versucht, mich auszutricksen oder mir eine Falle zu stellen."

„Gwen, sei ein liebes Mädchen und halte den Mund", sagte Bobs.

In diesem Moment überbrachte Rogers die Bitte von Colonel Tremayne, dem Chief Constable, die Gäste möchten so freundlich sein, sich nach dem Abendessen für ein paar Minuten im Salon zu versammeln. Gwen MacMurray schnappte nach Luft und wollte etwas sagen, überlegte es sich aber anders, als sie Bobs' mahnenden Blick auffing.

Danach war das Abendessen sehr schnell beendet. Auch wenn wir es nicht zugaben: Ich glaube, wir waren alle sehr gespannt, was der Chief Constable zu sagen hatte. Alle Gäste, Damen wie Herren, eilten gemeinsam in den Salon. Dort saßen bereits ein großer, militärisch wirkender Mann, der niemand anderes sein konnte als der Chief Constable, und Rosamund, die unsere Besorgnis und unser Mitgefühl mit einer vagen Handbewegung beiseiteschob. Sie war blass und hatte dunkle Ringe unter den Augen, aber ansonsten schien sie entschlossen, sich von dem Schock nicht unterkriegen zu lassen.

„Bitte, es geht mir gut, wirklich", beteuerte sie. „Macht euch keine Sorgen um mich. Das Wichtigste ist jetzt, herauszufinden, was dem armen Neville passiert ist. Ich kann kaum glauben, dass es kein Unfall gewesen sein soll, aber wenn Colonel Tremayne und der Inspector es sagen, muss es wohl stimmen."

„Nun, Lady Strickland", meldete sich Colonel Tremayne zu Wort, „noch sind wir zu keinem Ergebnis gekommen. Jameson und ein paar meiner Leute unterziehen das Arbeitszimmer einer gründlichen Untersuchung und ich denke, wir werden in Kürze mehr erfahren."

„Warum haben Sie Scotland Yard hinzugezogen?", fragte Joan.

„Eine reine Routineangelegenheit, meine Liebe", antwortete Colonel Tremayne lässig.

Ich sah, wie Angela Marchmont verwirrt die Stirn runzelte.

„Ich glaube, wir alle würden gerne wissen, was genau vor sich geht", sagte Bobs, woraufhin mehrere Anwesende zustimmend nickten.

„Gewiss", antwortete der Chief Constable. „Deshalb wollte ich mit Ihnen allen sprechen. Im Moment haben wir Grund zu der Annahme, dass der Tod von Sir Neville kein Unfall war. Die Leiche wurde inzwischen aus dem Haus gebracht und Dr. Carter wird sie untersuchen. Das dürfte Aufschluss darüber geben, was passiert ist. Bedauerlicherweise sind durch das Kommen und Gehen im Arbeitszimmer möglicherweise wertvolle Beweise vernichtet worden, aber da zunächst kein Verdacht auf ein Verbrechen bestand, lässt sich daran wohl nichts ändern."

Ich warf Sylvia und Angela einen schuldbewussten Blick zu.

„Ich habe eine Bitte an Sie alle", fuhr Colonel Tremayne fort, „und zwar möchte ich, dass Sie alle hier im Haus bleiben, zumindest für die nächsten ein oder zwei Tage."

„Aber warum?", fragte Gwen. „Von uns hat niemand die Diebe gesehen oder gehört."

„Und je weniger Leute im Haus sind, desto einfacher sind die Ermittlungen für Ihre Männer", fügte Joan hinzu.

Der Chief Constable lächelte milde.

„Oh, machen Sie sich um die keine Sorgen. Sie werden kaum bemerken, dass sie überhaupt hier sind", entgegnete er. „Trotzdem wäre ich Ihnen dankbar, wenn Sie das Haus nicht verlassen würden. Sobald der Schauplatz dieses unglücklichen Ereignisses abschließend untersucht worden ist, wird Inspector Jameson zweifellos mit Ihnen allen sprechen wollen, um sich ein Bild von den Ereignissen des gestrigen Abends zu machen. Auch wenn Sie sagen, dass Sie alle nichts gesehen haben, ist es durchaus möglich, dass der eine oder andere etwas bemerkt hat, dem er selbst keine Bedeutung beimisst, das sich jedoch als äußerst wichtig erweisen könnte. Das können wir erst sagen, wenn wir morgen mit Ihnen allen gesprochen haben und den Sachverhalt geklärt haben.“

Dann entschuldigte er sich, weil er mit dem Inspector sprechen wollte.

„Danach werde ich den Fall in seine fähigen Hände legen“, sagte er. „Scotland Yard hält sehr viel von ihm, und - was fast ebenso wichtig ist: Wir können uns voll und ganz auf seine Diskretion verlassen.“

Es war bereits das zweite Mal, dass im Zusammenhang mit Sir Nevilles Tod von Diskretion die Rede war. Aber warum legte man so viel Wert darauf? War es nach einem Verbrechen nicht das Wichtigste, den Täter so schnell wie möglich zur Rechenschaft zu ziehen? Ich war verwirrt.

Der restliche Abend verlief ereignislos. Niemand hatte Lust, Karten zu spielen, und das Grammophon anzustellen war kaum schicklich. Rosamund saß am Fenster und starrte in die Dunkelheit, während Bobs, der sich ärgerte, weil er nichts von den Ereignissen am Nachmittag mitbekommen hatte, hinausging, um herauszufinden, was vor sich ging. Er kehrte bald zurück.

„Keine Chance“, berichtete er. „Unser ehrenwerter Gesetzeshüter hat einen Polizisten vor dem Arbeitszimmer positioniert, der unbeweglich wie eine Granitplatte davorsteht. ‚Guten Abend, Sir‘, hat er gesagt. ‚Es tut mir leid, aber ich darf niemanden durchlassen. Befehl von oben.‘ Es war aussichtslos. Also blieb mir nichts anderes übrig als zurückzukommen.“

„Ja“, bestätigte ich. „Das habe ich vorhin auch versucht, aber schon im Flur wurde ich höflich, aber bestimmt weggeschickt.“

„Ich frage mich, ob sie etwas finden werden“, überlegte Sylvia. „Schließlich -“

Sie brach ab, als die Tür des Salons aufging und ein

schlanker Mann mit wacher Miene eintrat. Er stellte sich als Inspector Jameson vor.

„Ich muss mich bei Lady Strickland und bei Ihnen allen entschuldigen, dass ich Sie von einem Teil des Hauses fernhalte", sagte er. „Aber wir müssen uns nun mal an die Vorschriften halten, und daher bitte ich Sie, sich zu gedulden, bis wir unsere Ermittlungen abgeschlossen haben."

„Natürlich müssen Sie Ihre Pflicht tun", sagte Rosamund, gefolgt von allgemeinem zustimmendem Gemurmel.

„Haben Sie etwas gefunden?", fragte Joan geradeheraus.

„Das kann ich Ihnen erst sagen, wenn wir fertig sind – und das wird frühestens morgen sein. Jetzt ist es zu dunkel, um das Außengelände genau zu untersuchen, also muss das bis zum Morgen warten. Außerdem werde ich Ihre Geduld weiterhin auf die Probe stellen, weil ich mit jedem von Ihnen sprechen möchte, um mir ein Bild von den Ereignissen des gestrigen Abends zu machen. Ich werde Sie jetzt verlassen, komme aber morgen wieder. In der Zwischenzeit habe ich einen Wachtmeister hier stationiert - man kann nicht vorsichtig genug sein, nach dem, was passiert ist."

Nach einem freundlichen Lächeln in die Runde ging er davon. Bobs sah ihm anerkennend nach.

„Scheint ein vernünftiger Mann zu sein", bemerkte er. „Einer von uns. Ob er mit dem alten ‚Topper' Jameson verwandt ist? Du erinnerst dich doch an ihn, nicht wahr, Charles? Er war in Eton in der Klasse über uns. Ich glaube, er hat einen Posten im Außenministerium."

Ich erinnerte mich an den Jungen, den er meinte, hatte aber keine Ahnung, ob ein Verwandter von ihm zur Polizei gegangen war.

Sylvia ging zu Rosamund ans Fenster.

„Du siehst sehr müde aus, Liebes“, sagte sie. „Es war ein furchtbarer Tag, nicht wahr?“

„Ja“, antwortete Rosamund. „Ja, ich bin müde; jetzt, wo du es sagst, merke ich erst, wie müde ich bin. Das ist mir gar nicht aufgefallen. Und mir ist kalt, ich bin ganz steif und mir tut alles weh. Vielleicht sollte ich ins Bett gehen.“

„Hoffentlich wirst du nicht krank“, sagte Joan besorgt.

„Nein, nein, ich bin nicht krank, aber ich würde gerne schlafen. Macht euch keine Sorgen um mich, meine Lieben“, bat sie, als sie das Mitgefühl in unseren Mienen sah. „Der Arzt hat mir ein Schlafmittel gegeben. Eine ruhige Nacht und dann bin ich bereit für alles, was morgen vor mir liegt.“

Sie reckte entschlossen das Kinn in die Höhe und ging hinaus. Auch ich fühlte mich nach den Ereignissen des Tages ziemlich müde und ging bald darauf ebenfalls ins Bett.

Trotz meiner Müdigkeit konnte ich nicht einschlafen. Die Ereignisse des Tages gingen mir unablässig durch den Kopf und hielten mich wach. Es schien unglaublich, dass in weniger als vierundzwanzig Stunden so viele außergewöhnliche Dinge geschehen konnten. Dass man meinen Gastgeber tot in seinem Arbeitszimmer aufgefunden hatte, war schlimm genug, aber dass man einen Mord dahinter vermutete und die Polizei einschaltete, war noch weit schlimmer! Meine Gedanken gingen wild durcheinander, an Schlaf war nicht zu denken.

Schließlich gab ich es auf und beschloss, mir aus der Bibliothek ein Buch zu holen, mit dem ich mir die Nachtstunden vertreiben würde. Mit Hilfe des schwachen Lichts, das die ganze Nacht im Flur brannte, schlich ich die Treppe hinunter. Am Fuße der Treppe zögerte ich einen Moment.

„Guten Abend, Sir, kann ich Ihnen helfen?", fragte eine Stimme zu meiner Rechten. Ich zuckte schuldbewusst zusammen und wirbelte herum. Neben mir stand der Polizist, der mich am frühen Abend daran gehindert hatte, den Gang zum Arbeitszimmer zu betreten.

„Ah, guten Abend", sagte ich. „Ich wollte mir gerade in der Bibliothek ein Buch suchen. Ich konnte nicht schlafen, wissen Sie. Es war ein merkwürdiger Tag", schloss ich etwas lahm.

„Kann ich gut verstehen", entgegnete der Wachtmeister. „Mir hilft in solchen Fällen immer eine heiße Milch."

„Ach, wirklich?" erwiderte ich. „Aber ich denke, ich werde es erst einmal mit einem Buch versuchen."

„Jeder so, wie er will, Sir", sagte der Polizist freundlich.

Ich kam mir ziemlich albern vor, als ich in die Bibliothek ging und hastig ein Buch aus einem Regal zog, ohne auf den Titel zu achten. Dann eilte ich wieder nach oben, wobei ich dem Mann im Vorbeigehen eine gute Nacht wünschte. Nachdem ich eine Weile versucht hatte, mich auf das Buch zu konzentrieren, wurden mir die Augen schwer - sei es wegen des Buches selbst oder wegen meines Streifzugs nach unten. Ich versuchte noch ein paar Minuten weiterzulesen, doch schließlich machte ich das Licht aus und schlief ein.

# Kapitel Zehn

AM NÄCHSTEN TAG stand ich früh auf und beschloss, einen Spaziergang zu machen. Ehrlich gesagt war ich gespannt, zu sehen, was die Polizei vorhatte. Jameson und seine Leute waren bereits da und untersuchten die Terrasse, die Blumenbeete und den Rasen in der Nähe des Hauses. Ich ging zu dem Graben, der das Grundstück umgab, weil ich von dort aus beobachten konnte, was vor sich ging, ohne zu stören und ohne zu neugierig zu wirken. Allerdings war ich nicht der Einzige, der diese Idee hatte.

„Ha! Guten Morgen", begrüßte mich Hugh MacMurray. „Wie ich sehe, wollen Sie die Polizisten im Auge behalten, genau wie ich. Das ist ja wie in einem Kriminalroman, was?"

„Nichts liegt mir ferner", antwortete ich steif. „Ich will nur ein bisschen frische Luft schnappen, um vor dem Frühstück einen klaren Kopf zu bekommen."

„Ja, ja, alles klar", erwiderte er munter. „Was glauben Sie, werden sie finden?"

Für einen Mann, dessen engster Verwandter gerade gestorben war, schien er erstaunlich fröhlich zu sein, doch dann fiel mir ein, dass er eine beträchtliche Geldsumme erben würde, und warf ihm einen verächtlichen Blick zu. Er plapperte jedoch unbeirrt weiter von den reißerischen Groschenromanen, die offensichtlich den Großteil seiner Lektüre darstellten. Zu meiner Erleichterung gesellte sich Joan zu uns, die gerade mit den Hunden ihre morgendliche Runde drehte.

„Ich wünschte, die Polizei wäre endlich mit ihrer Arbeit fertig und würde uns sagen, was los ist", klagte sie. „Ich habe das Gefühl, als würde jede unserer Bewegungen genau beobachtet, wie bei Insekten unter einem Mikroskop."

„Ja, so ähnlich geht es mir auch", gestand ich.

„Aber eines habe ich herausgefunden", sagte sie. „Die Polizisten haben die Bediensteten nach der Whisky-Karaffe gefragt. Das muss ein wichtiges Indiz sein."

„Und was wollen sie damit beweisen?", fragte MacMurray.

„Ich weiß es nicht. Vielleicht haben sie Fingerabdrücke darauf gefunden, die den Verbrecher überführen."

„Oh ja", sagte MacMurray eifrig, „mit Pinseln und Pulver machen sie heutzutage erstaunliche Dinge, wie ich gehört habe. Die Karaffe mag für dich und mich ganz sauber aussehen, aber wenn die Polizei ihre Ausrüstung auspackt – ein bisschen Pulver mit dem Pinsel aufgetragen - und bingo! Ein ganzer Satz deutlicher Fingerabdrücke, die vorher unsichtbar waren. Der Mörder hat keine Chance."

„Ich hoffe, Sie haben recht", sagte ich.

Ein Polizist kam langsam in unsere Richtung, ohne den Boden einen Moment aus den Augen zu lassen.

„He, Sie!", rief MacMurray, als er näherkam.

Der Mann blickte auf. „Guten Morgen, Sir."

„Können wir irgendetwas tun, was die Ermittlungen

vorantreibt? Ich meine, wir könnten nach Fußabdrücken oder so etwas suchen, wenn Ihnen das weiterhilft. Ich wollte mich immer schon als Detektiv betätigen und - na ja, wenn es der Sache dient ...“

Der Polizist lächelte nachsichtig. „Das wird nicht nötig sein, Sir“, antwortete er. „Die Polizei hat alles im Griff, aber ich denke, der Inspector wird später mit Ihnen sprechen wollen.“ Er nickte und entfernte sich.

„Wie schade“, sagte MacMurray bedauernd. „Aber ich denke, ich gehe auf die Terrasse und versuche, herauszufinden, was die Burschen machen.“ Ich war nicht besonders darauf erpicht, mit ihm in Verbindung gebracht zu werden, also ging ich zurück ins Haus, um zu frühstücken, und hielt meine Neugier so gut es ging im Zaum, indem ich mich bis zum Mittagessen in ein Buch vertiefte.

Kurz nach dem Essen erfuhren wir, dass Inspector Jameson uns für halb zwei in den Salon bat, da er uns etwas mitzuteilen hatte. Mr Pomfrey war an diesem Morgen in seiner Eigenschaft als Anwalt der Familie nach Sissingham Hall zurückgekehrt und hatte es sich bereits auf einem Sessel bequem gemacht, als wir hereinkamen. Er sah aus wie ein wohlwollender Schulmeister.

„Zunächst möchte ich Ihnen für Ihre Nachsicht danken“, begann der Inspector. „Der plötzliche Tod eines Menschen ist immer ein schreckliches und tragisches Ereignis und die Tatsache, dass die Polizei im Haus herumschnüffelt, macht die Sache sicher nicht einfacher. Aber ich will Sie nicht länger auf die Folter spannen. Ich fürchte, unsere vorläufigen Ermittlungen haben ergeben, dass Sir Neville tatsächlich ermordet wurde.“

Gwen MacMurray schnappte hörbar nach Luft. Ich blickte zu Rosamund hinüber, die blass, aber nicht überrascht aussah. Offensichtlich hatte Inspector Jameson sie schon früher informiert.

„Wie können Sie sich so sicher sein?", fragte Bobs.

„Es gibt eine Reihe von Hinweisen", antwortete der Inspector. „Ich kann nicht alle aufzählen, der wichtigste ist jedoch, dass wir mit hoher Wahrscheinlichkeit die Mordwaffe gefunden haben."

Wir erschauderten.

„Es handelt sich um die Darstellung einer Frau, eine afrikanische Holzschnitzerei, die auf einem Regal im Arbeitszimmer stand. Vielleicht ist sie Ihnen aufgefallen. Der Mörder hat sie abgewischt, aber an einer winzigen Unebenheit im Holz haben sich ein paar Haare verfangen. Außerdem weist sie unverkennbare Spuren von Sir Nevilles Haaröl sowie andere Spuren auf."

Ich erinnerte mich daran, wie ich gestern Nachmittag eben jene Figur angestarrt hatte. Dass es sich dabei um eine Mordwaffe handeln könnte, war mir nicht einen Moment lang in den Sinn gekommen.

„Dann hat er sich den Kopf gar nicht am Kaminsims angeschlagen", bemerkte Sylvia.

„Ganz sicher nicht", bestätigte Jameson. „Wir glauben, dass er von hinten niedergeschlagen wurde, als er an seinem Schreibtisch saß, und dann am Kamin so zurechtgelegt wurde, wie man ihn gefunden hat. Der Teppich weist Spuren auf, die darauf hindeuten, dass etwas Großes und Schweres vom Schreibtisch durch den Raum geschleift wurde."

Es war ein gemusterter Teppich, was erklärte, warum wir die Spuren nicht entdeckt hatten.

„Warum haben Sie die Bediensteten nach der Whisky-Karaffe gefragt?", wollte Joan wissen. „Was ist daran so wichtig?"

„Wie ich gehört habe, haben einige von Ihnen gestern entdeckt, dass eine beträchtliche Menge Whisky auf dem Teppich verschüttet worden ist - möglicherweise, um einen deutlichen Alkoholgeruch im Arbeitszimmer zu verbreiten und es so aussehen zu lassen, als sei Sir Neville im betrunkenen Zustand gestürzt."

„Könnte Sir Neville den Whisky versehentlich selbst verschüttet haben?", fragte ich.

„Diese Möglichkeit haben wir in Betracht gezogen", antwortete er. „Aber nachdem wir die Karaffe auf Fingerabdrücke untersucht hatten, mussten wir uns von dieser Theorie verabschieden."

„Warum?", hakte ich nach.

Der Inspector lächelte.

„Weil sich auf der Karaffe keinerlei Fingerabdrücke befanden. Sie war abgewischt worden, ebenso wie das Whiskyglas."

Es entstand eine Pause, während ich versuchte, all die neuen Informationen zu verarbeiten. Ich sah zu Rosamund hinüber. Sie war kreidebleich und ihr Atem ging rasch. Arme Rosamund, dachte ich, die sich diese unerfreulichen Details anhören muss. Unsere Blicke trafen sich und sie lächelte schwach.

Angela Marchmont ergriff das Wort.

„Was ist mit den Fenstertüren?", fragte sie. „Ich fürchte, ich habe sie gestern mit bloßen Händen angefasst, aber gab es noch andere Fingerabdrücke?"

„Die Spuren auf dem äußeren Griff sind nicht eindeutig", sagte Jameson, „aber auf dem Griff an der Innenseite scheint es nur einen Satz Fingerabdrücke zu geben - vermutlich Ihre, Mrs Marchmont. Wenn es Ihnen recht ist, würde ich gerne zum Vergleich Ihre Fingerabdrücke nehmen, um sie mit denen auf dem Innengriff zu vergleichen."

Ich hatte die Türen am Vortag selbst von der Terrasse aus geöffnet. Aber wer hatte sie wieder zugemacht? Das muss Angela gewesen sein, dachte ich.

„Ja, natürlich", sagte Angela, „wann immer Sie wollen. Und vermutlich wäre es hilfreich für Sie, auch die Fingerabdrücke der anderen abzunehmen. Aber um auf die Fenstertüren zurückzukommen: Wenn auf der Innenseite nur meine Fingerabdrücke sind, bedeutet das wohl, dass jemand den Griff abgewischt hat, bevor er verschwunden ist, genau wie bei der Karaffe."

„So sieht es aus", antwortete der Inspector.

„Ich muss schon sagen: Das scheint mir eine seltsame und ungeschickte Vorgehensweise zu sein", merkte Bobs stirnrunzelnd an. „Wenn der Mörder es wie einen Unfall aussehen lassen wollte, hat er seine Sache nicht sehr gut gemacht."

Jameson nickte.

„Ja. Wir vermuten, dass er es eilig hatte. Und damit kommen wir zur Tatzeit. Ich habe Sie alle hierhergebeten, weil ich glaube, dass Sie mir helfen können, den Zeitpunkt des Verbrechens einzugrenzen." Er warf einen Blick in sein Notizbuch. „Dr. Carter sagt, dass Sir Neville bereits seit mindestens acht Stunden tot war, als er ihn untersucht hat, wahrscheinlich sogar länger. Das bedeutet, dass der Tod nicht später als halb zwei in der Nacht eingetreten sein kann. Wir wissen jedoch noch nicht, wann Sir Neville zuletzt lebend gesehen wurde."

„Ich habe ihn zuletzt kurz nach dem Abendessen gesehen", erklärte Bobs. „Er kam in den Salon, verschwand aber bald darauf wieder. Soweit ich weiß, ist er dann in sein Arbeitszimmer gegangen und nicht wieder herausgekommen."

Mehrere Leute nickten zustimmend.

„Um welche Uhrzeit war das?", fragte der Inspector.

„Ich habe nicht die leiseste Ahnung, tut mir leid", antwortete Bobs fröhlich.

„Es war kurz nach neun Uhr", sagte Simon Gale. Ich

erschrak, als ich ihn neben mir sitzen sah, denn ich hatte seine Anwesenheit nicht einmal wahrgenommen.

„Sind Sie sich sicher?", fragte Jameson.

Gale nickte. „Ich habe die Angewohnheit, solche Dinge zu bemerken."

Jameson schaute wieder in seine Notizen.

„Mr Gales Bericht stimmt mit dem von Rogers, dem Butler, überein, der sagt, er habe Sir Neville ungefähr zu dieser Zeit das Arbeitszimmer betreten sehen."

„Er war mindestens eine Stunde später noch am Leben", sagte ich plötzlich. Der Inspector blickte auf.

„Tatsächlich?"

„Ja", sagte ich. „Erinnerst du dich nicht, Rosamund? Wir haben Consequences gespielt und du wolltest, dass er mitspielt. Wir sind zum Arbeitszimmer gegangen und haben geklopft, aber er wollte nicht herauskommen."

„Oh!", sagte Rosamund und setzte sich aufrecht hin. „Ja, natürlich. Das hatte ich ganz vergessen."

„Erzählen Sie mir bitte genau, was passiert ist", sagte Jameson.

Ich erzählte von unserem Schreibspiel und wie sich Sir Neville geweigert hatte, daran teilzunehmen.

„Was hat er gesagt?"

„Ich kann mich nicht mehr genau an seine Worte erinnern", sagte Rosamund, „aber es war so etwas wie: ‚Nein, spielt ohne mich weiter, ich muss diese Papiere heute Abend fertig machen'. So etwas in der Art. Es war nichts besonders Bedeutsames, schließlich kann man durch eine verschlossene Tür kein vernünftiges Gespräch führen, also haben wir es aufgegeben und sind in den Salon zurückgekehrt."

„Und um welche Uhrzeit war das?"

„Oh, ich weiß es nicht", antwortete Rosamund. „Ich achte nie auf die Zeit, aber Charles weiß es bestimmt.

Oder Hugh. Du warst doch auch da, erinnerst du dich nicht, Hugh? Wir sind dir begegnet, als du von der Terrasse hereingekommen bist."

„Ich glaube, es war etwa um Viertel vor elf", sagte ich.

„Und keiner von Ihnen hat danach mit ihm gesprochen? Nun gut, in diesem Fall können wir wohl mit einiger Sicherheit sagen, dass Sir Neville nach Viertel vor elf und vor halb zwei gestorben ist. Soweit ich weiß, wurden um elf Uhr alle Türen abgeschlossen, mit Ausnahme der Fenstertüren. Daher liegt die Vermutung nahe, dass der oder die Angreifer auf diesem Weg ins Haus eingedrungen sind, zumal Rogers schwört, er habe die Hausschlüssel die ganze Zeit über in seiner Jackentasche gehabt. Wir müssen also herausfinden, wer die Fenstertüren geöffnet hat, um dem Mörder Zutritt zum Haus zu verschaffen."

„Wir dachten, es könnte Sir Neville selbst gewesen sein", sagte ich. „Vielleicht hat er jemanden erwartet, von dem niemand wusste, und wollte sicherstellen, dass die Ankunft seines Besuchers nicht beobachtet wird."

„Aber wer könnte das gewesen sein?", fragte Joan. „Inspector, wir haben überlegt, ob es ein Racheakt von jemandem gewesen sein könnte, der Neville in seiner Funktion als Friedensrichter begegnet ist, aber das passt einfach nicht. Solche Leute gibt es hier nicht. Und was den Einbruch als Motiv angeht", fuhr sie fort, „so ist doch offensichtlich, dass nichts gestohlen wurde. Nein, das kann es auch nicht gewesen sein."

„Nun, wir werden sehen", sagte der Inspector unverbindlich. „Wir müssen natürlich alle Möglichkeiten ausloten. Kommen wir noch einmal auf Sir Neville zurück. Hat er sich in der Mordnacht verhalten wie immer?"

Wir sahen uns an, dann ergriff Gwen MacMurray zum ersten Mal das Wort.

„Nein, das hat er nicht", antwortete sie. „Er war ziemlich niedergeschlagen, wie schon in den Tagen zuvor."

„Haben Sie eine Ahnung, warum?"

Ich erinnerte mich wieder an Sir Nevilles rätselhaften Worte an meinem ersten Abend auf Sissingham Hall, als er von Lügnern und Intriganten gesprochen hatte, aber ich hielt den Mund.

„Ich glaube, wir haben alle angenommen, dass es irgendetwas Geschäftliches war", meinte Bobs, „aber Simon Gale oder Mr Pomfrey können Ihnen sicher mehr darüber sagen als ich."

„Ich glaube nicht, dass dies der richtige Ort ist, um Einzelheiten über Sir Nevilles geschäftlichen Angelegenheiten zu erläutern", wandte Mr Pomfrey steif ein, „aber ich kann Ihnen versichern, dass es meines Wissens keinen besonderen Grund zur Besorgnis gab."

„Nein, das kann ich bestätigen", meldete sich Gale zu Wort. „Es ist kein Geheimnis, dass Sir Neville erwogen hat, zusammen mit Mr Knox und Lord Haverford in ein Minenprojekt in Südafrika einzusteigen und dass die vorbereitenden Arbeiten einen Großteil seiner Zeit in Anspruch genommen haben. Es bestand jedoch kein Anlass, wegen seiner Geschäfte niedergeschlagen oder verzagt zu sein."

„Natürlich nicht!", rief Gwen aus. „Sonst hätte er sich sicher Hugh anvertraut. Hugh und er standen sich furchtbar nahe, wissen Sie."

Inspector Jameson wandte Gwen seine Aufmerksamkeit zu und musterte sie aufmerksam, als hätte er sie bis jetzt kaum wahrgenommen.

„Haben Sie eine Ahnung, was Sir Neville beunruhigt haben könnte?", fragte er sie sanft.

„Das weiß ich ganz bestimmt nicht", antwortete sie in

einem Tonfall, der eindeutig sagte: „Ich kann es mir sehr gut vorstellen, aber von mir erfahrt ihr nichts."

„Nun gut", sagte der Inspector. „Das ist alles für den Moment, obwohl ich vielleicht später mit einigen oder allen von Ihnen alleine sprechen möchte."

Es war Gwen anzusehen, dass sie ein wohliger Schauder durchlief.

Der Inspector wünschte uns allen einen guten Tag und ging hinaus. Wenn Rosamund nicht dabeigesessen hätte, hätten wir uns vermutlich ausführlich über den Mord unterhalten, aber das war nun natürlich nicht möglich. Nach und nach verließen wir daher alle den Salon, während Rosamund in ein Gespräch mit Mr Pomfrey vertieft war.

Später am Nachmittag schrieb ich in meinem Zimmer einen Brief, als mich das Geräusch rascher Schritte auf der Terrasse zum Fenster lockte. Ich spähte hinaus, konnte aber zunächst nichts sehen, doch dann entdeckte ich Bobs, Sylvia und Angela Marchmont auf dem Rasen. Sie starrten alle in die gleiche Richtung, nämlich zum Haus. Ich lief die Treppe hinunter und gesellte mich zu ihnen.

„Hallo", begrüßte ich sie. „Vom Fenster sah es aus, als hätte euch der Anblick des Medusenhauptes zu Stein werden lassen. Was ist los?"

„Etwas ganz und gar Ungewöhnliches", sagte Bobs. „Ich -"

Er hielt inne, als der Polizist, den ich in den frühen Morgenstunden gesehen hatte, plötzlich in der Fenstertür zum Arbeitszimmer erschien, um die Ecke flitzte und durch die Seitentür im Haus verschwand.

„Was um alles in der Welt hat das zu bedeuten?", fragte ich erstaunt.

„Wir sind genauso ratlos wie du, alter Junge. Wir wollten einen kleinen Spaziergang machen, um einen klaren Kopf zu bekommen, als dieser Kerl plötzlich aus dem Haus geschossen kam und durch die Terrassentür verschwunden ist, nur um kurze Zeit später wieder aufzutauchen, wie du gerade gesehen hast."

„Das scheint mir eine seltsame Art zu sein, einen Mord zu untersuchen", bemerkte Sylvia.

„Aber ja, natürlich!", murmelte Angela Marchmont.

Wir sahen sie fragend an.

„Jetzt ist mir alles klar", fuhr sie fort. „Die Sache mit den Kartoffeln war mir schleierhaft, aber nun ergibt sie einen Sinn."

Sie musste lachen, als sie unsere überraschten Gesichter sah.

„Nein, keine Sorge, ich bin nicht verrückt - jedenfalls noch nicht ganz. Ich habe nur vorhin einen Polizisten beobachtet, wie er einen großen Sack Kartoffeln zum Arbeitszimmer geschleppt hat, und habe mich gefragt, was das soll. Aber jetzt begreife ich, was dahintersteckt."

„Ich nicht", sagte Sylvia.

„Nein? Der Kartoffelsack ist Neville. Die Polizisten versuchen, das Verbrechen nachzustellen, um sich ein Bild von den zeitlichen Abläufen zu machen."

„Aber warum rennen sie durch die Seitentür rein und raus, wo wir doch wissen, dass der Mörder von draußen durch die Fenstertüren ins Haus eingedrungen ist", fragte ich.

„Es gibt nur einen Grund, den ich mir vorstellen kann", antwortete Angela.

In diesem Moment dämmerte es uns und wir starrten uns entgeistert an.

„Sie gehen davon aus, dass es jemand aus dem Haus war", sagte Sylvia schließlich.

Angela nickte. „Ja", sagte sie schlicht.

Bobs lachte laut auf.

„Aber das ist doch absurd!", rief er.

„Tatsächlich?", fragte Angela.

„Natürlich ist es das! Ganz abgesehen davon, dass keiner von uns ein Motiv hatte, Neville umzubringen, hätten wir einfach keine Zeit gehabt. Du weißt, was Jameson gesagt hat: Der Mord muss zwischen Viertel vor elf abends und halb zwei in der Nacht stattgefunden haben. Aber um elf Uhr waren alle Außentüren zugeschlossen. Das bedeutet, dass der Täter nur eine Viertelstunde für die Tat zur Verfügung hatte. Und in dieser Zeit waren wir alle zusammen im Salon."

„Nicht die ganze Zeit", wandte Angela ein. „Ich glaube, mehrere Leute haben den Raum verlassen – du auch, Bobs."

„Ich?", fragte Bobs überrascht. „Aber ich glaube, du hast recht. Jetzt, wo du es sagst, fällt es mir wieder ein. Ich hatte es völlig vergessen. Aber", fuhr er fort, „ich weiß nicht, wie man quer durch das halbe Haus rennen, die Tat begehen, die Leiche am Kamin drapieren und in den Salon zurückkehren sollte, ohne aufzufallen."

„Nun, hoffen wir, dass die Polizei mit dir einer Meinung ist", sagte Angela. „Sonst könnte es ziemlich unangenehm für uns werden."

„Aber warum sollte einer von uns den armen Neville töten wollen?", fragte Sylvia. „Nein, das kann ich einfach nicht glauben."

„Seht mal", sagte ich. „Da kommt Jameson."

Der Inspector kam mit raschen Schritten auf uns zu.

„Hallo, Jameson", begrüßte ihn Bobs. „Wir haben Ihre kleine Inszenierung beobachtet. Uns können Sie nichts vormachen, wir wissen, was Sie im Schilde führen. Heraus mit der Sprache: Wer von uns war's? Ehrlich gesagt war mir dieser alte Butler noch nie geheuer. In seinem Blick liegt etwas Boshaftes – an Ihrer Stelle würde ich ihm nicht über den Weg trauen."

„Bobs!", rief Sylvia.

„Oder was ist mit Gale?", fuhr Bobs ungerührt fort. „Er traut sich kaum, den Mund aufzumachen, aber vor solchen Leuten muss man sich in Acht nehmen. Sie schuften jahrein, jahraus, aber eines Tages bringt ein Tropfen das Fass zum Überlaufen und dann heißt es: Wehe dem, der sich ihnen in den Weg stellt."

„Vielen Dank für Ihre aufschlussreichen Hinweise, Mr Buckley", sagte der Inspector höflich. „Wir werden natürlich alle Möglichkeiten in Betracht ziehen."

„Bravo!", sagte Bobs munter. „Und jetzt werden Sie uns vielleicht mitteilen, welche Erkenntnisse Sie gewonnen haben. Nach Ihrer kleinen Show eben zu urteilen steht der gesamte Haushalt von Sissingham Hall auf der Liste der Verdächtigen."

„Es wäre eine sträfliche Pflichtverletzung, wenn ich einzelne Aspekte von den Ermittlungen ausklammern würde", erwiderte der Inspector mit einem unverbindlichen Lächeln, ohne weiter auf Bobs' Vermutung einzugehen.

„Können wir Sie irgendwie davon überzeugen, dass von uns keiner etwas mit dieser schrecklichen Sache zu tun hat?", fragte Sylvia.

„Aber ja, Miss Buckley, das können Sie. Deshalb bin ich hier. Ich möchte mir ein Bild davon machen, was die Hausbewohner zwischen Viertel vor elf und elf Uhr am Freitagabend gemacht haben."

„Aha! Ich wusste es!", sagte Bobs. „Wir können Ihnen sagen, wo wir waren, aber was das Personal getrieben hat, wissen wir natürlich nicht."

„Einer meiner Männer wird heute Nachmittag mit den Bediensteten sprechen", verkündete Inspector Jameson.

„Aber was die Gäste angeht, so habe ich gehört, dass Sie bis Viertel vor elf getanzt und gespielt haben. Und was war danach?"

Ich versuchte, mich zu erinnern, doch außer dem Streit zwischen Joan und Gwen MacMurray fiel mir nicht viel ein.

Sylvia ergriff als Erste das Wort.

„Es war ein ziemlich merkwürdiger Abend", sagte sie nachdenklich. „Zuerst waren wir alle recht niedergeschlagen, ich weiß nicht genau, warum. Dann kam Rosamund in den Salon und hat versucht, uns aufzumuntern. Das konnte sie schon immer sehr gut. Wir haben Consequences gespielt und viel gelacht, aber dann wurde die Stimmung wieder gedämpfter, so wie vorher. Dann sind Joan und Gwen aus irgendeinem Grund aneinandergeraten, und danach hatte keiner Lust, noch lange aufzubleiben. Die meisten sind bald darauf zu Bett gegangen."

„Um welche Uhrzeit kam es zu dem Streit?", fragte Inspector Jameson.

„Das war um kurz nach elf", antwortete ich. „Ich erinnere mich, dass ich auf die Uhr geschaut und gedacht habe, wie müde ich war, trotz der recht frühen Stunde."

„Sehr gut", sagte Jameson und blätterte in seinem Notizbuch. „Also, um Viertel vor elf haben Sie, Mr Knox, und Lady Strickland durch die Tür des Arbeitszimmers mit Sir Neville gesprochen. Dann sind Sie in den Salon zurückgekehrt."

Ich nickte.

„Haben zwischen diesem Zeitpunkt und dem Streit zwischen Miss Havelock und Mrs MacMurray irgendwelche Gäste den Salon verlassen?"

„Oh ja, mehrere", antwortete Sylvia.

„Ich war einer davon", sagte Bobs. „Tatsächlich habe ich den Streit zwischen Joan und Gwen gar nicht mitbekommen. Schade – da habe ich offenbar etwas Lustiges verpasst."

„Darf ich fragen, wohin Sie gegangen sind?"

„Jedenfalls habe ich dem armen alten Neville nicht den Schädel eingeschlagen, wenn Sie das meinen", erwiderte Bobs. „Nein, ich war im Billardzimmer, um ein paar Stöße zu üben."

„Wer hat sonst noch den Salon verlassen?"

„Lassen Sie mich nachdenken", sagte Sylvia. „Joan hat sich ein Buch geholt und kam damit zurück. Mr Gale ging ebenfalls hinaus, kam aber nicht zurück. Er sagte, er müsse noch etwas erledigen oder etwas Ähnliches."

„Wie lange war Miss Havelock abwesend?"

„Nicht lange. Vielleicht zehn Minuten, höchstens eine Viertelstunde."

„Ist sonst noch jemand weggegangen?"

„Ich glaube nicht."

Jameson machte sich eine Notiz.

„Danke", sagte er. „Ihre Angaben waren sehr hilfreich."

Bevor wir ihm weitere Fragen stellen konnten, entschuldigte er sich und ging davon.

„Verdammt", sagte Bobs, während wir ihm nachsahen. „Ich wollte wissen, ob die Tat möglicherweise in weniger als einer Viertelstunde begangen worden sein könnte. Wenn sie bei ihrer Inszenierung länger gebraucht haben, sind wir natürlich alle aus dem Schneider."

„Ich kann mir nicht vorstellen, dass es weniger als eine Viertelstunde gedauert haben soll", überlegte Sylvia. „Ist euch übrigens aufgefallen, dass er nicht ein einziges Mal gefragt hat, worum es bei dem Streit zwischen Joan und Gwen gegangen ist?"

„Vielleicht hält er es nicht für wichtig", wandte Angela ein.

„Er scheint mir ein recht intelligenter Bursche zu sein“, bemerkte ich. „Ganz anders als die meisten Polizisten, die in Büchern vorkommen.“

„Dann müssen wir wohl alle aufpassen“, erwiderte Bobs leichthin.

# Kapitel Elf

Im Flur traf ich Rosamund. Ihre Miene erhellte sich, als sie mich sah, und sie nahm meine Hand.

„Ich bin so froh, dass du es bist", sagte sie. „Komm mit mir in den kleinen Salon. Der gut aussehende Inspector will mit Mr Pomfrey und mir über Nevilles Testament sprechen und ich habe Angst, dass er mich sofort in Ketten legt und abführt."

„Ich glaube nicht, dass du dir deswegen Sorgen machen musst", beruhigte ich sie, „aber natürlich komme ich mit, wenn du willst. Bist du sicher, dass der alte Pomfrey nichts dagegen hat?"

„Er kann sich aufregen, so viel er will, aber ich brauche einfach einen Freund an meiner Seite, und weiß, dass ich mich auf dich verlassen kann, Charles", antwortete sie.

Bei ihren Worten schlug mir das Herz bis zum Hals und ich lächelte sie herzlich an. Dass mich Rosamund immer noch als einen engen Freund betrachtete, freute mich ungemein. Sie erwiderte mein Lächeln und führte mich in den kleinen Salon, wo der Inspector und Mr Pomfrey warteten.

Mr Pomfrey war tatsächlich zunächst nicht gewillt, in meinem Beisein über Sir Nevilles Testament zu sprechen, aber Rosamund fegte jeden Widerstand beiseite, und schließlich musste sich der Anwalt widerwillig ihren Wünschen beugen.

„Nun gut, was möchten Sie wissen, Inspector?", fragte er.

„Ich möchte wissen, wie Sir Neville seinen Nachlass geregelt hat", antwortete Inspector Jameson.

„Ist das wirklich nötig? Ich dachte, Sie gingen davon aus, dass der Mörder oder die Mörder von draußen ins Haus gekommen sind."

„Wir haben noch nicht mit letztendlicher Sicherheit festgestellt, wie das Verbrechen begangen wurde", sagte der Inspector vage. „Im Moment steht nur fest, dass es sich um ein Verbrechen handelt, und deshalb muss ich so gründlich wie möglich ermitteln. Das Motiv ist ein wichtiger Faktor, auch wenn es natürlich nicht immer ganz eindeutig festzustellen ist. Deshalb frage ich Sie nach dem Testament."

Der Anwalt hob überrascht die Augenbrauen, lehnte sich dann in seinem Sessel zurück und legte die Fingerspitzen aneinander.

„Ich verstehe." Er überlegte einen Moment. „Die Situation ist ein wenig kompliziert, aber ich werde mein Bestes tun, alles zu erklären. Das Testament von Sir Neville Strickland ist in seiner jetzigen Form recht einfach. Da sind natürlich einige kleinere Vermächtnisse an einzelne Personen und für wohltätige Zwecke, aber es gibt nur zwei Hauptbegünstigte: Hugh MacMurray, der zehntausend Pfund erbt, und Lady Strickland, die den Rest des Vermögens von Sir Neville erbt - etwa fünfunddreißigtausend. Sie erbt auch das gesamte Anwesen, allerdings nur mit einem lebenslangen Nießbrauchsrecht, da die Ehe kinderlos geblieben ist."

„Und an wen geht Sissingham Hall, wenn sie stirbt?", fragte der Inspector.

„An Mr MacMurray", antwortete Mr Pomfrey.

„Was ist mit Miss Havelock? Erbt sie etwas?"

„Nein. Sie hat selbst ein Erbe, das derzeit treuhänderisch für sie verwaltet wird und auf das sie zugreifen kann, sobald sie fünfundzwanzig Jahre alt ist."

„Das scheint alles recht übersichtlich zu sein", meinte Jameson, „aber Sie haben doch gesagt, die Situation sei kompliziert. Was meinten Sie damit?"

Mr Pomfrey hüstelte.

„Was ich gerade gesagt habe, bezieht sich auf das Testament von Sir Neville, so wie es vorliegt. Ich muss Ihnen jedoch mitteilen, dass es nicht der Absicht von Sir Neville entspricht."

Der Inspector, der sich gerade Notizen machte, hielt im Schreiben inne.

„Tatsächlich?", fragte er.

Der Anwalt hüstelte erneut.

„Ja. Sir Neville hat mich am Freitag wegen eines neuen Testaments nach Sissingham Hall kommen lassen. Seine Wünsche hatten sich geändert und er wollte, dass ich so schnell wie möglich ein neues Dokument aufsetze."

„Und wie sollte das neue Testament aussehen?"

„Nach dem neuen Testament hätte Lady Strickland den gesamten Besitz von Sir Neville erhalten, also auch die zehntausend Pfund, die ursprünglich für Hugh MacMurray vorgesehen waren."

„Er hätte aber trotzdem Sissingham Hall geerbt?"

„Ja, aber erst nach Lady Stricklands Tod."

„Und Sir Neville starb, bevor das neue Testament

aufgesetzt und unterzeichnet werden konnte. Das alte Testament hat demnach Bestand."

„Das ist richtig", antwortete Mr Pomfrey.

Ich war erstaunt. Es stimmte also, was Joan zufällig mitgehört hatte! Sir Neville hatte tatsächlich vorgehabt, seinen nächsten Verwandten zwar nicht ganz zu enterben, ihn aber bis nach Rosamunds Tod auf sein Erbe warten zu lassen. Das wäre ein schwerer Schlag für die MacMurrays gewesen. Natürlich hätten sie sich auf Sissingham Hall freuen können, aber Rosamund war jung und würde wahrscheinlich noch lange leben, und nach allem, was ich gehört hatte, brauchten sie jetzt dringend Geld. Wie es schien, kam ihnen Sir Nevilles Tod gerade recht.

„Wussten Sie von dem neuen Testament, Lady Strickland?", fragte Inspector Jameson.

„Nein, überhaupt nicht", antwortete Rosamund. Sie wirkte ebenso überrascht wie alle anderen.

„Haben Sie eine Ahnung, warum Ihr Mann beschlossen hat, Mr MacMurray als direkten Erben aus seinem Testament zu streichen?"

„Leider nein. Ich weiß, dass Neville nicht mit dem Luxusleben einverstanden war, das Hugh und Gwen in der Stadt führen − wissen Sie, die beiden ziehen mit ihren reichen Freunden von einer Party zur anderen. Außerdem vermute ich, dass sich Hugh nicht immer so verhalten hat, wie er sollte, aber einen konkreten Grund, weshalb Neville ihn leer ausgehen lassen wollte, hat er nicht genannt."

„Hatte Mr MacMurray Ihres Wissens nach Kenntnis von der Tatsache, dass er nicht unmittelbar nach Sir Nevilles Tod erben würde, sondern erst nach dem Ableben von Lady Strickland?", fragte Jameson den Anwalt.

„Dazu kann ich Ihnen nichts sagen", antwortete Mr Pomfrey, ganz der diskrete Jurist.

Ich zögerte. Sollte ich dem Inspector von dem

Gespräch erzählen, das Joan vor der Bibliothek mitgehört hatte? Ich war unschlüssig, aber Jameson sah meinen Gesichtsausdruck und nahm mir die Sache aus der Hand.

„Mr Knox, könnte es sein, dass Sie mir etwas zu sagen haben?", fragte er sanft.

Ich verzog das Gesicht, aber nun gab es kein Zurück. Widerstrebend erzählte ich die Geschichte, die Joan mir erzählt hatte.

„Das ist natürlich alles Hörensagen", betonte ich. „Sie werden Miss Havelock selbst fragen müssen. Oder besser Hugh MacMurray."

„Danke, Mr Knox, das werde ich", sagte Inspector Jameson. Er wollte sich schon erheben, überlegte es sich aber anders. „Ach ja", fuhr er fort. „Das hätte ich fast vergessen. Lady Strickland, wie Sie wissen, steht bisher nicht fest, wie der Mörder in der Tatnacht das Arbeitszimmer Ihres Mannes betreten und es nach dem Mord verlassen hat. Rogers, der Butler, sagte mir, dass der Ersatzschlüssel, mit dem er sich gestern Zugang zum Arbeitszimmer verschafft hat, sicher in einer Schublade in seinem eigenen Zimmer eingeschlossen war und deshalb bei unseren Ermittlungen keine Rolle spielt. Er sagte jedoch auch, dass es einen zweiten Satz von Hausschlüsseln gibt, der in einer Schublade im Schreibtisch von Sir Neville verschlossen aufbewahrt wird. Wussten Sie von dessen Existenz?"

Rosamund sah ihn verwirrt an, als hätte sie die Frage nicht ganz verstanden.

„Ja", antwortete sie schließlich. „Ja, ich glaube, einen solchen Schlüsselsatz gibt es. Das hatte ich ganz vergessen. Ist das wichtig?"

„Vielleicht nicht. Wer hatte den Schlüssel für die Schreibtischschublade?"

„Nun, Neville vermutlich."

„Gab es nur einen Schlüssel?“

„Ich habe wirklich keine Ahnung, aber ich nehme es an. Haben Sie Rogers gefragt?“

„Rogers behauptet, Sir Neville habe den einzigen Schlüssel zu dieser Schublade in seiner Tasche gehabt. Von der Existenz eines weiteren Schlüssels sei ihm nichts bekannt.“

„Nun, vermutlich hat er recht, aber was hat das alles mit Nevilles Tod zu tun? Wenn die Hausschlüssel in der Schublade eingeschlossen sind und Neville den Schubladenschlüssel in seiner Tasche hatte, dann ist die Sache erledigt“, sagte Rosamund bestimmt.

„Wie Sie sagen, dann ist die Sache erledigt“, stimmte Jameson zu. „In Sir Nevilles Tasche wurde tatsächlich ein Schlüssel gefunden. Ich habe ihn angefordert, und wir werden ihn an der Schublade ausprobieren, sobald wir ihn in Händen halten. Wenn die Hausschlüssel in der Schublade sind, können wir sie ebenfalls außer Acht lassen.“

Er bedankte sich bei uns allen und ging hinaus.

Ich fragte mich, was Jameson mit seinen Fragen beabsichtigte. Vermutlich war der zweite Schlüsselbund sicher weggeschlossen, in diesem Fall wäre er irrelevant. Ich hatte den Eindruck, dass der Inspector die Dinge unnötig verkomplizierte, aber vermutlich musste er bei seinen Ermittlungen sehr gründlich vorgehen.

Meine Gedanken wandten sich dem Testament zu. Es sah ganz danach aus, als hätte Hugh MacMurray ein Motiv gehabt, Sir Neville zu töten, allerdings wusste ich nicht, wie er es hätte bewerkstelligen sollen, da er während der entscheidenden Viertelstunde im Salon war. Wenn ich es mir recht überlegte, waren Bobs, Simon Gale und Joan Havelock die Einzigen, die als Täter infrage kamen, weil sie sich während dieser fünfzehn Minuten nicht im Salon aufgehalten hatten. Die Vorstellung, dass Bobs oder Joan

Mörder waren, erschien mir einfach lächerlich. Bei Gale war ich mir nicht so sicher, aber bei näherer Betrachtung sah ich keinen Grund, warum er Neville hätte umbringen sollen. Auf Sissingham Hall hatte er die Ruhe, die seine geschundenen Nerven brauchten, und außerdem einen freundlichen und nachsichtigen Arbeitgeber. Durch Sir Nevilles Tod hatte er nichts zu gewinnen und alles zu verlieren. Nein, je mehr ich darüber nachdachte, desto mehr kam ich zu der Überzeugung, dass die Polizei auf dem Holzweg war. Es musste ein Eindringling von außen gewesen sein.

Ich verabschiedete mich von Rosamund und Mr Pomfrey und ging in den Wintergarten, wo Sylvia gedankenverloren aus dem Fenster starrte. Als ich eintrat, drehte sie sich um.

„Da bist du ja", sagte sie. „Ich habe mich schon gefragt, wo du steckst."

„Rosamund wollte, dass ich mir anhöre, was Mr Pomfrey zum Testament von Sir Neville zu sagen hat." Trotz meines bemüht beiläufigen Tons verengten sich ihre Augen und sie sah mich misstrauisch an.

„Wie nett", war alles, was sie sagte.

Angesichts ihres offenkundigen Desinteresses wollte ich schon gehen, als Sylvia einlenkte.

„Spann mich nicht auf die Folter!", rief sie. „Was hat er gesagt?"

Ich focht einen kurzen Kampf mit meinem Gewissen aus. Mr Pomfrey würde es gar nicht gerne sehen, wenn ich von Sir Nevilles Absicht erzählte, seinen Cousin zu enterben, andererseits hatte Rosamund mir nicht aufgetragen, es für mich zu behalten. Ich erlag der Versuchung zur Indiskretion und berichtete, was ich erfahren hatte. Sylvia hörte mit weit aufgerissenen Augen zu.

„Unglaublich!", sagte sie. „Wenn es Hugh war, der vor

ein paar Tagen mit Neville vor der Bibliothek gestanden hat, dann hat er ein starkes Mordmotiv."

In diesem Moment betrat Angela den Wintergarten und hörte den letzten Teil des Satzes.

„Störe ich?", fragte sie.

„Nein, überhaupt nicht. Du wirst nicht glauben, was passiert ist", antwortete Sylvia eifrig und wiederholte die Geschichte. Dass sich die Nachricht von der geplanten Testamentsänderung so schnell verbreitete, gefiel mir nicht, aber ich hatte den Stein selbst ins Rollen gebracht, daher hielt ich mich besser mit Vorwürfen zurück.

Angela schwieg einen Augenblick, nachdem Sylvia ihr alles erzählt hatte.

„Was das Motiv angeht, so sieht es für Hugh in der Tat schlecht aus", sagte sie schließlich, „aber ich weiß wirklich nicht, wie er den Mord begangen haben sollte. Er war während des fraglichen Zeitraums mit uns anderen im Salon."

„Aber was ist, wenn Neville gar nicht in dieser Zeit getötet worden ist?", fragte ich. „Laut Inspector Jameson ist er zwischen Viertel vor elf und halb zwei gestorben, wenn man den Aussagen der Mediziner glauben darf."

„Ja, aber wenn der Mord nach elf Uhr passiert ist, dann kann es niemand aus dem Haus gewesen sein - jedenfalls keiner der Gäste", gab Angela zu bedenken. „Wir haben zwei Möglichkeiten: Erstens, der Mord wurde von einem Eindringling begangen. In diesem Fall könnte er irgendwann im Laufe dieser drei Stunden stattgefunden haben, da er durch die Fenstertüren ins Haus gekommen sein muss. Zweitens, der Mörder ist jemand aus dem Haus. In diesem Fall muss die Tat nach Viertel vor elf begangen worden sein, als Sie und Rosamund mit Neville gesprochen haben, und vor elf Uhr, als Rogers die Außentüren zugeschlossen hat. Nach elf Uhr hätte keiner von uns das Haus verlassen und das Arbeitszimmer von außen betreten können. Es sei denn …" Sie verengte kurz die Augen, als sei ihr gerade eine neue Idee gekommen. „Es ist interessant, was Sie über den zweiten Schlüsselsatz sagen, aber da er in Nevilles Schreibtischschublade eingeschlossen war, nehme ich an, dass dieses Detail nicht wichtig ist."

„Was ist mit dem Personal?", fragte ich.

„Grundsätzlich könnte einer von ihnen der Mörder sein, aber auch hier gelten die gleichen Voraussetzungen", antwortete Angela. „Die Türen wurden um elf Uhr verschlossen und alle waren im Haus. Natürlich könnte jemand das Haus vor Rogers' Runde verlassen haben, um am nächsten Morgen zurückzukommen, als die Türen wieder aufgeschlossen wurden. Ich kann mir vorstellen, dass die Polizei diese Möglichkeit bei ihren Ermittlungen in Betracht zieht."

Sylvia runzelte die Stirn.

„Moment mal!", sagte sie. „Warum gehen wir davon aus, dass der Mörder durch die Fenstertüren ins Haus gekommen ist? Nehmen wir einmal an, jemand aus dem Haus ist der Täter. Er könnte doch durch die Tür ins Arbeitszimmer gegangen sein? Vielleicht hat Neville ihn einfach hereingelassen."

„Vielleicht", wiederholte Angela und setzte nachdenklich hinzu: „Es könnte durchaus so abgelaufen sein, aber das müsste zwischen Viertel vor elf und elf Uhr gewesen sein. Als Neville gefunden wurde, war die Tür des Arbeitszimmers von innen verschlossen, was bedeutet, dass der Mörder durch die Fenstertüren verschwunden und irgendwie ins Haus zurückgekehrt sein muss. Wie er das gemacht hat, wissen wir allerdings nicht."

„Und es bedeutet auch, dass Bobs, Joan und Simon Gale nach wie vor die einzigen sind, die als Täter infrage kommen", sagte Sylvia. „Oh, das ist einfach absurd! Es muss ein Eindringling gewesen sein."

Angela schüttelte den Kopf.

„Ich habe das Gefühl, dass die Polizei ganz andere Schlüsse zieht", fügte sie ernst hinzu. „Das wollte ich euch sagen. Eben habe ich mit Joan gesprochen, die unglaublich geschickt darin ist, Informationen aus den Dienstboten herauszuholen. Es scheint, dass die Polizei keine Anzeichen dafür finden konnte, dass das Verbrechen von einem Außenstehenden begangen wurde. Sie neigen zu der Annahme, dass es einer von innerhalb des Hauses war."

„Dann irren sie sich", beharrte Sylvia, „oder die Zeitangaben stimmen nicht."

„Ich glaube, Sylvia hat recht", sagte ich. „Aus der Tatsache, dass es keine Beweise für einen Einbrecher gibt, folgt nicht zwangsläufig, dass es jemand aus dem Haus war. Vielleicht hat der Eindringling einfach keine Spuren hinterlassen."

„Das dürfte kaum möglich sein. Seit dem Regen am Freitag ist der Boden sehr matschig", bemerkte Angela.

„Ja, aber wir sind seitdem alle kreuz und quer über das Gelände gestapft und könnten dabei seine Spuren verwischt haben. Außerdem - wenn es jemand aus dem Haus war, hätte er dann nicht ebenfalls Fußspuren hinterlassen?"

„Ich glaube nicht. Vergiss nicht, dass die Terrasse rund um das Haus verläuft. Er hätte sich nicht einmal die Schuhe schmutzig gemacht", antwortet Angela.

„Selbst wenn man davon ausgeht, dass es jemand aus dem Haus war, verstehe ich nicht, wie er Neville in diesen fünfzehn Minuten hätte töten können", sagte Sylvia. Sie überlegte einen Moment und schüttelte dann den Kopf. „Das ergibt keinen Sinn. Und allein die Vorstellung, dass es Bobs oder Joan gewesen sein könnte, ist albern!"

„Aber was ist mit Gale?", fragte ich. „Nachdem er sich aus dem Salon verabschiedet hatte, ist er nicht zurückgekommen. Er sagt, er habe seine Arbeit erledigt und sei dann zu Bett gegangen, aber haben wir dafür irgendwelche Beweise?"

Wir schwiegen und stellten uns Simon Gale als Verdächtigen vor.

„Er könnte der Täter sein, nehme ich an", sagte ich endlich. „Aber was ist mit dem Motiv? Er scheint mir eher ein nervöser Typ zu sein, aber er hat mir erzählt, dass er hier sehr glücklich ist. Welchen Grund könnte er haben, Sir Neville zu töten?"

Dann fiel mir jedoch der Streit zwischen Gwen und Joan ein, an dem Abend, an dem der Mord geschehen war. Was hatte Gwen da gesagt? Dass Joan hinter Gale her sei oder etwas in diese Richtung. Ich hatte es als bloße Bosheit abgetan, aber womöglich hatte sie damit ins Schwarze getroffen? Und was, wenn Simon Gale Joans Gefühle erwiderte? Vielleicht hatten sie ihre Zuneigung einander gestanden – und ich fragte mich, was Sir Neville dazu gesagt hätte.

„Glaubt ihr, dass etwas dran ist an dem, was Gwen neulich Abend über Joan und Gale gesagt hat?", fragte ich vorsichtig.

Die beiden Frauen sahen mich überrascht an.

„Du meinst, dass Joan in Simon verliebt ist?", fragte Sylvia. „Ich weiß es nicht. Ich dachte, Gwen wollte einfach nur gemein sein. Aber Joan war schon immer schwer zu durchschauen und ich nehme an, dass Simons anrührende Hilflosigkeit auf jemanden wie sie anziehend wirkt. Warum fragst du?"

„Ich habe nur überlegt, ob Sir Neville eine Verlobung der beiden gutheißen würde."

„Oh, ich verstehe", sagte Sylvia. „Du stellst dir Neville

als gestrengen Vormund vor, der Simon aus dem Haus wirft und Joan einsperrt, damit sie ihn nie wiedersieht. Aber damit liegst du völlig falsch. Neville war einfach nicht der Typ dafür. Vermutlich wäre er über eine Verlobung der beiden nicht gerade begeistert gewesen, aber ich kann mir auch nicht vorstellen, dass er sich deswegen wie ein viktorianischer Sittenwächter aufgeführt hätte. Nein, das taugt nicht als Motiv für einen Mord, Charles."

„Nun, du kanntest Sir Neville besser als ich." Widerwillig gab ich meine Theorie auf. „Es war wahrscheinlich ziemlich weit hergeholt."

„Nun sieh uns einer an", sagte Angela kopfschüttelnd. „Wir überlegen, ob jemand, den wir kennen, einen Mord begangen hat, nur weil er der am wenigsten unwahrscheinliche Verdächtige von drei unwahrscheinlichen Verdächtigen ist. Das ist dem armen Mr Gale gegenüber ziemlich unfair. Ich finde, wir sollten aufhören, uns immer neue Theorien auszudenken."

„Aber -", setzte ich an und verstummte, als Joan den Wintergarten betrat.

Glücklicherweise bemerkte sie unsere verlegenen Mienen nicht und platzte heraus: „Kann denn niemand diesem schrecklichen Inspector Einhalt gebieten? Er stellt das Haus auf den Kopf, und jetzt ist Simon ganz verstört, und ich kann ihn nirgendwo finden!"

# Kapitel Zwölf

„WAS MEINST DU DAMIT, dass Simon ganz verstört ist?",
fragte Angela.

„Ach, Der Inspector hat ihn ununterbrochen befragt,
wollte wissen, wo er war und was er in diesen entscheidenden fünfzehn Minuten gemacht hat." Joan warf
verzweifelt die Hände in die Luft. „Nur weil er seine Arbeit
gewissenhaft erledigt, scheint die Polizei ihn für einen
Mörder zu halten! Es ist nicht seine Schuld, wenn er nicht
im Salon war, als Neville umgebracht worden ist. Und jetzt
weiß ich nicht, wo er hin ist, und ich habe solche Angst,
dass er eine Dummheit macht. Er hat schwache Nerven.
Er kann mit so etwas nicht umgehen."

Sie brach in Tränen aus. Angela ging zu ihr, um sie zu
trösten.

„Nicht weinen, Liebes", sagte sie. „Simon würde keine
Dummheiten machen, da bin ich mir sicher."

„Aber ich habe im ganzen Haus nachgesehen!",
jammerte Joan.

„Wahrscheinlich geht er im Garten spazieren", vermutete Sylvia. „Das würde ich auch tun, wenn ich mich abregen müsste."

„Meinst du wirklich?", fragte Joan. „Von den Fenstern in der oberen Etage konnte ich ihn nicht sehen, aber vielleicht hast du recht."

„Was genau hat er gesagt?", fragte ich.

„Oh, ich weiß es nicht, er hat nur etwas von ‚weggehen' gemurmelt und ist davongelaufen. Ich hätte ihn nicht aus den Augen lassen sollen. Ich werde es mir nie verzeihen, wenn ihm etwas zustößt."

„Es gibt sicher keinen Grund zur Sorge", sagte Angela beschwichtigend. „Natürlich ist es eine schwierige Situation für uns alle, aber die Polizei muss ihre Arbeit machen. Simon wollte wahrscheinlich nur eine Weile der angespannten Atmosphäre entfliehen. Ich bin sicher, dass er zum Tee wieder auftaucht."

„Wahrscheinlich hast du recht." Joan tupfte sich mit einem Taschentuch die Augen ab. „Aber ich mache mir trotzdem Sorgen."

Simon Gale erschien jedoch nicht zum Tee und auch nicht zum Abendessen. Bald erfuhren wir, dass er zuletzt in Sir Nevilles Auto auf dem Weg in die nächste Stadt gesehen worden war.

„Das war's dann wohl", sagte Bobs, als er hörte, dass Gale verschwunden war. „Nett von ihm, dass er uns die Mühe einer polizeilichen Untersuchung erspart, aber er hätte den Anstand haben können, hier zu bleiben und sich der Sache zu stellen."

Tatsächlich schienen die meisten der Anwesenden davon auszugehen, dass Gales Verschwinden einem Geständnis gleichkam, auch wenn er kein erkennbares Motiv hatte. Ich vermutete eher, dass er in einem Moment geistiger Umnachtung, verursacht durch seine nervöse Störung, um sich geschlagen und seinen Arbeitgeber getötet hatte. Ich erinnerte mich, wie blass Gale geworden war, als wir beim Abendessen über den Fall Mason diskutiert hatten. Ob das Thema bei ihm einen Nerv getroffen hatte? Möglicherweise war er sich seiner Schwäche und der eigenen Gewaltbereitschaft nur zu bewusst gewesen. Die Polizei leitete sofort eine Suche nach dem Vermissten ein und durchkämmte die Gegend nach einer Spur von ihm und ich glaube, dass wir alle, mit Ausnahme von Joan vielleicht, so etwas wie Erleichterung empfanden, weil die Angelegenheit so schnell aufgeklärt worden war.

Das teilte ich Angela Marchmont mit.

„Ja", antwortete sie. „Mr Gales Verhalten wirkt verdächtig - die Tatsache, dass er weggelaufen ist, meine ich."

„Die anderen Beweise überzeugen Sie aber nicht?"

„Das ist es ja gerade", sagte sie. „Es gibt keine anderen Beweise - jedenfalls keine hieb- und stichfesten Beweise. Nur die Tatsache, dass wir nicht wissen, wo er in dieser entscheidenden Viertelstunde war und was er gemacht hat."

„Das reicht doch sicher, wenn niemand sonst als Täter infrage kommt."

„Vielleicht. Es mag sich absurd anhören, Mr Knox, aber ich werde das Gefühl nicht los, dass wir - wie heißt der Ausdruck, den ich suche?"

„Aber welche andere Lösung könnte es denn geben?"

„Ich weiß es nicht", gab sie zu. „Es gibt keinen Grund, weshalb ich an dem zweifeln sollte, was ich bisher gehört habe, und doch -"

„Und doch was?"

Sie schüttelte sich.

„In die Irre geführt", sagte sie plötzlich. „Das ist der Ausdruck, an den ich dachte. Wir sind in die Irre geführt worden. Jetzt muss ich nachdenken."

In diesem Moment wurden wir von Rosamund unterbrochen, die mich von Angela wegzog. Sie hatte eine Bitte.

„Ich kann es einfach nicht ertragen, im Moment ganz allein in diesem Haus zu sein", gestand sie. „Ich werde alle meine Gäste bitten, noch ein paar Tage bei mir zu bleiben, um mir Gesellschaft zu leisten. Du bleibst doch, Charles?" Sie schaute mich flehend an.

Ich hatte eigentlich überlegt, wie ich mich am besten diskret zurückziehen könnte, in der Annahme, dass ich in dieser Zeit der Trauer kaum erwünscht sein würde. Aus diesem Grund überraschte mich ihre Frage ein wenig.

„Natürlich bleibe ich, wenn es das ist, was du möchtest", versprach ich. „Aber bist du sicher, dass ich dir nicht eher im Wege bin, als dass ich dir helfe? Ich hätte gedacht, dass du eine Gästeschar wie unsere eher lästig findest."

„Oh, aber Gäste sind genau das, was ich brauche, um mich abzulenken", widersprach sie eifrig. „Bitte, Charles, versprich mir, dass du bleibst."

Natürlich konnte ich ihr diese Bitte nicht abschlagen, vor allem, weil es ihr offenbar so wichtig war. Also willigte ich ein und sie nahm meine Hand und dankte mir herzlich.

„Und jetzt musst du einen Spaziergang mit mir machen", sagte sie. „Ich brauche dringend frische Luft und hatte in den letzten Tagen keine Gelegenheit, mit dir zu sprechen. Allerdings ist das unter den gegebenen Umständen wohl kaum verwunderlich."

Bei diesen Worten sah ich sie eindringlich an, denn sie wirkte plötzlich sehr einsam. Die liebe Rosamund, dachte ich. Bis jetzt hatte sie sich tapfer geschlagen, wie eine echte Engländerin, aber wie lange würde sie das durchhalten?

Alle waren einverstanden, vorerst auf Sissingham Hall zu bleiben - ich war sogar froh über die Einladung, denn ich hatte keine anderen Verpflichtungen und freute mich,

Rosamund helfen zu können. Wir konnten jedoch unmöglich so tun, als habe es die Ereignisse der vergangenen Tage nicht gegeben, und hatten Mühe, Beschäftigungen zu finden, die einem Trauerhaus angemessen waren.

Inspector Jameson beteiligte sich an der Jagd auf Simon Gale, während ein Constable der undankbaren Aufgabe nachging, die Aktivitäten der Bediensteten in der Tatnacht zu rekonstruieren. Man hatte uns gesagt, dass die gerichtliche Untersuchung des Todes von Sir Neville sehr wahrscheinlich vertagt werden würde, während die Suche nach Simon Gale weiterging.

„Das wird zweifellos eine große Enttäuschung für die örtliche Bevölkerung sein", bemerkte Bobs, der mit aufgeschlagener Zeitung am Frühstückstisch saß.

„Was meinst du damit?", fragte ich.

„Sieh hier", sagte er und reichte mir die Zeitung. Das Herz schlug mir bis zum Hals, als ich die Überschrift las.

„Verdächtiger Todesfall auf Landsitz", stand da.

„Was bedeutet das?", fragte ich.

„Das bedeutet, alter Junge, dass die Presse Wind von der Geschichte bekommen hat, und wenn ich mich nicht täusche, wird in Kürze jedes Käseblatt seine besten Spürhunde hierherschicken."

„Oh, ich hoffe nicht", seufzte Rosamund.

Ich las weiter. Der Artikel wies die übliche Mischung aus Wahrheiten, Halbwahrheiten und reiner Erfindung auf, wie es bei Sensationsnachrichten gewöhnlich der Fall ist. Er war offensichtlich von jemandem geschrieben worden, der noch nie auf Sissingham Hall war oder mit einer der betroffenen Personen gesprochen hatte. Das Verschwinden von Simon Gale wurde besonders ausführlich behandelt.

„Im ganzen Land hält man jetzt die Augen nach Gale

offen", sagte Bobs. „Ich schätze seine Chancen nicht allzu hoch ein."

„„Inspector Jameson von Scotland Yard und seine Leute haben mehrere Hinweise gesammelt'", las ich vor, „„und es ist zu hoffen, dass der Schuldige sehr bald gefasst wird.'"

„Sieh mal, Rosamund, sie haben ein Foto von dir ausgegraben", sagte Joan, die über meine Schulter mitgelesen hatte. „Woher haben sie das denn? Und bist das nicht du, Bobs?"

„Oh ja", sagte Bobs beiläufig. „Ich weiß nicht mehr, wo es aufgenommen wurde. Irgendwo im Ausland, wie es aussieht."

Ich betrachtete das Foto, das eine Gruppe modisch gekleideter Leute zeigte. Sie standen im Sonnenschein vor einem großen, eleganten Hotel. Rosamund war eine von ihnen, und auch Bobs mit seinem albernen Grinsen war unverkennbar.

„„Lady Strickland und Freunde letztes Jahr in Menton'", las ich.

„Du hast mir nicht gesagt, dass du letztes Jahr in Menton warst, Bobs", beschwerte sich Sylvia.

„Du kannst doch nicht erwarten, dass ich dich über alles informiere, was ich tue", erwiderte ihr Bruder. „Ich flattere hin und her wie ein Schmetterling und beschenke alle, denen ich begegne, mit meiner Schönheit und Weisheit. Ich habe keine Zeit für die ausgeklügelten Regeln, an die sich geringere Wesen halten müssen. Sehe ich nicht schneidig aus in meinem weißen Tennisanzug?" Er streckte die Arme und stöhnte. „Ich muss erst Kondition aufbauen, bevor ich wieder spielen kann. Heute tun mir die Arme weh und dabei habe ich gestern nichts weiter getan als die beiden schweren Pflanzen für Joan zu schleppen. Dieses

Luxusleben macht mich zu einem Schatten meiner selbst, zu einem bloßen Schatten.“

Ich bemerkte, dass Mrs Marchmont ihn prüfend ansah und dann die Stirn runzelte, als versuchte sie, sich an etwas zu erinnern.

„Neville fehlt auf dem Bild. Wo war er?“, fragte Joan.

„Irgendwo in der Nähe, nehme ich an“, sagte Bobs. „Ich erinnere mich, dass es furchtbar heiß war.“

„Das ist doch unwichtig“, sagte Rosamund. „Die viel wichtigere Frage ist, warum in aller Welt ich diesen schrecklichen Hut aufgesetzt habe.“

Während wir über das Foto lachten, erschien Rogers und kündigte die Rückkehr von Inspector Jameson an, der Lady Strickland unter vier Augen zu sprechen wünschte.

„Oh“, sagte Rosamund, „vielleicht hat er Neuigkeiten von Simon“.

Sie ging hinaus, kehrte aber einige Minuten später zurück.

„Was wollte er? Hat man Simon gefunden?“, fragte Joan sofort.

„Nein, er ist immer noch verschwunden“, erwiderte Rosamund. Mir fiel auf, dass sie recht blass aussah. „Aber die Polizei ist sehr darauf bedacht, ihn so schnell wie möglich zu finden. Es hat sich nämlich herausgestellt, dass er ein Alibi hat. Zwei Bedienstete haben ihn in der fraglichen Viertelstunde bei verschiedenen Gelegenheiten gesehen. Er kann den Mord also unmöglich in dieser Zeit begangen haben.“

Wir sahen uns alle gegenseitig an.

„Soll das heißen, dass Simon unschuldig ist?“, fragte Gwen. „Das glaube ich nicht! Wenn er unschuldig ist, muss es doch jemand anderes gewesen sein.“

„Bravo“, sagte Bobs.

„Aber es war keiner von uns, oder?", beharrte Gwen. „Also muss es Simon gewesen sein."

„Ach, mach dich doch nicht lächerlich", schnauzte Joan. Es sah aus, als bahnte sich ein weiterer Streit an, aber Rosamund kam den beiden zuvor.

„Hugh", sagte sie. „Inspector Jameson möchte dich im kleinen Salon sprechen."

MacMurrays schockierte Miene wirkte fast schon komisch.

„Mich? Warum will er mich sprechen?"

„Das hat er nicht gesagt", antwortete Rosamund.

Während er hinausging, schaute ich zu Sylvia hinüber und unsere Blicke trafen sich. Sie zog die Augenbrauen hoch. Nachdem Simon Gale nicht mehr als Täter infrage kam, sah es so aus, als sei Hugh MacMurray der wahrscheinlichste Kandidat, und nach einem Motiv brauchte man nicht lange zu suchen. Die Aussicht auf zehntausend Pfund stellt immer eine große Versuchung dar, aber vermutlich hätten es sich die MacMurrays leisten können, zu warten, zumal sie regelmäßig von der großzügigen Gastfreundschaft der Stricklands profitierten. Sir Nevilles Drohung, sein Testament zu ändern, wäre jedoch ein gewaltiger Ansporn gewesen, aktiv zu werden, vor allem nach dem Eintreffen von Mr Pomfrey, das den MacMurrays deutlich machte, dass Sir Neville es ernst meinte. Von selbst hätte Hugh MacMurray sicher nichts unternommen, aber ich konnte mir gut vorstellen, dass ihn seine Frau zum Mord angestachelt hatte. Er würde allein kaum der Mut zu einer solchen Tat aufbringen. Gwen dagegen hielt ich für fähig, jeden umzubringen, der sich ihr in den Weg stellte. Allerdings hatten sich beide während der fraglichen Zeit im Salon aufgehalten – das war der Pferdefuß an meiner Theorie.

Ich stand auf und verließ den Raum. Am Fuß der

Treppe hielt ich inne und warf einen Blick in den Gang zu meiner Linken. Ein Diener betrat gerade das Arbeitszimmer. Ich ging in die Bibliothek, wo ich einen Polizisten antraf, der das Fenster untersuchte. Er nickte mir freundlich zu und ging hinaus. Ein paar Minuten später fand ich ihn in meinem Zimmer, wo er sich ebenfalls das Fenster ansah. Er entschuldigte sich und murmelte etwas von einer Routineuntersuchung.

*Ich wüsste zu gerne, warum er sich so sehr für die Fenster interessiert?*, dachte ich und starrte ihm nach, als er den Flur hinunterging.

„Hallo", sagte Angela Marchmont, die gerade aus ihrem Zimmer kam. „Hat der Polizist auch Ihr Fenster untersucht? Ich hatte mich schon gefragt, wann sie darauf kommen würden."

„Keine Ahnung, was an den Fenstern so spannend sein sollte", sagte ich.

„Nein? Es geht um die berühmte Viertelstunde. Die Polizei ist endlich zu dem Schluss gekommen, dass es sich nur um ein Ablenkungsmanöver handelt und dass das Verbrechen auch später, nach elf Uhr, geschehen sein könnte."

„Aber wie? Das verstehe ich nicht."

„Nun, die einzigen Personen, die während der verhängnisvollen Viertelstunde nicht im Salon waren, waren Mr Gale, Bobs und Joan", erklärte Angela. „Mr Gale hat ein Alibi, wie wir jetzt wissen, Joan war nur ein paar Minuten abwesend und es hat sich herausgestellt, dass Bobs mit einem der Bediensteten Billard gespielt hat. Er hat es verschwiegen, weil er den Mann nicht in Schwierigkeiten bringen wollte. Keiner von ihnen hatte Zeit, Neville zu töten und die Leiche am Kamin zurechtzulegen."

„Dann muss es ein Außenstehender gewesen sein, wie wir ursprünglich angenommen haben!", sagte ich.

„Ich glaube nicht, dass die Polizei das so sieht. Sie hat sehr gründliche Nachforschungen angestellt. Sissingham Hall ist ein sehr ruhiger Ort und seit Wochen ist kein Fremder in der Gegend gesehen worden. Solange nicht eindeutig bewiesen ist, dass es sich um die Tat eines Außenstehenden handelt – und diese Beweise liegen bisher nicht vor -, wird die Polizei weiterhin von der Theorie ausgehen, dass das Verbrechen von jemandem im Haus begangen wurde, und zwar irgendwann zwischen Viertel vor elf und halb zwei. Aber da die Außentüren ab elf Uhr verschlossen waren, musste jeder, der nach diesem Zeitpunkt durch die Fenstertüren in Nevilles Arbeitszimmer gelangen wollte, das Haus vermutlich durch ein Fenster verlassen."

„Aber doch nicht durch ein Fenster im Obergeschoss", wandte ich ein.

„Nein", pflichtete Angela mir bei. „Ich habe gestern selbst nachgesehen: Es gibt an den Außenmauern keine Kletterpflanzen, an denen man sich nach unten hangeln könnte. Also musste sich der Täter die Treppe hinunterschleichen, als alle in ihren Zimmern schliefen, und durch ein Fenster im Erdgeschoss auf die Terrasse steigen. Ich halte es jedoch für wahrscheinlicher, dass Neville seinen Mörder einfach durch die Tür ins Arbeitszimmer gelassen hat und er durch das Fenster wieder ins Haus gelangt ist.

„Aber welches Fenster sollte das sein?"

„Ich weiß es nicht. Vielleicht stellt die Polizei fest, dass die Erdgeschossfenster nicht in Frage kommen, und dann stehen wir wieder am Anfang."

„Ich muss schon sagen: Es sieht ziemlich schlecht aus für MacMurray", merkte ich an. „Wenn sich die Tat so abgespielt hat, wie Sie es beschrieben haben, hatte er nicht nur die Gelegenheit, sondern auch ein verdammt gutes Motiv."

„Ja", bestätigte Angela. „Aber es bedeutet auch, dass wir alle wieder auf der Liste der Verdächtigen stehen, auch Mr Gale."

„War es das, was Sie meinten, als Sie sagten, wir seien in die Irre geführt worden?"

„Zum Teil. Ja, ich dachte tatsächlich, dass die berühmte Viertelstunde vielleicht doch nicht so bedeutungsvoll ist, wie wir angenommen hatten. Fünfzehn Minuten kommen mir sehr wenig vor, um einen Mord zu begehen und ihn wie einen Unfall aussehen zu lassen, vor allem, wenn es eine spontane Tat war."

„Sie glauben also, dass sie nicht von langer Hand geplant war?"

„Nein, das kann ich mir nicht vorstellen. Dass die Inszenierung des vermeintlichen Unfalls so unbeholfen und dilettantisch war, deutet darauf hin, dass sie in rasender Eile und ohne jegliche vorherige Planung durchgeführt wurde. Selbst uns als Laien ist sofort aufgefallen, dass an der Position von Nevilles Leiche etwas nicht stimmte."

„Aber wenn die Tat, wie Sie sagen, in rasender Eile vor sich ging, hätte eine Viertelstunde doch reichen können, nicht wahr? Das Arbeitszimmer zu betreten, Sir Neville einen Schlag auf den Kopf zu versetzen, seine Leiche vor den Kamin zu zerren und paar andere Details zu erledigen, kann nicht viel Zeit in Anspruch genommen haben."

„Erstens wissen wir jetzt, dass die Tat, wenn sie in dieser Zeit begangen wurde, höchstens fünfzehn Minuten gedauert haben kann, da niemand länger als eine Viertelstunde außer Sicht war. Aber was noch wichtiger ist: Wenn wir davon ausgehen, dass das Verbrechen nicht vorsätzlich begangen wurde, dann wäre es höchst unwahrscheinlich, dass der Mörder das Arbeitszimmer betreten und Neville sofort und ohne Vorwarnung niedergeschlagen hat. Versuchen Sie, die Sache aus der Sicht des Mörders zu betrachten. Er betritt den Raum, um mit Neville etwas zu besprechen, nicht um ihm den Kopf einzuschlagen. Es muss zumindest ein Gespräch gegeben haben, das in eine Auseinandersetzung mündete, bevor er zum Mord getrieben wurde, und das hätte mindestens einige Minuten gedauert."

„Nicht unbedingt. Wenn MacMurray tatsächlich der Mörder ist, dann hatte er ein Motiv, bevor er Neville aufgesucht hat. Es kann gut sein, dass er mit Mordabsichten ins Arbeitszimmer gegangen ist und die Sache sofort erledigt hat." Plötzlich kam mir eine andere Idee. „Und warum wurden die Fenstertüren offen gelassen, um dem Mörder Zutritt zum Haus zu verschaffen, wenn die Tat nicht im Voraus geplant war?"

„Das wissen wir noch nicht", antwortete Angela. „Wie ich schon sagte, könnte er vom Flur aus durch die Tür ins Arbeitszimmer gegangen sein und es nur durch die Fenstertüren verlassen haben, um dann durch ein Fenster wieder ins Haus zu klettern."

„Warum hat er das Fenster offen gelassen, wenn er den Mord nicht geplant hat?"

„Ich weiß es nicht", seufzte Angela. „Vieles an dieser elenden Angelegenheit ergibt keinen Sinn. Aber eines können wir mit Sicherheit sagen: Wenn Hugh der Täter ist, dann muss er Neville nach elf Uhr umgebracht haben, denn er war die meiste Zeit mit uns anderen im Salon. Allerdings kann ich mir Hugh überhaupt nicht als Mörder vorstellen."

„Für mich ergibt das sehr wohl einen Sinn. Ich glaube, es war so: MacMurray will verhindern, dass er enterbt wird, und hofft, sich bei Sir Neville einschmeicheln zu können. Nachdem alle anderen zu Bett gegangen sind, schleicht er nach unten und klopft an die Tür des Arbeitszimmers, um mit Sir Neville zu reden. Er wird eingelassen, aber dann geht alles schief. Die beiden geraten in Streit, MacMurray tötet Sir Neville, legt die Leiche vor den Kamin und verschwindet durch die Fenstertüren."

„Aber woher wusste er, dass Neville im Arbeitszimmer sein würde, wenn alle zu Bett gegangen waren?", fragte Angela. „Und wie ist er nach dem Mord wieder ins Haus gekommen?"

Ich überlegte.

„Dann muss es doch eine vorsätzliche Tat gewesen sein. Hugh ist nach unten gegangen, um Sir Neville umzubringen, und hat sich vorher vergewissert, dass er die Tür zum Arbeitszimmer hinter sich abschließen, den Raum durch die Fenstertüren verlassen und durch ein Fenster wieder ins Haus kommen konnte. Das ist die einzige Möglichkeit. Außerdem", fuhr ich fort, „frage ich mich, ob Gwen nicht an dem ganzen Komplott beteiligt gewesen sein könnte. Sie erinnern sich sicher, dass sie den Streit mit Joan angefangen hat. Vielleicht hatten Gwen und Hugh das vorher abgesprochen, um allen die Stimmung zu verhageln, sodass wir früh zu Bett gehen würden. Ich weiß allerdings nicht, wie sie so sicher sein konnten, dass Sir Neville noch wach sein würde. Das ist das einzige Detail, das nicht passt."

„Was Sie sagen, klingt durchaus plausibel", räumte Angela ein. „Aber irgendwie überzeugt es mich nicht. Ich glaube, wir haben etwas übersehen, aber ich weiß nicht, was."

Wir gingen gemeinsam die Treppe hinunter und trennten uns im Flur. Ich blieb einen Moment stehen, um den Diener, den ich vorhin in das Arbeitszimmer hatte gehen sehen, an mir vorbeizulassen, dann ging ich den Gang hinunter und in das Zimmer, in dem Sir Neville gestorben war. Ich sah mich um. Nichts erinnerte an den gewaltsamen Tod, der Sir Neville erst vor wenigen Tagen hier ereilt hatte. Ich ging zum Schreibtisch, rüttelte an einer der Schubladen – und fuhr heftig zusammen, als jemand hinter mir leise hustete. Ich drehte mich um.

„Suchen Sie vielleicht das hier?", fragte Inspector Jameson.

# Kapitel Dreizehn

Der Inspector hielt ein Telegramm in die Höhe.

„Woher haben Sie das?", fragte ich, als ich mich einigermaßen gefasst hatte.

„Aus dieser Schublade", antwortete er.

„Sie sollten nicht in den Privatsachen anderer Leute herumstöbern", sagte ich tadelnd und nicht sonderlich originell.

Er lächelte ein wenig.

„Das gehört nun mal zu meiner Arbeit, so bedauerlich es auch sein mag", erwiderte er.

„Ich nehme an, Sie haben es gelesen."

„Ja."

„Dann haben Sie alle Informationen, die Sie benötigen, und ich habe dem nichts mehr hinzuzufügen", sagte ich mit Nachdruck und machte Anstalten zu gehen.

„Ach, kommen Sie, Mr Knox", sagte Jameson. „Ich habe hier ein Telegramm von Sir Nevilles Vertreter in Südafrika, in dem er Sir Neville darauf aufmerksam macht, dass vor drei Jahren ein gewisser Mr Charles Knox wegen des Mordes an Franklin Watson aus Johannesburg vor Gericht stand. Da ich selbst in einem Mordfall ermittle, ist diese Tatsache natürlich von großem Interesse für mich."

„Sicher teilt Ihnen das Telegramm auch mit, dass ich freigesprochen wurde", sagte ich steif.

„Wie wär's, wenn Sie mehr davon erzählen? Wollen wir uns nicht setzen?"

„Nun gut, anscheinend habe ich keine Wahl." Ich nahm widerstrebend Platz. „Was möchten Sie wissen?"

„Zunächst einmal: Wer war Franklin Watson?"

„Er war mein Geschäftspartner. Ihm habe ich es zu verdanken, dass mein Leben eine so glückliche Wendung genommen hat. Ursprünglich wollte ich mich in Südafrika als Landwirt versuchen, hatte aber keinen Erfolg und war kurz vor dem Aufgeben, als ich dem alten Frank begegnet bin. Er war damals schon seit Jahren dort draußen und hatte endlich Gold gefunden, brauchte aber einen Partner, der ihm bei der Ausbeutung der Mine half – und er hat sich für mich entschieden. Dafür werde ich ihm immer dankbar sein."

„Wie ist er gestorben?"

„Er wurde eines Morgens in seinem Hotelzimmer auf dem Bett liegend gefunden, mit eingeschlagenem Schädel. In der einen Hand hatte er eine halb leere Whiskyflasche." Kaum hatte ich die Worte ausgesprochen, biss ich mir auf die Zunge. „Aber die Umstände waren in diesem Fall ganz anders", fuhr ich eilig fort. „Frank hat gerne einen über den Durst getrunken – leider zu oft. Wenn er es geschafft hätte, die Finger davonzulassen, hätte er keinen Partner gebraucht, der zupacken und ihm in der Mine zu Hand gehen konnte. Er war ein sehr fähiger Mann, wenn er nüchtern war. Der Whisky gehörte ihm, daran gab es keinen Zweifel; er wurde nicht einfach verschüttet, um eine falsche Spur zu legen. Ich weiß nicht, wer ihn getötet hat.

Ich wünschte, ich wüsste es. Der Bergbau lockt viele zwielichtige Gesellen an, die von Ort zu Ort ziehen, und ein reicher Mann hat viele Feinde. Es hätte einer von diesen Durchreisenden gewesen sein können."

„Warum hat die Polizei Sie dann verhaftet?"

Ich rutschte unbehaglich auf meinem Sessel hin und her. Würden mich die schrecklichen Ereignisse von vor drei Jahren für den Rest meines Lebens verfolgen?

„Wir hatten uns am Abend vor seinem Tod gestritten - und hatten dabei einige Zuhörer. Ein Mann schwor vor Gericht, er habe gehört, wie ich gedroht habe, Frank umzubringen: Das ist nicht wahr, das kann ich Ihnen versichern. Die Zeugen waren ausnahmslos Trunkenbolde und Taugenichtse. Die Anklage war von Anfang bis Ende erfunden, das war offensichtlich. Die Geschworenen haben es jedenfalls erkannt."

Ich merkte, dass meine Stimme immer erregter klang und verfiel in mürrisches Schweigen.

„Ich verstehe", sagte Inspector Jameson. „Sie wurden also freigesprochen. Jetzt kommen wir zu den Ereignissen der letzten Tage. Es ist nicht das erste Mal, dass Sie seit Sir Nevilles Tod versucht haben, in das Arbeitszimmer einzudringen, wie mir meine Männer mitgeteilt haben. Vermutlich ging es Ihnen nicht darum, dass wir bei unseren Nachforschungen etwas übersehen haben, daher können wir wohl davon ausgehen, dass Sie von der Existenz des Telegramms wussten und versucht haben, es an sich zu nehmen, bevor wir es finden und voreilige Schlüsse ziehen. Daraus folgere ich, dass Sir Neville mit Ihnen darüber gesprochen hat. Würden Sie so freundlich sein, mir die Einzelheiten dieses Gesprächs zu erzählen?"

„Da gibt es nicht viel zu erzählen. Ich bin vor etwas mehr als einem Monat nach England zurückgekehrt und hatte Vorverhandlungen mit Sir Neville und Bobs' Vater,

Lord Haverford, über Schürfrechte in Joburg aufgenommen. Sir Neville muss durch seinen Vertreter in Südafrika Erkundigungen über mich eingezogen haben, und der Vertreter hat das Telegramm geschickt, das Sie in der Hand halten. Sir Neville hat mich geradeheraus gefragt, ob es wahr sei, dass man mich des Mordes angeklagt hatte, und ich hoffe, ich konnte ihn davon überzeugen, dass ich unschuldig bin und zu Unrecht vor Gericht gestanden habe.“

„War das alles? Hat er nicht zum Beispiel gedroht, Sie vor Ihren Freunden bloßzustellen? Verzeihen Sie mir meine Direktheit, aber es gibt sicher einige Leute, die Ihre Vergangenheit nicht gutheißen würden.“

„Nein, Sir Neville hat mir nicht gedroht“, antwortete ich bestimmt. „Im Gegenteil, er hat mir die Hand geschüttelt und gesagt, er sehe keinen Grund, an meinem Wort zu zweifeln, und wolle mir zuliebe die ganze Sache für sich behalten.“

„Bedeutete das auch, dass er die Angelegenheit vor Lord Haverford geheim halten wollte?“

„So habe ich es verstanden, ja.“

„Mr Knox, haben Sie Sir Neville Strickland getötet?“

„Nein, ich habe ihn nicht umgebracht. Wenn ich es getan hätte, hätte ich dafür gesorgt, dass das Telegramm verschwindet.“

„Können Sie mir irgendetwas sagen, das Licht in das Dunkel um den Mord an Sir Neville bringen könnte?“

Ich zögerte.

„Ich bin mir nicht sicher“, antwortete ich schließlich. „Im Laufe unseres Gesprächs deutete Sir Neville an, dass jemand ein Komplott gegen ihn geschmiedet habe oder etwas in der Art. Zuerst dachte ich, er meinte mich, da er mir kurz darauf das Telegramm zeigte, aber je mehr ich darüber nachdenke, desto mehr bin ich überzeugt, dass er jemand anderen im Sinn hatte. Ich gebe zu, dass der Mordprozess eine heikle Episode in meiner Vergangenheit ist, und wie Sie wissen, habe ich niemandem davon erzählt, aber man kann mir nicht vorwerfen, gegen Sir Neville intrigiert zu haben."

„Das ist sehr interessant", sagte Jameson. „Können Sie sich an den genauen Wortlaut erinnern?"

Ich überlegte angestrengt.

„Ich glaube, er hat etwas von Problemen gesagt, die alle auf einmal kämen, und dass ihn jemand hintergangen habe und er deswegen sehr aufgebracht sei. Ja, und daran erinnere ich mich genau: Er beklagte sich, dass er das Gefühl habe, von Lügnern und Intriganten umgeben zu sein. Das waren seine Worte."

„Und Sie haben keine Ahnung, wen er damit gemeint hat?"

„N-nein."

Der Inspector musste ein Zögern in meiner Stimme bemerkt haben, denn er fragte: „Sind Sie sich da ganz sicher, Mr Knox?"

Ich gab nach.

„Nun, inzwischen denke ich, dass er von den MacMurrays gesprochen haben könnte. Wie Sie wissen, hat er Mr Pomfrey nach Sissingham Hall gebeten, weil er sein Testament ändern und Hugh MacMurray enterben wollte. Ich kann mir nur vorstellen, dass er von einem Fehltritt von MacMurray erfahren hat. Welchen Grund hätte er sonst haben sollen? Aber dieser Gedanke ist mir erst viel später gekommen; es war kein Eindruck, der bei unserem Gespräch entstanden ist."

„Ich verstehe", sagte er erneut.

„War sonst noch etwas?", fragte ich.

„Nur eins. Ich bitte Sie um die Erlaubnis, meine Männer Ihre Sachen durchsuchen zu lassen."

„Meine Sachen?"

„Nicht nur Ihre", korrigierte er sich. „Diese Bitte gilt allen Gästen. Reine Routine, mehr nicht."

„Suchen Sie nach Beweisen?", fragte ich. „Nun, wenn ich es Ihnen nicht gestatte, mache ich mich natürlich äußerst verdächtig, also muss ich wohl zustimmen, auch wenn es mir nicht gefällt."

„Danke, Mr Knox. Das wäre für den Moment alles."

Ich erhob mich, zögerte aber, bevor ich den Raum verließ.

„Sind Sie verpflichtet, jemandem von dem zu erzählen, was wir gerade besprochen haben?", fragte ich.

„Im Augenblick wüsste ich nicht, warum. Ich werde so diskret wie möglich sein", antwortete er.

Ich verabschiedete mich von ihm, ohne mir meinen inneren Aufruhr anmerken zu lassen. Die Fragen des Inspectors hatte ich mehr oder weniger ruhig beantwortet, hatte mich aber äußerst unbehaglich gefühlt. Und ich hatte ihm nicht die ganze Wahrheit gesagt. Sir Neville hatte mir nicht die Hand geschüttelt. Er wollte es tun, hatte es sich aber im letzten Moment anders überlegt und die Geste mit einem Husten überspielt. Da war mir klar, dass er trotz meiner Beteuerungen an meiner Unschuld zweifelte.

Als ich in den Salon zurückkehrte, beschwerte sich Gwen gerade lautstark über das Ansinnen der Polizei, ihre Sachen zu durchsuchen.

„Nein, das lasse ich nicht zu!", rief sie. „Man behandelt uns wie gewöhnliche Kriminelle, dabei wissen wir alle, dass es Simon war. Warum sollte ein Fremder in meinen Sachen herumschnüffeln dürfen?"

„Wir können uns nicht sicher sein, dass Simon es getan hat", gab Rosamund zu bedenken. „Und da du unschuldig bist, wird die Polizei natürlich nichts finden, oder?" Sie bot all ihre Überredungskunst auf. „Dann kannst du von der

Liste der Verdächtigen gestrichen werden und die Polizei hört auf, dich zu belästigen. Also, Schätzchen, sag Ja, wie wir anderen auch."

„Also gut, aber es gefällt mir nicht", lenkte Gwen mürrisch ein.

„Wo warst du?", fragte mich Sylvia leise. „Du weißt ja gar nicht, was du verpasst hast."

„Ich habe mit Inspector Jameson gesprochen", murmelte ich. „Was ist passiert?"

„Komm mit nach draußen, dann erzähl ich's dir."

Es war ein trüber, kühler Tag und über dem Park hing ein feuchter Nebel.

„Es sieht nicht gut aus für MacMurray", bemerkte ich.

„Genau das wollte ich gerade sagen", nickte Sylvia eifrig.

„Warum, was ist passiert?"

„Nachdem du weggegangen warst, kam Hugh zurück. Er sah ziemlich benommen aus, und bevor Gwen ihn aufhalten konnte, platzte er mit der ganzen Geschichte heraus. Anscheinend hat die Polizei herausgefunden, warum Neville ihn enterben wollte."

„Oh?"

„Ja", fuhr sie fort. „Offenbar hat ein Bekannter von Neville ihn eines Tages beiseitegenommen und ihn gefragt, ob er wisse, dass Hugh wegen unehrenhaften Verhaltens aus seinem Club geworfen worden sei – es hatte irgendetwas mit illegalem Glücksspiel oder Wetten oder dergleichen zu tun. Neville hat auf eigene Faust Nachforschungen angestellt, die die Gerüchte bestätigt haben. Er hat Hugh mit den Fakten konfrontiert. Der hat zwar alles zugegeben, beteuerte aber, es sei nur ein harmloses Spiel unter Freunden gewesen. Er versprach, sich ab sofort an die Regeln zu halten, muss aber bald in seine alten Gewohnheiten zurückgefallen sein. Kurz danach kam nämlich in einem anderen Club der Verdacht auf, er habe mit einem gewissen Myerson ein florierendes Wettgeschäft betrieben. Ich habe vorher noch nie von ihm gehört, aber Myerson ist anscheinend das Allerletzte. Als Neville das herausfand, bekam er einen Tobsuchtsanfall."

Ich stieß einen erstaunten Pfiff aus.

„Clem Myerson? Du hast doch sicher in der Zeitung von ihm gelesen? Er ist einer der berüchtigtsten Verbrecher in London. Es heißt, er habe überall seine Finger im Spiel: Waffen, Drogenhandel, illegales Glücksspiel und Schlimmeres. Viele Mitglieder seiner Bande sitzen bereits hinter Gittern, doch ihm selbst konnte die Polizei bisher nichts anhaben - man nimmt an, dass er seine Komplizen gut dafür bezahlt, dass sie den Kopf hinhalten, und sie mit einer Mischung aus Überredungskunst und Drohungen gefügig macht. Er hat jedoch eine Vorliebe für Luxus jeder Art und lässt sich oft mit einigen der verrufenen Elementen der High Society blicken. Wenn sich MacMurray tatsächlich mit Clem Myerson eingelassen hat, dann wundert es mich nicht, dass Sir Neville ihn enterben wollte!"

„Meine Güte!" Sylvia staunte nicht schlecht. „Jedenfalls wurde Hugh beschuldigt, als Myersons ‚Insider' in den diversen Clubs zu agieren und ihm auf diese Weise Zugang zu vielen reichen Leuten zu verschaffen."

„Warum hat Inspector Jameson ihn nicht sofort verhaftet, wenn er das alles zugegeben hat?"

„Er hat es nicht zugegeben. Der Inspector hat ihn mit den Anschuldigungen konfrontiert, die gegen ihn erhoben worden waren, und er hat alles abgestritten, obwohl er natürlich nicht leugnen konnte, dass es diese Anschuldigungen gegeben hatte. Nach seinen Worten ist er Myerson ein paar Mal begegnet, ohne von seinem Ruf zu wissen, und war sicher, dass Neville die Angelegenheit falsch eingeschätzt hatte. Er ist überzeugt, dass er Neville hätte umstimmen können, wenn dieser nicht umgebracht worden wäre.“

„Meinst du, er sagt die Wahrheit?“

Sie zuckte mit den Schultern.

„Wer weiß? Ich habe Hugh immer für einen Idioten gehalten, aber für einen harmlosen.“

„Aber was ist mit dem Mord? Hugh ist nicht verhaftet worden, also hat man vermutlich keine Beweise gegen ihn finden können.“

„Nein, er ist nicht verhaftet worden - noch nicht“, sagte sie. „Aber die Polizei durchsucht jetzt alle unsere Sachen. Wonach sie wohl suchen?“

Ich erzählte ihr von meiner Unterhaltung mit Angela Marchmont und von der neuen Theorie der Polizei über die Fenster und den Zeitpunkt des Mordes.

„Vermutlich sehen sich die Polizisten die Kniepartien unserer Hosen an, um zu sehen, ob sie Spuren einer Kletterpartie zeigen“, sagte ich.

„Ich war's jedenfalls nicht“, stellte Sylvia klar. „Übrigens, worüber wollte Inspector Jameson mit dir sprechen?“

„Ach, er hat mich nur gefragt, ob ich einen Grund wüsste, warum jemand Sir Neville nach dem Leben trachten sollte“, antwortete ich beiläufig. „Natürlich habe ich gesagt, ich hätte keine Ahnung.“

Sylvia sah mich eindringlich an.

„Charles, glaubst du wirklich, dass Hugh der Mörder ist?“, fragte sie.

„Wer sonst könnte es gewesen sein?“

Sie antwortete nicht.

„Es spricht vieles gegen ihn und er hatte sowohl ein Motiv als auch die Gelegenheit für den Mord.“

„Wenn es stimmt, was du sagst, dann hatten wir alle die Gelegenheit“, wandte sie ein.

„Aber niemand sonst hatte ein so starkes Motiv, das ist

doch klar. Sir Neville war kurz davor, ihn zu enterben, also musste er schnell handeln.“

„Wir können nicht mit Sicherheit sagen, dass niemand sonst ein Motiv hatte. Bisher kennen wir nur das von Hugh, aber es gibt alle möglichen Gründe, jemanden zu töten, und Geld ist nur einer davon. Der Mörder könnte aus - ach, ich weiß nicht - Liebe, Eifersucht, Angst oder einfach nur aus Hass gehandelt haben.“

„Stimmt, aber Geld scheint mir in Sir Nevilles Fall das überzeugendste Motiv zu sein. Ich glaube, Liebe und Eifersucht können wir als Gründe ausschließen, und ich wüsste nicht, wer ihn genug gefürchtet oder gehasst haben könnte, um ihn umzubringen.“

„Nun, irgendjemand *hat* ihn umgebracht.“

„Wer war es deiner Meinung nach?“

„Ich weiß es nicht“, sagte sie, „aber das alles gefällt mir nicht, Charles, dieses Herumschleichen, das Tuscheln in Zimmerecken, die misstrauischen Blicke auf meine Freunde, während ich mich frage, wer von ihnen ein Mörder ist. Ich wünschte …“

„Ja?“

Sie schwieg einen Moment, dann platzte sie heraus: „Ich wünschte, wir hätten uns herausgehalten und nicht im Arbeitszimmer herumgeschnüffelt. Dann hätte Neville mit allem Anstand beerdigt werden können und wir wären unseren Alltagsangelegenheiten nachgegangen, so wie vorher. Jetzt wird nichts mehr so sein wie früher.“

„Es hätte keinen Unterschied gemacht“, sagte ich. „Wir waren nicht die einzigen, die Verdacht geschöpft haben - der Arzt hat den Stein ins Rollen gebracht, als er mit Mr Pomfrey ins Arbeitszimmer kam.“

„Oh, verflixt und zugenäht, warum konnte er seinen Verdacht nicht für sich behalten?“, sagte sie heftig. „Mr

Pomfrey wollte nichts sagen, das habe ich gemerkt. Es war Dr. Carter, der alles durcheinandergebracht hat."

Nach meinem nervenaufreibenden Gespräch mit Inspector Jameson war ich geneigt, ihr zuzustimmen. Zunächst war ich beseelt von dem Gedanken, den Mörder zur Rechenschaft zu ziehen, und hatte mich gewundert, dass es Sylvia, Mrs Marchmont und dem Anwalt offensichtlich widerstrebte, die Polizei einzuschalten. Aber natürlich gingen wir zu diesem Zeitpunkt nicht davon aus, dass das Verbrechen von einem der Hausbewohner begangen worden war. Allmählich wurde mir die Ungeheuerlichkeit dessen, was geschehen war, bewusst. Sylvia hatte recht. Nichts würde je wieder so sein wie vorher.

Sylvia schauderte.

„Mir ist kalt", sagte sie. „Lass uns wieder reingehen."

Wir kehrten schweigend ins Haus zurück. Sylvia sah bedrückt aus - und ich wahrscheinlich auch. Ich mochte Hugh MacMurray nicht, aber ich wollte nicht, dass er wegen Mordes gehängt wurde oder dass seine Frau als Mittäterin im Gefängnis landete, doch es schien unausweichlich zu sein. Das Einzige, was noch fehlte, waren schlüssige Beweise, und ich hatte keinen Zweifel, dass die Polizei sie bald finden würde. Wie sich herausstellte, war es MacMurray selbst, der die Beweise lieferte.

# Kapitel Vierzehn

IN DER EINGANGSHALLE kam uns eine strahlende Joan entgegen.

„Habt ihr schon die gute Nachricht gehört?", fragte sie atemlos. „Sie haben Simon gefunden! Und es geht ihm gut!"

Wir brachten unsere Überraschung und Freude über diese glückliche Wendung der Ereignisse zum Ausdruck, ganz wie es sich gehörte.

„Wo war er?", fragte Sylvia.

„Zunächst haben sie das Auto entdeckt, am Strand bei Aldeburgh. Die Wellen klatschten dagegen und erst gingen sie vom Schlimmsten aus, aber Simon, der Dummkopf, hatte nicht daran gedacht, es so abzustellen, dass es bei Flut nicht überspült wird. Er selbst saß ein Stückchen weiter weg im Sand und hat aufs Meer hinausgestarrt. Seine Mutter lebt in der Nähe, in einem dieser Pflegeheime für verwirrte alte Damen. Ich glaube, sie ist mittlerweile wirklich ziemlich durcheinander, die Arme. Die Polizei hatte vermutet, dass er dort sein könnte. Wahrscheinlich hatte er einen seiner nervösen Anfälle, denn er hat stundenlang kein Wort gesagt. Armer Simon! Ich hoffe, die Polizei ist nett zu ihm."

Ich lächelte. Hinter Joans missmutiger Miene verbarg sich ein großes Herz. Sie würde Gale eine gute Ehefrau sein, wenn diese schreckliche Geschichte erst einmal überstanden war.

„Kommt er nach Sissingham Hall zurück?", fragte ich.

„Oh ja. Rosamund hat darauf bestanden. Simon war die ganze Sache furchtbar peinlich, er wollte sich davonschleichen und sich irgendwo verkriechen, aber davon wollte Rosamund nichts wissen. Sie sagte, Sissingham Hall sei sein Zuhause und man müsse sich um ihn kümmern. Das war wirklich sehr nett von ihr."

Ich verkniff mir den Hinweis, dass Inspector Jameson wahrscheinlich selbst großen Wert darauf legte, dass Gale zurückkehrte: Schließlich hatte er zwar ein Alibi für die fünfzehn Minuten zwischen Viertel vor elf und elf Uhr, aber für die Zeit bis halb zwei stand er genauso unter Verdacht wie wir anderen. Hier auf Sissingham Hall wäre es für die Polizei viel einfacher, uns im Auge zu behalten und abzuwarten, dass jemand einen entscheidenden Fehler machte.

Die Durchsuchung unserer Habseligkeiten war beendet, anscheinend ohne Ergebnis. Jedenfalls nahmen die Polizisten nichts mit und niemand wurde weiter befragt. Außerdem erfuhren wir, dass sie nach wie vor rätselten, wie der Mörder nach der Tat wieder ins Haus gelangt war. Joan berichtete, eines der Hausmädchen habe zufällig gehört, wie ein Polizist sagte, die Fenster im Erdgeschoss seien entweder nicht zu öffnen oder lägen so hoch, dass niemand dort ohne Weiteres ins Haus eindringen könne. Allmählich fragte ich mich, ob das Verbrechen jemals aufgeklärt werden würde. Immer wenn sich eine vielversprechende neue Spur auftat, schien sie gleich darauf im Sand zu verlaufen.

Simon Gale kehrte nach dem Tee in Begleitung des Inspectors zurück. Rosamund hatte uns eingeschärft, kein Aufhebens um seine Rückkehr zu machen und sein Verschwinden nicht weiter zu erwähnen. Wir hielten uns daran, mit Ausnahme von Hugh MacMurray, der es nicht lassen konnte, Simon auf die Schulter zu klopfen und mit lauter Stimme einige geschmacklose Bemerkungen zu machen, die den armen Kerl zusammenzucken ließen. Er verabschiedete sich so schnell wie möglich und wir hörten, er sei im Arbeitszimmer, um Sir Nevilles Papiere zu ordnen und sich in seine Arbeit zu vertiefen.

Der Inspector sagte, er sei nur zu einem kurzen Besuch gekommen, um Lady Strickland über den Fortgang des Falles zu informieren. Er wollte gerade aufbrechen, als er plötzlich innehielt.

„Ah", sagte er. „Die hätte ich fast vergessen."

Er griff in seine Jackentasche, holte mehrere gefaltete Papierschnipsel aus seiner Tasche und legte sie auf einen Tisch in der Nähe. Gwen MacMurray nahm einen von ihnen.

„Das ist doch von unserem Consequences-Spiel", rief sie. „Was haben Sie damit vor?"

„Reine Routinesache", antwortete Jameson. „Wir haben sie jetzt fertig untersucht."

Ich konnte nicht erkennen, welche Erkenntnisse man aus einem albernen Spiel gewinnen konnte, aber vermutlich hatte der Inspector seine Gründe. Hugh MacMurray hatte ebenfalls einen der Zettel genommen, las ihn und brach in lautes Gelächter aus.

„Oh, das ist gut", sagte er und griff nach dem nächsten Zettel.

„Boopsie, die hast du doch schon gelesen", sagte seine Frau ungeduldig.

„Nein, habe ich nicht", antwortete er. „Ich habe das Spiel verpasst, weißt du nicht mehr? Ich habe mir auf der Terrasse die Beine vertreten, als ihr gespielt habt. Schade, denn anscheinend hattet ihr jede Menge Spaß."

Die Blicke von Inspector Jameson und Angela Marchmont richteten sich auf MacMurray. Die beiden betrachteten ihn nachdenklich.

„Mr MacMurray, wie lange waren Sie auf der Terrasse?", fragte Jameson.

„Wie? Was haben Sie gesagt?" MacMurray ließ den Zettel in seiner Hand sinken und sah den Inspector verwirrt an. „Oh, keine Ahnung. Eine halbe Stunde, vielleicht länger."

„Oh ja", sagte Rosamund. „Charles und ich sind dir begegnet, als wir vom Arbeitszimmer in den Salon zurückgegangen sind, nicht wahr?"

Ich hörte, wie Angela ein leises „Oh!" ausstieß.

Der Inspector verließ den Raum ohne ein weiteres Wort.

Etwa eine halbe Stunde später kehrte er zurück und bat Rosamund in den kleinen Salon, da ihm gerade etwas eingefallen sei, was er sie vorhin schon habe fragen wollen.

„Ja, natürlich", sagte Rosamund überrascht. Sie erhob sich und begleitete den Inspector hinaus. Einige Minuten später kam Rogers herein und flüsterte mir ins Ohr, Inspector Jameson würde sich freuen, wenn ich mich zu ihnen gesellen würde. Verblüfft ging ich sofort in den kleinen Salon, wo Rosamund und der Inspector die Köpfe zusammensteckten.

„Oh, Charles", sagte Rosamund, als ich eintrat. „Inspector Jameson hat mir eine höchst merkwürdige Frage gestellt, die uns beide betrifft, und deshalb habe ich darauf bestanden, dass du dazukommst. Nun, Inspector", sagte sie zu Jameson gewandt, „würden Sie bitte wiederholen, was Sie gesagt haben? Es ist einfach nicht zu fassen!"

Ich vermutete, dass sich der Inspector die Befragung anders vorgestellt hatte, aber er war zu höflich, um sich etwas anmerken zu lassen.

„Mr Knox", begann er, „ich habe Lady Strickland zu den Ereignissen befragt, die sich kurz vor Viertel vor elf zugetragen haben, als Sie beide an der Tür zum Arbeitszimmer geklopft und versucht haben, Sir Neville zu überreden, sich zu seinen Gästen im Salon zu gesellen."

„Verstehe", sagte ich.

„Davor haben Sie im Salon Consequences gespielt, wenn ich es recht verstanden habe. Erinnern Sie sich, wann das Spiel begonnen hat?"

„Ich fürchte nein", antwortete ich. „Ich schlage vor, dass Sie Mr Gale danach fragen. Er scheint ein ausgezeichnetes Gedächtnis für solche Dinge zu haben."

„Sollen wir ihn dazuholen?", fragte Rosamund munter. Bevor der Inspector Einspruch erheben konnte, läutete sie und ließ ihn rufen.

„Oh, Simon", sagte sie, als Gale eintrat, „der Inspector stellt uns Fragen zu dem Abend, als Neville gestorben ist, und ich habe ein so furchtbar schlechtes Gedächtnis. Sie müssen uns helfen. Er will wissen, wann wir angefangen haben, Consequences zu spielen. Erinnern Sie sich?"

Gale dachte einen Moment nach.

„Es muss ein paar Minuten vor zehn Uhr gewesen sein, Lady Strickland. Ich erinnere mich, dass ich auf die Uhr gesehen habe und dachte, dass ich mich sputen sollte, wenn ich noch etwas wegarbeiten wollte."

Rosamund lehnte sich erfreut zurück.

„Sehen Sie?", sagte sie. „Charles hatte recht: Simon erinnert sich an alles."

„Wissen Sie noch, wer zu diesem Zeitpunkt im Salon war?", fragte Jameson. „Ich meine, wissen Sie, wer mitgespielt hat?"

„Oh, wir haben alle gespielt", antwortete Gale. „Mit Ausnahme von Mr MacMurray. Er hatte den Raum ein paar Minuten zuvor verlassen."

„Ich verstehe", sagte Inspector Jameson. „Vielen Dank, Mr Gale."

„Aber was hat das alles zu bedeuten?", fragte Rosamund, als Gale gegangen war. „Warum wollen Sie wissen, was an jenem Abend passiert ist? Wir wissen, dass Neville zur fraglichen Zeit am Leben war, weil Charles und ich mit ihm gesprochen haben, nicht wahr, Charles?" Sie sah mich fragend an.

Langsam dämmerte mir, worauf der Inspector hinauswollte.

„Wir haben ihn durch die Tür angesprochen, ja", sagte ich vorsichtig und warf einen Blick auf Jameson. Er nickte zustimmend und blätterte in seinem Notizbuch.

„Am Tag nach Sir Nevilles Tod", fuhr er fort, „haben Sie, Lady Strickland, mir erzählt, dass Sie und Mr Knox zum Arbeitszimmer gegangen sind und durch die geschlossene Tür mit Sir Neville gesprochen haben, um ihn zum Mitspielen zu bewegen. Er lehnte ab und sagte, er habe noch etwas zu erledigen." Der Inspector beugte sich vor. „Und jetzt bitte ich Sie beide, noch einmal genau nachzudenken. Können Sie absolut sicher sein, dass es Sir Neville war, der mit Ihnen gesprochen hat?"

„Aber natürlich!", sagte Rosamund. „Wer hätte es sonst sein sollen? Charles, du hast ihn doch auch gehört."

Ich schüttelte den Kopf.

„Ehrlich gesagt glaube ich nicht, dass ich überhaupt etwas gehört habe. Du warst schneller an der Tür als ich, und ich konnte nicht hören, was gesprochen wurde. Außerdem dämpft die stabile Holztür den Schall."

Rosamund überlegte.

„Ja, die Stimme klang sehr gedämpft, aber ich war mir sicher, dass es Neville war."

„Könnte es vielleicht Mr MacMurray gewesen sein?"

„Hugh? Ich verstehe nicht ganz."

„Mir wird es langsam klar", sagte ich. „Ich glaube, der Inspector meint, dass MacMurray im Arbeitszimmer war und Sir Nevilles Stimme nachgemacht hat."

„Oh, ich verstehe", sagte Rosamund. „Wie merkwürdig! Aber dann würde das doch bedeuten …"

Sie hielt inne.

„Ich bin wohl ein bisschen begriffsstutzig", sagte sie langsam, „aber vermutlich wollen Sie damit sagen, dass Hugh Neville getötet haben könnte, während wir alle im Salon Consequences gespielt haben. Und dann hat er sich als Neville ausgegeben, als wir durch die Tür mit ihm gesprochen haben. Stimmt's?"

„Ich glaube, so könnte es gewesen sein, ja", antwortete der Inspector sanft.

„Das kann ich nicht glauben!", rief Rosamund. Sie ergriff meine Hand, und in ihrem Gesichtsausdruck lag Verzweiflung, aber auch ein Hauch von etwas anderem − vielleicht war es Erleichterung, weil es schien, als sei das Rätsel um Sir Nevilles Tod endlich gelöst.

„Ja", fuhr Jameson fort. „Ich habe mir den Tatort noch einmal genau angesehen, nachdem Mr MacMurray eingeräumt hat, dass er während des Spiels auf der Terrasse auf- und abgegangen ist. Allmählich sieht es so aus, als hätte er Sie hinters Licht geführt."

„Aber wie hat er das gemacht?"

„Ich denke, dass Mr MacMurray kurz vor zehn Uhr zum

Arbeitszimmer gegangen ist und von Sir Neville entweder durch die Tür oder durch die Fenstertüren eingelassen wurde. Ich weiß nicht, was danach geschehen ist - ob es einen Streit gegeben hat, oder ob Mr MacMurray von vornherein die Absicht hatte, Ihren Mann zu töten. Ich persönlich vermute, dass die beiden in Streit geraten sind. Was auch immer sich genau abgespielt hat: Kurze Zeit später hatte er eine Leiche am Hals. Jetzt musste es schnell gehen. Seine einzige Hoffnung war, es wie einen Unfall aussehen zu lassen, also vergewisserte er sich als Erstes, dass die Tür des Arbeitszimmers verschlossen war, dann richtete er die Leiche so her, wie wir sie vorgefunden haben, stieß das Kaminbesteck um und verschüttete zum Schluss den Whisky. Sein Pech war, dass er mit dem Whisky einen Schritt zu weit gegangen war. Da man seine Fingerabdrücke auf der Karaffe finden würde, beeilte er sich, sie abzuwischen. Das machte uns natürlich sehr misstrauisch, denn wenn es sich um einen Unfall gehandelt hätte, hätten zumindest Sir Nevilles Fingerabdrücke auf der Karaffe sein müssen. Mr MacMurray muss einen Höllenschrecken bekommen haben, Lady Strickland, als Sie an die Tür geklopft haben, hat aber die Situation schnell als Chance erkannt. Wenn er Sie davon überzeugen konnte, dass Sir Neville um Viertel vor elf noch am Leben war und durch die Tür mit Ihnen gesprochen hatte, dann hätte er ein perfektes Alibi. Er ahmte Sir Nevilles Stimme nach, so gut er konnte, und verließ das Haus eilig durch die Fenstertür, nicht ohne den Türgriff abzuwischen. Dann kam er durch die Seitentür wieder ins Haus, wo er Ihnen begegnete, als Sie gerade in den Salon zurückkehrten."

Angesichts der Kühnheit des Plans verschlug es mir den Atem, doch ich war auch von seiner Schlichtheit beeindruckt. So musste es sich zugetragen haben! Wie hatten wir nur so blind sein können? Angela hatte recht gehabt: Man hatte uns in Bezug auf die Tatzeit tatsächlich in die Irre geführt. Wir waren davon ausgegangen, dass der Mord nach elf Uhr passiert war, während er in Wirklichkeit vor halb elf begangen worden war!

„Ich kann es kaum fassen!" Rosamund war sehr blass. „Wenn Sie sagen, dass es so war, dann muss ich es wohl glauben. Werden Sie Hugh verhaften?"

„Wir werden ihn zuerst verhören", antwortete Jameson, „aber ja, Lady Strickland, ich glaube, wir haben jetzt genug Beweise, um -"

Lautes Klopfen an der Tür ließ ihn innehalten. Hugh MacMurray trat ein, ohne eine Antwort abzuwarten.

„Äh, Mr MacMurray", stotterte der Inspector verblüfft.

MacMurray deutete mit dem Finger auf Jameson.

„Hören Sie", rief er, „was soll dieser verdammte Unsinn, den ich gerade gehört hab? Angeblich brülle ich Leute durch Türen an und habe Neville umgebracht!"

# Kapitel Fünfzehn

WIR STARRTEN IHN ERSTAUNT AN. Wie um alles in der Welt konnte er wissen, worüber wir gesprochen hatten?

MacMurray blickte uns an.

„Es ist nicht wahr, das kann ich Ihnen versichern!", sagte er. „Allein die Vorstellung ist absurd!"

Der Inspector war der Erste, der sich wieder fing.

„Ich fürchte, ich kann Ihnen nicht ganz folgen", entgegnete er höflich.

„Oho, tun Sie nicht so, als wüssten Sie nicht, wovon ich rede. Ich habe gerade mit Angela gesprochen. Sie hat mich gewarnt, dass ich wahrscheinlich verhaftet werde und mir schnellstens einen Anwalt suchen sollte."

So hatte er also davon erfahren. Als Hugh MacMurray sagte, er habe nicht bei unserem Spiel mitgemacht, war Angela Marchmont offenbar zu demselben Schluss gekommen wie Jameson.

„Nun gut", meinte Jameson. „Ja, Mr MacMurray, es stimmt, dass ich Ihnen gerne einige Fragen stellen würde, auch wenn Sie es, wie Mrs Marchmont bereits angedeutet hat, vielleicht vorziehen würden, sie in Gegenwart eines Anwalts zu beantworten."

„Ich brauche keinen verdammten Anwalt! Ich bin unschuldig, das kann ich Ihnen versichern. Ihr Schlitzohren könnt mir nichts anhängen."

Er setzte sich mit grimmiger Miene. Rosamund und ich standen auf, um zu gehen.

„Wartet einen Moment", hielt MacMurray uns zurück. „Ich möchte, dass ihr beide als Zeugen hierbleibt, falls der Inspector versucht, mich hereinzulegen, damit ich etwas sage, das nicht wahr ist. Ich brauche euch, als Unterstützung. Bitte", fügte er mit leichter Verzögerung hinzu.

Rosamund und ich tauschten einen unbehaglichen Blick, bevor wir uns wieder setzten.

„Schießen Sie los", sagte MacMurray zu Jameson gewandt.

„Mr MacMurray, Sie sagten soeben im Salon, dass Sie während des Spiels, das nach den Berichten verschiedener Zeugen um kurz vor zehn begann und etwa um Viertel vor elf endete, nicht anwesend waren. Laut Mr Gale haben Sie den Raum einige Minuten vor Beginn des Spiels verlassen, und wir wissen jetzt, dass Sie erst nach dem Spiel zurückgekehrt sind. Können Sie mir sagen, was Sie in dieser Zeit gemacht haben?"

„Ich weiß nicht, wann ich den Salon verlassen habe, aber wenn Gale sagt, dass es kurz vor zehn war, dann wird es wohl stimmen. Wie ich schon sagte, habe ich mir auf der Terrasse ein wenig die Beine vertreten."

„An einem so kalten, feuchten Abend? Ziemlich seltsam, finden Sie nicht auch?"

„Nein, warum? Im Salon war es mir zu heiß und zu hell, und ich wollte frische Luft schnappen und einen klaren Kopf bekommen, eine Weile allein sein und nachdenken."

„Nachdenken? Vielleicht über die Sache mit Sir Nevilles Testament?"

MacMurray errötete.

„Ja, das kann ich nicht leugnen. Aber Sie haben mich ja bereits dazu befragt, und ich habe Ihnen versichert, dass an diesen Geschichten über Myerson und mich nichts dran ist. Ich habe überlegt, wie ich den alten Neville überzeugen könnte, dass er sich geirrt hat, in der Hoffnung, dass sich sein Groll gegen mich in Luft auflösen würde. Nicht aus Geldgier - auch wenn ich zugeben muss, dass mich seine Absicht, mich aus seinem Testament zu streichen, tief getroffen hat. Ich habe den alten Mann sehr gemocht, wissen Sie."

„Sie wollten also frische Luft schnappen und nachdenken. Sie sind nicht zuerst in Sir Nevilles Arbeitszimmer gewesen?"

„Nein, ich bin direkt nach draußen gegangen."

„Sind Sie bei Ihrem Herumspazieren auf der Terrasse am Arbeitszimmer vorbeigekommen?"

„Ja - und zwar mehrmals. Ich bin eine Zeit lang auf- und abgegangen."

„Haben Sie Sir Neville durch das Fenster gesehen?"

„Ich habe nicht durch das Fenster geschaut. Darauf habe ich überhaupt nicht geachtet; es war sowieso dunkel."

„Sind Sie durch die Fenstertüren ins Arbeitszimmer gegangen?"

„Nein! Ich sage Ihnen doch: Ich bin hinausgegangen und eine Weile auf der Terrasse hin- und hergelaufen. Neville habe ich nicht gesehen."

„Mr MacMurray, Sie müssen wissen, dass Ihre Lage im Moment äußerst prekär ist. Sie hatten ein Motiv für den Mord, da Sie wussten, dass Sir Neville Sie enterben wollte. Außerdem haben Sie selbst zugegeben, dass Sie sich in dem Zeitraum, den wir für die Tat ansetzen, in der Nähe des Arbeitszimmers aufgehalten haben. Die Indizien sprechen gegen Sie. Außerdem haben wir zwar keine eindeutigen Fingerabdrücke auf den Griffen der Fenstertüren gefunden, aber auf dem Glas einer Tür ist ein Abdruck Ihrer Hand, und seine Position lässt darauf schließen, dass Sie sich abgestützt haben, während Sie versuchten, die andere Tür aufzuziehen."

Rosamund und ich sahen uns überrascht an; davon hörten wir zum ersten Mal. MacMurray, der stumm auf seine Füße gestarrt hatte, blickte auf und starrte den Inspector mit leerem Blick an.

„Natürlich können Sie Ihre Hand jederzeit auf die Glasscheibe gelegt haben", fuhr Jameson fort, „dass Sie sich zur fraglichen Zeit in der Nähe des Arbeitszimmers aufgehalten haben, ist sehr aufschlussreich. Soll ich Ihnen sagen, was meiner Meinung nach passiert ist?"

MacMurray sagte nichts, sondern starrte Jameson nur weiterhin wortlos an.

„Ich glaube, Sie sind eine Weile auf der Terrasse herumgelaufen und haben verzweifelt darüber nachgedacht, wie Sie Sir Neville überreden könnten, Sie nicht aus seinem Testament zu streichen. Sie kamen zu den Fenstertüren und hielten einen Moment inne, um in das Arbeitszimmer zu schauen. Dann kam Ihnen eine Idee: Warum nicht zuschlagen, solange das Eisen heiß war, sozusagen? Mr Pomfrey war bereits da, er hatte die Unterlagen für das neue Testament mitgebracht und Ihnen blieben nur wenige Stunden Zeit, Sir Neville zu überzeugen. Es hieß jetzt oder nie! Sie hatten die Klinke an der Zimmertür heruntergedrückt, aber die Tür war fest verschlossen, also klopften Sie. Sir Neville öffnete, erkannte Sie und ließ Sie ein. Ich weiß nicht, was danach geschah - ich nehme an, Sie erklärten Sir Neville Ihre Situation, doch er ließ nicht mit sich reden, also kamen Sie zu dem Schluss, dass ein Mord der einzige Ausweg aus Ihren Schwierigkeiten war.

Sir Neville saß an seinem Schreibtisch. Sie nahmen die afrikanische Holzschnitzerei in die Hand und schlugen Sir Neville damit auf den Kopf. Er sackte nach vorne. Dann machten Sie sich an die Arbeit: Sie wischten die Holzfigur ab und stellten sie wieder an ihren Platz, dann schleppten Sie die Leiche quer durch den Raum zum Kamin und arrangierten die Szene so, wie wir sie vorgefunden haben."

„Das ist nicht wahr!", flüsterte MacMurray bebend. „Es ist alles eine Lüge! Hören Sie, ich gebe zu, dass ich es an den Fenstertüren versucht habe, aber sie waren verschlossen. Ich schaute hinein, aber der Raum war dunkel und ich konnte nichts sehen, also gab ich es auf und ging zurück ins Haus. Ich hätte den alten Neville niemals umgebracht - niemals, das schwöre ich!"

Sein Gesicht hatte eine gespenstische grüne Farbe angenommen und seine Hände zitterten.

Inspector Jameson stand auf.

„Mr MacMurray", sagte er. „Ich verhafte Sie wegen des Verdachts des Mordes an Sir Neville Strickland. Es ist meine Pflicht, Ihnen mitzuteilen, dass alles, was Sie sagen, zu Protokoll genommen wird und gegen Sie verwendet werden kann."

MacMurray holte tief Luft und erhob sich.

„Nun gut, ich nehme an, Sie müssen Ihre Pflicht tun. Müssen Sie mir Handschellen anlegen?"

„Nicht, wenn Sie ohne Gegenwehr mitkommen", antwortete der Inspector. Er trat gar nicht als der strenge Hüter von Recht und Ordnung auf, sondern zeigte durchaus Verständnis für die Notlage seines Opfers.

„Danke", sagte MacMurray. Zu meiner Überraschung wirkte er beinahe würdevoll.

Als wir den kleinen Salon verließen, kam uns Gwen entgegengelaufen.

„Oh, Boopsie, was macht dieser schreckliche Mann mit dir?", rief sie.

MacMurray blieb stehen.

„Ich fürchte, er verhaftet mich wegen des Mordes an Neville, Gwen", sagte er.

„Nein! Das dürfen sie nicht! Das lasse ich nicht zu!", rief sie.

„Na, na, meine Liebe", beruhigte ihr Mann sie. „Es wird nicht lange dauern, sie werden bald merken, dass es alles ein Irrtum ist. Aber bis dahin musst du mir zuliebe tapfer sein."

Er gab ihr einen Kuss, dann sagte er zum Inspector: „Gehen wir?"

Gwen lief ihnen weinend nach. Zu Rosamund sagte ich: „Ich wünschte, wir hätten das nicht mitansehen müssen. Ich fühle mich irgendwie schäbig, als wäre das alles nicht für unsere Augen bestimmt gewesen wäre."

Sie wandte sich wortlos ab.

„Ich muss mit der Köchin über das Abendessen sprechen", war alles, was sie sagte, bevor sie davoneilte. Ich verstand, wie ihr zumute war. Nach den Ereignissen der vergangenen Stunde wollte sie sich in häusliche Angelegenheiten flüchten.

Bald darauf schlenderte ich niedergeschlagen in den Salon, wo Sylvia, Bobs und Angela Marchmont in angeregter Unterhaltung die Köpfe zusammensteckten.

„Hallo, alter Knabe. Jetzt haben sie also Hugh erwischt, wie ich sehe", sagte Bobs. „Komm schon, erzähl uns, was passiert ist."

Ich berichtete, was sich im kleinen Salon zugetragen hatte.

„Der arme Hugh", sagte Sylvia.

„Von wegen, der arme Hugh", schnaubte Bobs. „Wenn

ein Mann einen Mord begeht und erwischt wird, muss er sich den Konsequenzen stellen."

„Aber war er es denn wirklich?", fragte Angela. „Die Beweise gegen ihn sind sehr dürftig."

„Aber natürlich war er es! Ich weiß, dass du gerne Rätsel löst, Angela, aber ich glaube, jetzt übertreibst du. Es gibt keinen Zweifel, dass er der Mörder ist. Er war zur fraglichen Zeit auf der Terrasse an den Fenstertüren, das hat er zugegeben, und es lässt sich nicht leugnen, dass er ein Motiv hatte. Und außerdem hat Simon gesehen, wie er mitten in der Nacht versucht hat, ins Arbeitszimmer zu gelangen."

„Was?", fragte ich erstaunt. „Gale hat ihn in der Nacht gesehen?"

„Ja", bestätigte Sylvia. „Simon hat gesagt, dass er in der Nacht aufgewacht ist und sich plötzlich entsetzt erinnert hat, dass er einige private Papiere von Neville versehentlich in der Bibliothek hatte liegen lassen, also ging er nach unten, um sie zu holen und an einem sicheren Ort zu verstauen. Vom Fuß der Treppe aus warf er einen Blick in den Gang und sah Hugh, der sich ziemlich verdächtig verhielt, vor dem Arbeitszimmer stehen."

„Wann war das?"

„Irgendwann nach zwei Uhr, hat er gesagt."

„Aber warum in aller Welt ist er jetzt erst damit herausgerückt?"

„Er hat die Bedeutung dessen, was er gesehen hat, zuerst gar nicht erkannt. Und wie ihr wisst, hatte er später das Gefühl, dass die Polizei gegen ihn war und ihm die Schuld in die Schuhe schieben wollte, also schwieg er, um nicht darauf aufmerksam zu machen, dass er in der Nacht, in der Neville starb, selbst im Haus unterwegs war."

„Hat er euch das alles erzählt?", fragte ich erstaunt.

Das schien gar nicht zu dem zurückhaltenden Simon zu passen.

„Nein, das wissen wir von Joan. Sie hat es aus ihm herausgekitzelt und überlegt, ob sie Inspector Jameson davon berichten soll."

„Ich glaube, das muss sie. Oder wenn sie es nicht tut, sollte es jemand anderes machen. Jedenfalls scheint das Rätsel damit endgültig geklärt zu sein", sagte ich.

„Ach ja?", sagte Angela.

„Was meinen Sie damit?", fragte ich.

„Warum hat er versucht, auf diese Weise in das Arbeitszimmer zu gelangen?"

„Spielt das eine Rolle?", gab Bobs zurück. „Wahrscheinlich hatte er etwas vergessen oder wollte noch einmal einen Blick auf das neue Testament werfen. Vielleicht wollte er es sogar verschwinden lassen oder gar vernichten."

„Aber er muss doch gewusst haben, dass die Tür des Arbeitszimmers verschlossen war. Wenn er Neville tatsächlich umgebracht hat, hat er sich entweder vergewissert, dass sie verschlossen war, oder er hat sie selbst zugesperrt."

„Er muss es vergessen haben", erwiderte Bobs.

„Das erscheint mir selbst für Hugh eher unwahrscheinlich", sagte Angela. „Nein, für mich sieht es so aus, als hätte er nicht gewusst, dass Neville tot war, als er versucht hat, in das Arbeitszimmer zu gelangen. Über die Gründe können wir nur mutmaßen. Vielleicht war es, wie du sagst, Bobs, und er wollte einen Blick in das Testament werfen."

„Tja, ich weiß nicht, warum er dort war", meinte Bobs, „aber allein die Tatsache, dass er dort war, ist höchst verdächtig, und ich bin sicher, dass die Polizei irgendwie herausbekommt, was er am Arbeitszimmer zu suchen hatte."

Ich neigte dazu, Bobs recht zu geben. Jedes noch so

kleine Beweisstück fügte sich zu einem größeren Ganzen zusammen, das nur einen einzigen Mann belastete. Ich fand, dass Angela alles viel zu kompliziert machte und nach versteckten Bedeutungen suchte, obwohl sich die ganze Sache so einfach darstellte: Als er von Sir Nevilles Absicht erfuhr, ihn zu enterben, hatte Hugh MacMurray brutal zugeschlagen, um dies zu verhindern. Dann hatte er hastig und ungeschickt seine Spuren verwischt, um den Mord wie einen Unfall aussehen zu lassen. Es war eine traurige Geschichte, aber warum sollten wir die Sache nicht auf sich beruhen lassen?

Beim Abendessen herrschte eine düstere Stimmung. Gwen bekam keinen Bissen hinunter und so saß sie stumm am Tisch und starrte ins Leere. Sie sah furchtbar aus: Die Tränen hatten Spuren auf ihrem gepuderten Gesicht hinterlassen und ihre Augen waren rot gerändert. Die Verhaftung ihres Mannes hatte sie offenkundig sehr mitgenommen.

„Kopf hoch, Gwen", sagte Bobs schließlich. „Du wirst sehen, Hugh wird bald wieder bei dir sein. Die Polizei hat nichts gegen ihn in der Hand."

Gwen hob müde den Blick.

„Meinst du?", fragte sie düster.

„Ich bin ganz sicher. Und jetzt sei brav und iss dein Abendessen auf. Eine verheiratete Frau sollte zusehen, dass sie nicht vom Fleisch fällt."

Sie sah auf ihren Teller hinunter.

„Aber sie sagen, sie hätten Beweise", wandte sie ein. „Sie sagen, Hugh sei der Einzige gewesen, der an diesem Abend in der Nähe des Arbeitszimmers war …"

Sie hielt inne, setzte sich auf und starrte vor sich hin.

„Schätzchen, niemand von uns glaubt wirklich, dass Hugh etwas damit zu tun hat", sagte Rosamund. „Du darfst dich jetzt nicht aufregen. Ich habe Mr Pomfrey angerufen und er geht zu ihm und klärt alles auf. Er ist so klug und ich bin sicher, dass wir uns unbedingt auf ihn verlassen können. Vielleicht kann er die Polizei davon überzeugen, dass es ein Unfall war. Ich glaube immer noch, dass es ein Unfall war, egal was der Inspector sagt.“

„Nein!“ Gwens laute Stimme ließ uns alle zusammenzucken. „Ihr braucht euch gar nicht zu verstellen. Niemand glaubt das wirklich, stimmt's?“ Sie schaute uns an. „Ich habe gesehen, wie ihr die Köpfe zusammengesteckt habt, wie ihr geflüstert und mit dem Finger gezeigt habt. Und jetzt verdächtigt die Polizei den armen Hugh, nur weil er zufällig zur falschen Zeit für ein paar Minuten den Raum verlassen hat. Aber damit liegt sie falsch. Hugh war es nicht. Er kann es nicht gewesen sein - er ist einfach nicht fähig dazu. Und ihr könnt mir nicht einreden, dass es ein Unfall war.“ An Rosamund gewandt sagte sie in scharfem Ton: „Du behauptest, es sei ein Unfall gewesen, aber du weißt, dass es keiner war, nicht wahr?“

Rosamund sah sie eine Sekunde lang erschrocken an, dann senkte sie den Blick.

„Ah!“, sagte Gwen. In ihren Augen blitzte etwas auf und ihrem Gesichtsausdruck nach zu schließen hatte sie das Gefühl, einen Sieg errungen zu haben. Sie richtete sich auf.

„Ihr denkt, dass ich mich einen Dreck um Hugh oder um irgendjemanden außer mir selbst schere, aber das stimmt nicht“, fuhr sie heftig fort. „Er ist mein Mann und ich werde nicht zulassen, dass man ihn hängt, hört ihr? Ich werde dem Inspector sagen … ich werde ihm sagen -“

Bevor sie den Satz zu Ende bringen konnte, verlor sie den letzten Rest an Selbstbeherrschung, brach in Schluchzen aus und hastete aus dem Zimmer. Rosamund sah uns mit besorgter Miene an.

„Oh je!“, rief sie aus. „Vielleicht sollte ich zu ihr gehen.

Ich möchte nicht, dass sie in diesem Zustand womöglich eine Dummheit begeht."

Sie entschuldigte sich eilig und folgte Gwen aus dem Zimmer.

„Ach du meine Güte." Bobs schüttelte den Kopf. „Wie es aussieht, hat Gwen unter der harten Schale trotz allem ein weiches Herz."

Als wir in den Salon kamen, saß Rosamund allein dort.

„Wo ist Gwen?", fragte Joan.

„Ich habe sie überredet, zu Bett zu gehen", antwortete sie. „Das arme Schätzchen, Hughs Verhaftung nimmt sie schrecklich mit. Ich habe ihr versichert, dass wir natürlich alles tun, um ihm zu helfen, aber ich glaube kaum, dass sie mir zugehört hat."

„Ich weiß nicht, ob das eine gute Idee ist, Rosamund", sagte Joan. „Sollten wir sie wirklich in dem Glauben bestärken, dass Hugh ungeschoren davonkommen wird? Immerhin sieht es ziemlich schlecht für ihn aus."

Rosamund gab keine Antwort, sondern stand auf und ging zum Fenster. Sie schaute in die Dunkelheit hinaus, ihre Miene war besorgt.

„Du glaubst also, dass er es getan hat?", fragte Mrs Marchmont Joan.

Joan sah beschämt zu Boden.

„Natürlich ist es kein angenehmer Gedanke, dass ein Freund so etwas tun könne, aber -"

„Seine Erklärung, warum er auf der Terrasse war, klang nicht sehr überzeugend", wandte ich ein. „Er wollte Jameson einreden, dass er nur Luft schnappen wollte, aber an jenem Abend war es ziemlich kalt. Wenn es ihm lediglich um einen klaren Kopf gegangen wäre, hätte er nicht draußen herumlaufen müssen, sondern hätte auch in den Wintergarten oder anderswo hingehen können. Und dann war da noch der Handabdruck an der Fenstertür."

„Was hat er dazu gesagt?", fragte Angela.

„Nur, dass er die Klinke heruntergedrückt hat, die Tür aber verschlossen war. Seiner Aussage nach hat er durch die Scheibe geschaut, doch es war dunkel und er konnte nichts sehen."

„Nicht die überzeugendste Erklärung, da gebe ich dir recht", sagte Bobs sachlich. „Hm, ich glaube, das war's für den alten Hugh."

„Oh, sag so etwas nicht!", rief Sylvia verzweifelt.

„Wir müssen den Tatsachen ins Auge sehen, altes Haus. Wer hatte einen triftigen Grund, Neville umzubringen? Wer ist als Einziger zur fraglichen Zeit an den Fenstertüren herumgelungert? Und wer war so dumm, überall seine Handabdrücke zu hinterlassen?"

„Der Handabdruck beweist gar nichts", sagte Sylvia. „Nichts davon beweist etwas."

„Aber es passt alles zusammen und deutet eindeutig auf eine Person hin", gab ihr Bruder zurück. „Das stimmt doch, nicht wahr, Angela? Du bist das Detektivgenie unter uns. Was denkst du?"

Angela runzelte jedoch nur die Stirn, es schien, als hätte sie nicht zugehört.

„Entschuldige, Bobs, was hast du gesagt?", fragte sie, als sie sich mühsam gesammelt hatte.

„Ich wollte wissen, ob du nicht auch der Meinung bist, dass alle Beweise auf Hughs Schuld hindeuten."

Mrs Marchmont überlegte.

„Es sieht so aus", sagte sie schließlich. „Aber ich habe an das gedacht, was Mr Knox gerade gesagt hat."

„Ich?", fragte ich erstaunt. „Über MacMurray, meinen Sie?"

„Ja. Da war etwas - ach, jetzt ist es weg. Mein Gehirn ist eben nicht mehr das jüngste, fürchte ich", sagte sie und lächelte verschmitzt. „Macht nichts, vielleicht fällt es mir ja wieder ein. Es war wahrscheinlich unwichtig.“

Ich schaute sie neugierig an.

„Sie scheinen nicht von MacMurrays Schuld überzeugt zu sein“, stellte ich fest. „Dann hätte er also nicht verhaftet werden dürfen?“

„Nein, das würde ich so nicht sagen“, erwiderte sie. „Aber nach den Ereignissen der letzten Tage bin ganz durcheinander und weiß nicht mehr, was ich denken soll. Inspector Jameson ist ein sehr fähiger Mann und natürlich hatte er unter den gegebenen Umständen keine andere Wahl, als Hugh zu verhaften.“

Dann wechselte sie das Thema und schlug ein gemeinsames Kartenspiel vor. Den Rest des Abends verbrachten wir ruhig mit dieser Beschäftigung.

# Kapitel Sechzehn

AM NÄCHSTEN MORGEN stürmte Joan völlig aufgelöst ins Frühstückszimmer, als Bobs und ich uns gerade von den gebratenen Nieren nehmen wollten.

„Was ist denn los?", fragte Bobs.

„Gwen wacht einfach nicht auf!", rief sie. „Ihr Dienstmädchen ist ganz hysterisch. Ich habe nach dem Arzt geschickt. Oh, ich hoffe, wir kommen nicht zu spät."

„Was?", riefen Bobs und ich wie aus einem Munde.

Ohne ein weiteres Wort folgten wir Joan nach oben in das Zimmer der MacMurrays, wo ein adrett gekleidetes Dienstmädchen laut schluchzend die Hände rang, während sich Angela Marchmont über Gwen beugte und das Handgelenk der bewusstlosen Frau hielt.

„Lebt sie?", fragte Bobs.

„Ich glaube schon - gerade noch", antwortete Angela. „Aber ihr Puls ist sehr schwach. Ich hoffe, der Arzt kommt bald."

Sie sah sich im Zimmer um und ihr Blick fiel auf ein Glas, das auf einem kleinen Tisch neben dem Bett stand. Sie beugte sich hinunter und schnupperte.

„Brandy, würde ich sagen", meinte sie.

Ich wollte das Glas in die Hand nehmen, um es mir genauer anzusehen, aber sie schüttelte schnell den Kopf.

„Ich glaube, das sollten Sie besser nicht anfassen", sagte sie.

Ihre Miene war starr, fast grimmig.

Ich erinnerte mich an Rosamunds Worte. „Ich möchte nicht, dass sie in diesem Zustand womöglich eine Dummheit begeht", hatte sie gesagt. Hatte sie geahnt, dass es so weit kommen würde? Dass sich Gwen voller Verzweiflung über Hughs Verhaftung und Angst, dass ihre Rolle in dem Komplott ans Licht kommen könnte, für den einfachsten Ausweg entscheiden würde?

In diesem Moment betrat Rosamund den Raum.

„Sie ist nicht tot?", fragte sie fast ängstlich.

„Nein", antwortete Angela, „aber ich glaube, es sieht nicht gut aus."

„Geh ruhig frühstücken, ich kümmere mich um sie", sagte Rosamund.

Angela schüttelte den Kopf.

„Oh, aber ich bestehe darauf. Sie ist ja schließlich mein Gast."

„Nein, mein Schatz", erwiderte Angela bestimmt. „Ich bleibe bei ihr, bis der Arzt kommt. Du wartest unten mit Mr Knox und Joan auf Dr. Carter."

Sie duldete keinen Widerspruch und Rosamund musste sich widerwillig fügen.

„Du hast dir schon so etwas gedacht, nicht wahr?", sagte ich zu Rosamund, während wir die Treppe hinuntergingen. „Gestern Abend habe ich deine Bemerkung, sie könne eine Dummheit begehen, gar nicht ernst genommen, aber es sieht aus, als hättest du recht gehabt."

„Oh ja, wie furchtbar!", antwortete sie. „Ich hatte zwar den Eindruck, dass sie sich etwas seltsam benahm, aber ich habe nicht wirklich damit gerechnet, dass sie versuchen würde, sich umzubringen. Die Verzweiflung muss sie zu diesem Schritt getrieben haben."

Dr. Carter, der kurz darauf eintraf, wurde sofort in Gwens Zimmer geführt, während wir alle in gespannter Erwartung im kleinen Salon saßen. Schließlich kam Angela Marchmont herein.

„Und?", fragte Rosamund.

Angela schüttelte den Kopf.

„Es sieht nicht gut aus, fürchte ich", sagte sie. „Gwen ist immer noch bewusstlos und ihr Puls ist schwächer geworden. Der Arzt meint, es könnte bald mit ihr zu Ende gehen."

Wir nahmen ihre Nachricht mit schockiertem Schweigen auf.

„Wird sie – wird sie noch einmal aufwachen?", fragte Rosamund zögernd.

„Nein, sie liegt im Koma. Ihr Dienstmädchen ist bei ihr und sorgt dafür, dass sie es so bequem wie möglich hat. Die arme Gwen wird nicht eine Sekunde allein gelassen."

„Hat der Arzt gesagt, was sie genommen hat?", fragte Sylvia.

„Er meint, es sei wahrscheinlich Veronal gewesen", erwiderte Angela. „In ihrem Reisenecessaire war ein kleines Fläschchen davon. Weiß jemand von euch, ob sie es regelmäßig genommen hat?"

„Ja", bestätigte Rosamund. „Sie hat mir erzählt, dass sie seit einigen Monaten an Schlafstörungen litt."

„Woher kam der Brandy?"

„Den habe ich ihr gegeben", antwortete Rosamund. „Gestern Abend war sie völlig erledigt, also habe ich ihr ein Glas eingeschenkt. Sie hat ein paar Schluck zu sich genommen und gesagt, sie wolle den Rest im Bett trinken."

„Und in ihrem Zimmer muss sie dann das Veronal ins

Glas gegeben haben", fügte ich hinzu. „Ob sie wirklich die Absicht hatte, sich etwas anzutun? Oder war es ein Versehen?"

„Das werden wir wohl nie erfahren", meinte Angela.

„Die arme Gwen", sagte Sylvia. Ihr standen die Tränen in den Augen. „Wir müssen es Hugh sagen."

„Muss er es wirklich erfahren?", fragte Joan. „Ich meine, vielleicht sollten wir noch warten."

Sie sagte nicht, worauf.

Während wir überlegten, was am besten zu tun sei, ging Rosamund hinaus. Ich dachte, sie bräuchte vielleicht jemanden, der ihr zuhörte, und folgte ihr in den Wintergarten, wo sie gedankenverloren die Blätter einer ziemlich unansehnlichen Schusterpalme abzupfte. Selbst inmitten dieser entsetzlichen Tragödie sah sie wunderschön aus mit ihrer Porzellanhaut und dem rotgoldenen Haar. Sie blickte auf und schenkte mir ein Lächeln, so wie früher, als ich dachte, ihr Lächeln sei nur für mich bestimmt.

„Lieber Charles", sagte sie. „Du bist mir in den letzten Tagen solch ein guter Freund gewesen. Ich wüsste nicht, was ich ohne dich getan hätte."

Ich nahm ihre Hand.

„Es freut mich sehr, dass ich dir eine Hilfe sein konnte", sagte ich. „Aber ich habe nur getan, was getan werden musste."

Sie schaute mir in die Augen und es war, als lösten sich die vergangenen acht Jahre in Nichts auf.

„Warum wolltest du mich nicht heiraten, Rosamund?", fragte ich.

Sie lächelte. Sie wusste, dass ihre Macht über mich nie erloschen war, daran hatte ich keinen Zweifel.

„Oh Charles", sagte sie. „Es hätte nie zwischen uns funktioniert."

„Aber ich dachte, wir seien verliebt ineinander.“

„Das waren wir auch, aber wir waren jung und töricht und so furchtbar arm“, sagte sie. „Oh, ich weiß, es heißt, die Liebe überwindet alle Hindernisse, aber stimmt das wirklich? Überwindet sie Kälte und zerlumpte Kleidung, Hunger und Elend?“

„Dann hattest du also kein Vertrauen in mich? Du hast nicht geglaubt, dass ich jemals mein Glück machen würde.“

„Oh doch, das habe ich. Ich hatte vollstes Vertrauen in dich. Aber ich hätte nie mit dir nach Afrika gehen können, das weißt du, und zu Hause in England zu warten und auf eine ungewisse Zukunft zu warten, jeden Penny zweimal umzudrehen, um über die Runden zu kommen - das konnte ich nicht. Ich war schwach, Charles, und du warst ohne mich viel besser dran.“

Ich hielt immer noch ihre Hand. Ich musste den Verstand verloren haben.

„Und jetzt?“

„Und jetzt was?“

„Bin ich ohne dich immer noch besser dran?“

Sie starrte mich lange an. Ihr Atem ging schnell.

„Oh ja“, flüsterte sie.

„Das glaube ich dir nicht“, sagte ich grob, zog sie an mich und küsste sie. Für einen langen Augenblick erwiderte sie den Kuss, dann löste sie sich entschlossen aus meiner Umarmung.

„Nein!“, rief sie heftig. „Verstehst du denn nicht? Es ist zu spät. Selbst wenn Neville nicht gewesen wäre, musst du doch einsehen, dass sich alles geändert hat. Du warst acht Jahre weg, Charles. Das ist praktisch ein ganzes Leben.“

„Nicht für mich. Du bist für mich noch die, die du immer warst.“

Sie schüttelte den Kopf.

„Nein", widersprach sie. „Das ist nicht wahr. Ich war nie die, für die du mich gehalten hast. Die Rosamund, die du zu lieben glaubtest, existiert nur in deiner Fantasie. Sie ist nicht einmal ein Mensch. Aber ich - ich bin ein echter Mensch, mit Fehlern und Unvollkommenheiten wie jeder andere auch, und ich möchte nicht von jemandem geliebt werden, der mich für eine Art Göttin hält. Ich würde dich nur enttäuschen, begreifst du das nicht?"

„Aber - dieser Kuss, Rosamund. Warum küsst du mich so, wenn du für mich nicht dasselbe empfindest wie ich für dich?"

Sie senkte den Blick, stritt aber nicht ab, dass der Kuss sie berührt hatte.

„Vielleicht war es eine Art Nostalgie. Vielleicht habe ich versucht, mir vorzustellen, wie ich vor acht Jahren war, bevor das alles passiert ist. Vor Neville. Bevor …"

„Bevor - was?"

„Nichts. Es tut mir leid, Charles. Ich wollte nie, dass du - ich meine, ich dachte, wir wären Freunde."

„Das dachte ich auch", antwortete ich.

„Nein, mein Lieber", entgegnete sie sanft. „Eine solche Freundschaft kann es nicht sein. Das weißt du doch."

„Nein, das weiß ich nicht", gab ich trotzig zurück.

Sie wandte sich mit einem traurigen Lächeln ab und verließ den Wintergarten.

„Rosamund!", rief ich verzweifelt. Ich wollte ihr nachlaufen, stieß aber in der Tür mit Sylvia zusammen. Auf meine gestotterte Bitte um Entschuldigung antwortete sie mit einem steifen Lächeln.

„Worüber hast du mit Rosamund gesprochen?", fragte sie mit unnatürlich heller Stimme.

„Über nichts Bestimmtes", antwortete ich verblüfft.

„Aha, verstehe."

„Sylvia, ich -"

„Nein, nein, alles in Ordnung", sagte sie mit derselben hohen Stimme. Sie presste die Lippen aufeinander und lief davon.

„Sylvia!", rief ich ihr nach.

Hatte sie mein Gespräch mit Rosamund belauscht? In meinem Kopf herrschte ein heilloses Durcheinander, ich konnte keinen klaren Gedanken fassen.

Was hatte ich getan? Hatte ich mich wie ein verdammter Narr benommen? Rosamund hatte immer schon diese Wirkung auf mich gehabt. Ich brauchte dringend einen ruhigen Platz, um meine Gedanken zu sortieren, und machte mich auf den Weg in die Bibliothek. Der Raum war leer, aber offensichtlich war schon jemand vor mir dagewesen, denn auf dem Schreibtisch lagen eine Zeitung und einige andere Papiere. Ich warf einen flüchtigen Blick auf die Zeitung, die Seite mit den Börsenkursen war aufgeschlagen. Dann fiel mein Blick auf ein Stück Papier mit ein paar gekritzelten Notizen. Ich starrte verwundert darauf. Es schien eine Liste zu sein, die für mich jedoch keinen Sinn ergab. Sie lautete:

*Warum dunkel?*
*Arme*
*Hund*
*Schlüssel*

„Was um alles in der Welt ...?", murmelte ich vor mich hin. Ich sah immer noch staunend auf den Zettel, als Angela Marchmont hereinkam. Sie blieb stehen, als sie ihn in meiner Hand sah.

„Oh!", rief sie verwirrt.

„Haben Sie das geschrieben?", fragte ich verlegen. „Es tut mir leid, aber der Zettel lag hier herum." Ich streckte ihr den Zettel entgegen.

„Ja, das ist meiner", bestätigte sie. „Es sind nur ein paar alberne Stichworte, die ich vor dem Frühstück aufgeschrieben habe. Ich finde, die Bibliothek ist ideal, um den Kopf freizubekommen."

„Ja, das finde ich auch", stimmte ich zu und fuhr nach kurzem Zögern fort „Es geht mich natürlich nichts an, aber darf ich fragen, ob Sie - wenn ich diese mysteriöse Liste richtig verstanden habe - immer noch über den Mord an Sir Neville nachdenken? Heißt das, Sie glauben nicht, dass MacMurray der Täter war? Gestern schienen Sie an seiner Schuld zu zweifeln."

Sie spielte einen Moment lang mit den Ringen an ihren Fingern.

„Wenn man nur wüsste, was man tun soll", sagte sie wie zu sich selbst. „Ja, Mr Knox, nach den Ereignissen des Vormittags bin ich jetzt ziemlich sicher, dass Hugh unmöglich der Mörder gewesen sein kann."

„Ereignisse? Sie sprechen wohl von Mrs MacMurray?", fragte ich erstaunt. „Aber ihr Selbstmordversuch bestätigt doch nur, dass sie mit ihrem Mann unter einer Decke steckt."

„Aber warum sollte sie einen Selbstmordversuch unternehmen? Natürlich sprechen einige Indizien gegen Hugh, aber gegen Gwen liegt überhaupt nichts vor. Die Polizei hat mit keinem Wort angedeutet, dass sie etwas mit der Sache zu tun hat. Warum sollte sie also versuchen, sich umzubringen?"

„Eine vorübergehende Störung des seelischen Gleichgewichts, wegen der Verhaftung ihres Mannes?"

Sie schüttelte den Kopf.

„Nein, ich glaube, das passt einfach nicht. Hugh ist verhaftet worden, aber wer weiß, wie sich die Dinge entwickeln? Es ist nicht einmal sicher, ob er überhaupt vor Gericht gestellt wird. Bis jetzt gibt es keine stichhaltigen Beweise seiner Schuld, und ich habe das Gefühl, dass der schlaue Inspector das weiß. Es würde mich nicht wundern, wenn er Hugh nur deshalb verhaftet hätte, um ihm Angst zu machen und ihn zu einem Geständnis zu bewegen. Gwen hatte allen Grund, sich Sorgen zu machen, aber keinen Grund, sich umzubringen."

„Sie glauben also, dass es gar kein Selbstmordversuch war, sondern ein Mordversuch."

Sie nickte.

„Aber warum sollte sie jemand umbringen wollen? Glauben Sie, dass sie etwas wusste?"

„Ja, das scheint mir die einzige Erklärung zu sein. Ich meine, sie muss gewusst oder geahnt haben, wer der wahre Mörder war."

„Gestern Abend, bevor sie aus dem Zimmer gelaufen ist, hat sie gesagt, dass sie dem Inspector etwas erzählen würde", erinnerte ich mich plötzlich. „Ich frage mich, ob das den Mörder gewarnt und ihn zum Handeln gezwungen hat."

„Ja, das habe ich mich auch gefragt", antwortete sie.

Ich war mehr und mehr verwirrt.

„Aber wer war es?", fragte ich. „Es scheint, als seien nach und nach alle von der Liste der Verdächtigen gestrichen worden. Bald ist niemand mehr übrig und ich muss anfangen, mich selbst zu verdächtigen!"

Angela lächelte verschmitzt.

„Ja, es sieht tatsächlich so aus, nicht wahr? Das Problem ist der Mangel an Beweisen. Selbst wenn wir einen Verdacht haben, wer der Täter sein könnte, haben wir keine Beweise."

Ich schaute sie neugierig an.

„Ich glaube, Sie wissen, wer es war", sagte ich.

Sie antwortete nicht sofort, sondern nahm die Liste mit den Stichworten in die Hand und begann, sie in kleine Stücke zu reißen.

„Ich wollte Sie vorhin etwas über den Abend fragen, an dem Neville ermordet wurde", sagte sie.

„Nur zu", antwortete ich.

„Ich würde gerne mehr darüber erfahren, wie es war, als Sie mit Rosamund zum Arbeitszimmer gegangen sind und durch die Tür gehört haben, was Sie für Nevilles Stimme gehalten haben. Die Polizei glaubt, dass es in Wirklichkeit Hughs Stimme war, aber wenn meine Theorie stimmt, hatte er nichts damit zu tun."

„Aber wer könnte es dann gewesen sein?", fragte ich. „Alle anderen waren im Salon - es sei denn, es war Sir Neville selbst, wie wir ursprünglich dachten." Ich war neugierig, ob Angela ihre frühere Theorie wieder aufgreifen würde, dass der Mord nach Viertel vor elf passiert war.

„Versuchen Sie, sich an die Stimme zu erinnern, Mr Knox", sagte Angela. „Was meinen Sie, wessen Stimme es war?"

„Wie ich dem Inspector schon gesagt habe, kann ich mich leider an nichts erinnern, also weiß ich wirklich nicht, wessen Stimme es war. Ich habe nur Rosamunds Teil des Gesprächs mitbekommen, wenn Sie verstehen, was ich meine. Was auf der anderen Seite der Tür gesagt wurde, habe ich nicht gehört."

„Überhaupt nichts?"

„Nein, gar nichts."

„Ah", sagte sie. Ein merkwürdiger Ausdruck erschien auf ihrem Gesicht.

„Es tut mir leid, dass ich Ihnen nicht weiterhelfen kann", bedauerte ich.

„Im Gegenteil, Ihre Informationen waren sehr hilfreich", erwiderte sie traurig.

Ich beobachtete sie, wie sie gedankenverloren mit den Fingern auf dem Schreibtisch trommelte.

„Wenn ich nur wüsste, was ich tun soll", sagte sie schließlich. „Aber ich denke, ich werde mit Rosamund sprechen. Vielleicht kann sie mir helfen."

„Sie meinen, sie könnte Ihnen sagen, wer im Arbeitszimmer gesprochen hat? Ich glaube kaum, dass sie sich an mehr erinnert als ich."

„Nun, wir werden sehen", sagte sie.

Sie ging zur Tür und stieß fast mit Bobs zusammen, der gerade hereinkam.

„Hallo, alter Junge", begrüßte er mich. „Das ist ja ein Ding, was?"

„Du meinst die Sache mit Gwen?

„Ja."

„Komisch, dass sie versucht, sich umzubringen, nachdem der alte Hugh verhaftet wurde, meinst du nicht auch?"

„Übrigens hat mir Mrs Marchmont gerade etwas ganz Außergewöhnliches erzählt", bemerkte ich.

Ich berichtete ihm von ihren Vermutungen. Er stieß einen erstaunten Pfiff aus.

„Nicht zu fassen!", rief er. „Das bringt alles ordentlich durcheinander, was?"

„Wenn ihre Theorie stimmt, dann sind wir tatsächlich wieder da, wo wir angefangen haben."

„Ja, genau."

„Ich glaube, Angela hat einen Verdacht, aber sie wollte mir nicht sagen, wen sie verdächtigt. Hast du eine Idee, wen sie meinen könnte?"

Bobs zuckte mit den Schultern.

„Nein, keine Ahnung. Ich war sicher, dass es Gale war, aber ich habe mich wohl geirrt. Die Polizei wird den Schuldigen früher oder später fassen."

Seine Gleichgültigkeit überraschte mich. Er nahm die Zeitung zur Hand und blätterte eine Seite um, dann legte er sie wieder weg. Er war offensichtlich mit den Gedanken woanders.

„Beunruhigt dich etwas, alter Junge?", fragte ich.

Meine Frage riss ihn aus seinen Grübeleien.

„Hm, was? Oh, nein, nein", antwortete er. „Mir ist nur gerade etwas eingefallen. Ich frage mich, wann die Polizei uns erlaubt, abzureisen."

„Aber ich dachte, Rosamund wollte, dass wir alle bleiben."

Er sah unbehaglich aus.

„Ach, verdammt! Das ist es ja gerade. Es ist schön und gut, wenn sie das sagt, aber es kommt einem trotzdem irgendwie nicht richtig vor. Das habe ich ihr auch gesagt, aber sie hört einfach nicht zu."

„Wie meinst du das?"

„Nun, es sieht doch recht schäbig aus, wenn man bei einer Frau wohnt, deren Mann gerade gestorben ist. Da kommt man sich vor wie ein Aasgeier, findest du nicht auch?"

„Ich verstehe nicht, was du meinst."

„Nun ja, es ist eine Sache, wenn der Mann noch lebt und alle Beteiligten die Situation akzeptieren, wie es sich für zivilisierte Menschen gehört. Aber es ist etwas ganz anderes, wenn er mausetot daliegt und die Leute jemanden suchen, dem sie die Schuld in die Schuhe schieben können."

Bobs' verlegene Miene sprach Bände und allmählich dämmerte mir die schreckliche Wahrheit. „Bobs, heißt das,

dass du und Rosamund ..." Ich war nicht fähig, fort-
zufahren.

Bobs stieß ein ungläubiges Lachen aus.

„Lieber Himmel, Charles", rief er. „Willst du etwa
sagen, dass du es nicht wusstest?"

# Kapitel Siebzehn

ICH MUSSTE MICH SETZEN, mir schwirrte der Kopf. Was für ein Dummkopf ich doch gewesen war! Wie hatte ich nur so blind sein können? Eine Szene nach der anderen tauchte vor meinem inneren Auge auf: ein geheimnisvolles Flüstern beim Abendessen; das Strahlen in Rosamunds Blick nach einem Spaziergang mit Bobs; das Foto in der Zeitung – plötzlich schien alles zusammenzupassen. War ich der Einzige, der nichts gemerkt hatte? Natürlich musste Sylvia es gewusst haben. Es war unvermeidlich - schließlich war Bobs ihr Bruder und Rosamund ihre Freundin. Sir Neville, so schien es, hatte es ebenfalls gewusst und akzeptiert. Die anderen ahnten es wahrscheinlich, wenn sie sich vielleicht auch nicht sicher waren. Die Erinnerung an meinen eigenen ungeheuerlichen Fehltritt von vor wenigen Minuten schoss mir durch den Kopf, und ich spürte, wie mir das Blut in die Wangen stieg. Meine Chancen bei Sylvia hatte ich vermutlich endgültig verspielt und dann würde Rosamund vielleicht auch Bobs erzählen, was passiert war. Würden sie gemeinsam lachen und sich darüber lustig machen, wie sich der arme alte Charles wieder einmal zum Narren gemacht hatte? Jetzt meinte ich auch die kryptischen Bemerkungen zu verstehen, die Sylvia am ersten Abend unseres Aufenthalts hier gemacht hatte. Damals war ich ein wenig beleidigt, aber sie hatte recht gehabt: Ich war von einer hoffnungslosen, dummen und absurden Naivität gewesen. Ich hätte die Einladung nach Sissingham Hall nie annehmen dürfen! Ich war hierhergekommen und hatte mich wider besseres Wissen in Rosamunds Bannkreis begeben und hatte mir eingeredet, ich sei zu reif und zu weltgewandt, um noch einmal auf ihren Charme hereinzufallen. Wie sehr hatte ich mich doch getäuscht!

Bobs sah mich mit einem erwartungsvollen Lächeln an. Es kostete mich große Mühe, meine Stimme normal klingen zu lassen.

„Nein", sagte ich. „Ich muss gestehen, dass mir das vollkommen neu ist."

„Du überraschst mich", erwiderte er. „Ich hoffe, es macht dir nichts aus, alter Junge. Ich weiß, du warst einmal mit ihr verlobt, aber das ist lange her, und als Rosamund erfuhr, dass du wieder in England bist, wollte sie dich unbedingt wiedersehen. Also dachte ich, ich bringe dich besser mit nach Sissingham Hall. Allerdings ist das Wochenende nicht ganz so verlaufen wie geplant, nicht wahr? Der arme alte Langweiler Neville! Er kann einem richtig leidtun - im Leben fantasielos und ungeliebt, im Tod bald vergessen."

Sein Tonfall gefiel mir nicht und ich runzelte die Stirn.

Er lachte. „Der gute alte Charles!", sagte er freundlich. „Du warst immer auf der Seite der Verlierer. Nun gut, ich werde deine Gefühle nicht weiter verletzen, sondern nur sagen, dass er große Achtung genoss und man ihn gebührend vermissen wird."

„Hast du vor, Rosamund zu heiraten?", entfuhr es mir.

„Ich nehme es an", antwortete er leichthin. „Sie hat lange genug versucht, Neville zur Scheidung zu überreden. Es hätte sicher einen faden Beigeschmack, wenn ich Rosamund jetzt fallenlassen würde."

„Sir Neville war also nicht bereit, in die Scheidung einzuwilligen?"

„Oh doch, er war bereit, sich scheiden zu lassen, hat es aber aus dem einen oder anderen Grund immer wieder hinausgeschoben. Er glaubte wohl, die Jungs in seinem Club würden ihn schief ansehen, wenn er sich von seiner Frau trennte. Ich weiß nicht, warum er nicht in den sauren Apfel gebissen und es so schnell wie möglich hinter sich gebracht hat, als ihm klar wurde, dass sie ihren Willen durchsetzen würde. Viele Leute scheren sich gar nicht um so etwas. Wenn du Wert auf ein ruhiges Leben legst, Charles, stell dich nie zwischen eine Frau und das, was sie will. Aber Rosamund ist doch wunderbar, findest du nicht auch? Man kann sich richtig vorstellen, wie sie das Zepter schwingt, wenn ich den Titel von meinem Vater erbe. Dann ist sie ganz in ihrem Element, kann die Grande Dame spielen und die Mächtigen und Schönen auf Bucklands begrüßen. Das passt doch viel besser zu ihr als hier in der Einöde zu hocken, nur mit einem ältlichen Ehemann und einem übellaunigen Kind als Gesellschaft."

Ich zuckte zusammen, denn Bobs sprach eine unangenehme Wahrheit aus. Jetzt wurde mir klar, dass ich Rosamund selbst als wohlhabender Mann niemals die Dinge hätte bieten können, die sie sich wirklich wünschte. Ich würde nie mit Ruhm und Prestige glänzen oder mich in der Bewunderung anderer sonnen. Bobs hingegen wäre der ideale Ehemann: Er war reich und gut aussehend und tat nichts lieber, als sich in der Öffentlichkeit zu zeigen, sich an den angesagtesten Orten zu vergnügen und seinen Namen in den Gesellschaftsspalten der Zeitungen zu lesen. Und natürlich rückte er nach dem Tod seines älteren Bruders in der Erbfolge nach und würde eines Tages den Titel eines Vicomtes tragen und Herr über einen großen Landsitz und ein Haus am Grosvenor Square sein. Es ließ sich nicht leugnen, dass er ein weitaus attraktiverer Heiratskandidat war als ich - ein Niemand mit einem in Ungnade gefallenen Vater und einem überstandenen Mordprozess, der sich in der rauen Hitze Südafrikas fast mehr zu Hause fühlte als in seinem Heimatland.

„Wie dem auch sei", fuhr Bobs fort, „du kannst dir vorstellen, warum die Situation im Moment ein wenig ungemütlich ist - ich meine, wie sieht es denn aus? Der junge Thronanwärter kommt für ein Wochenende zu Besuch und prompt verschwindet der alte König unter mysteriösen und verdächtigen Umständen von dieser Erde. Älteren Damen und anderen Leuten mit strengeren Moralvorstellungen als meine könnte die ganze Sache äußerst fragwürdig erscheinen, verstehst du? Das ginge mir genauso, wenn es jemand anderes wäre. Und mein alter Herr wird wahrscheinlich auch einen Aufstand machen. Wenn ich eine geschiedene Frau geheiratet hätte, wäre das schon schlimm genug gewesen, aber das wäre nichts im Vergleich dazu, dass sein einziger verbleibender Sohn unter Mordverdacht gerät. An seiner Stelle würde ich mich wahrscheinlich zugunsten von Sylvia enterben."

Sein Ton klang scherzhaft, aber eine Furche auf seiner Stirn zeigte, dass die Sache ernster war, als er zugeben mochte.

„Aber warum sollte dich der Inspector verdächtigen?", fragte ich.

„Das Motiv, mein Lieber, das Motiv", antwortete er schlicht. „Ich wollte Rosamund heiraten und Neville stand mir im Weg - so wird er es sehen."

„Aber Sir Neville hatte doch in die Scheidung einge-
willigt.“

„Im Prinzip ja, aber wie ich schon sagte, hat er es
immer wieder hinausgeschoben und zwar so lange, dass ich
mich nicht gewundert hätte, wenn er es sich am Ende
anders überlegt hätte. Der Inspector könnte sagen, dass ich
nicht länger warten wollte und beschlossen habe, tatkräftig
nachzuhelfen.“

„Aber du hast ein Alibi“, wandte ich ein.

„Ja“, sagte er, „aber dafür hat die Polizei nur das Wort
eines der Bediensteten. Ich könnte dem Burschen doch ein
hübsches Sümmchen gezahlt haben, damit er eine
Geschichte erfindet und meine Haut rettet. Oder ich hatte
etwas gegen ihn in der Hand und habe ihm gedroht, sein
Geheimnis zu verraten, wenn er sich weigerte, mir zu
helfen.“

In seinen Augen lag ein seltsamer Glanz, während er
sprach, und sein gesamtes Verhalten erschien mir merkwürdig. Warum war er so erpicht darauf, sich selbst auf die
Liste der Verdächtigen im Mordfall Sir Neville zu setzen?

„Ich glaube, du machst dir unnötig Sorgen“, sagte ich,
„aber eins ist klar: Rosamund braucht dich und es wäre
eine Gemeinheit, jetzt nach London zu verschwinden und
sie in dieser Situation alleinzulassen.“

Er lachte vergnügt.

„Eine Gemeinheit? Ich kann dir versichern, dass sie
umgekehrt genau das Gleiche mit mir machen würde. Sie
wäre nie so dumm, sich in einen Skandal verwickeln zu
lassen, wenn sie ihre eigene Haut retten könnte.“

Ich traute meinen Ohren nicht.

„Wie kannst du es wagen, so über Rosamund zu sprechen?“, stieß ich wütend hervor.

„Weil ich Rosamund gut kenne, fast so gut wie ich mich
selbst kenne. Wir sind aus demselben Holz geschnitzt,

Charles. Warum glaubst du, kommen wir so gut miteinander aus? Wir verstehen einander, sie und ich."

Angesichts der unerwarteten Wendung, die unser Gespräch genommen hatte, war mir immer unbehaglicher zumute.

„Ich glaube nicht, dass du sie so gut verstehst, wie du meinst", sagte ich steif. „Vergiss nicht, dass ich einmal mit ihr verlobt war, und das Bild, das du von ihr zeichnest, hat nichts mit der Rosamund zu tun, die ich kenne."

Bobs zuckte mit den Schultern.

„Ganz wie du willst", entgegnete er. „Wahrscheinlich hast du recht: Ich sollte vorerst auf Sissingham Hall bleiben." Er stand auf und klopfte mir auf die Schulter. „Glaub bloß nicht, Rosamund sei ein zartes Geschöpf, das nicht auf sich selbst aufpassen kann, Charles", sagte er. „Sie ist zäh, die Kleine. Das muss sie auch sein."

Dann ging er hinaus und ließ mich mit meinen Gedanken allein – und die waren alles andere als glücklich. Ich war gleichzeitig entsetzt, wütend, verwirrt und peinlich berührt. Oh, wie sehr wünschte ich mir, ich könnte die Zeit zurückdrehen und die Szene vom Vormittag ungeschehen machen! Wenn ich doch gar nicht erst nach Sissingham Hall gekommen wäre. Mein Besuch hatte nichts als Unglück und Elend für mich und andere gebracht. Ich war wütend auf Bobs: Er hatte mir nicht nur die Frau gestohlen, die ich früher geliebt hatte - nein, die ich immer noch liebte, und mich dabei wie ein Narr aussehen lassen. Er hatte auch auf eine Weise von ihr gesprochen, die ich verletzend fand und die sie in einem völlig falschen Licht darstellte. Und dennoch war er der Mann, den sie gewählt hatte! Würde sie jemals mit ihm glücklich werden? Ich fühlte mich von meinem Jugendfreund, der erst jetzt sein wahres Gesicht zeigte, hintergangen und verraten.

Natürlich hatte ich schon immer gewusst, dass Bobs

gelegentlich moralisch zweifelhafte Ansichten vertrat, aber das hatte ich bisher auf seinen natürlichen Übermut zurückgeführt. Ich hätte nie gedacht, dass er jemals etwas wirklich Verwerfliches tun würde. Plötzlich hatte ich das Gefühl, meinen alten Freund kaum zu kennen. War es das, was Sylvia gemeint hatte, als sie mich gewarnt hatte, nach acht Jahren Abwesenheit würde ich feststellen, dass sich manche Menschen bis zur Unkenntlichkeit verändert hatten? Vielleicht war sie weiser gewesen, als ich dachte. Bei dem Gedanken, dass Rosamund Bobs genug vertraute, um sich ihm auszuliefern, überkam mich Trauer. Er hatte versprochen, sie zu heiraten, sobald Sir Neville sie freigab, aber konnte sie sich darauf verlassen, dass er sein Versprechen halten würde? Sie war ein enormes Risiko eingegangen, hätte die öffentliche Schande eines langwierigen Scheidungsverfahrens auf sich genommen, ohne die Gewissheit, am Ende einen Ehemann zu finden. Die ganze Sache erschien mir furchtbar unsicher. Was hatte Bobs zum Beispiel davon, eine geschiedene Frau zu heiraten? Er war zwar sein eigener Herr, aber ihm musste klar sein, dass seine Familie gegen die Heirat sein würde. Immerhin würde er eines Tages als Mitglied des Hochadels eine prominente Stellung bekleiden. Auch die Öffentlichkeit würde mit Sicherheit ablehnend reagieren und die Presse hätte bestimmt allerhand dazu beizutragen.

Zu meiner Schande muss ich gestehen, dass in diesem Moment ein Gedanke in mir aufkeimte, den ich zwar sofort wegschob, ohne jedoch seine heimtückische Stimme ganz zum Schweigen bringen zu können: Die Öffentlichkeit würde die Ehe eines künftigen Vicomtes mit einer Witwe sehr viel nachsichtiger betrachten als die Heirat mit einer Geschiedenen. Nein, mein ältester Freund hatte mich sehr enttäuscht, aber das würde ich nicht von ihm denken.

Ich straffte die Schultern. Mir war klar, was ich zu tun

hatte: Ich musste die Dinge mit Rosamund in Ordnung bringen und versuchen, unsere Freundschaft wieder so hinzubiegen, wie sie vor meinem peinlichen Ausrutscher gewesen war. Wenn die Zeit kam – und ich hatte keinen Zweifel, dass sie eines Tages kommen würde -, sollte sie wissen, dass sie sich an mich wenden konnte und ich ihr Hilfe und Beistand gewähren würde. Am besten, so überlegte ich, schrieb ich ihr einen Brief. Nachdem ich diesen Entschluss gefasst hatte, fühlte ich mich sofort besser. Ich würde mich für meine ärgerliche Entgleisung entschuldigen und mich verabschieden, um beiden Seiten peinliche Szenen zu ersparen, und ihr gleichzeitig versichern, dass ich ihr zur Seite stehen würde, wenn sie mich brauchte. Dann würde ich leise und ohne viel Aufhebens das Haus verlassen und mich bereithalten, bei Bedarf wiederzukommen. Ich nahm Stift und Papier zur Hand und schrieb nach kurzem Überlegen:

*Meine liebste Rosamund,*

*ich schreibe dir in der Hoffnung, dass du mir verzeihst, was ich getan habe, obwohl man es dir kaum verdenken kann, wenn du mein Tun für unverzeihlich hältst. Glaub mir, nicht einmal in meinen wildesten Träumen hätte ich es für möglich gehalten, so zu handeln, wenn ich nicht im Innersten meines Herzens überzeugt gewesen wäre, dass mein Platz an deiner Seite ist. Jetzt, da ich Zeit hatte, darüber nachzudenken, sehe ich meinen Fehler ein - es war sehr falsch von mir, anzunehmen, dass nur dein Mann das Einzige sei, was unserer Wiedervereinigung im Wege stand. Ich habe deine Gefühle nicht berücksichtigt und dafür bitte ich dich um Verzeihung. Und nun scheint mir nichts anderes übrig zu bleiben, als dich von meiner unliebsamen Anwesenheit zu befreien, auch wenn*

*sich dadurch natürlich nicht ganz wiedergutmachen lässt,
was ich getan habe. Wenn ich erst nicht mehr da bin und du
später auf die Ereignisse der letzten Tage zurückblickst,
wirst du an mich hoffentlich als einen Freund denken - wenn
auch einen in vielerlei Hinsicht fehlgeleiteten.
Auf ewig dein Diener,*

*Charles*

Iᴄʜ ʟᴀs den Brief noch einmal durch und unterschrieb ihn. Er war knapp, traf aber den Punkt. Es war mir noch nie leichtgefallen, meine Gedanken auf Papier auszudrücken, und statt mich in langen, wortreichen Sätzen zu verheddern, die meiner Sache eher schaden als nützen würden, hielt ich es für das Klügste, mich so kurz wie möglich zu fassen.

Ich hatte den Umschlag gerade versiegelt, als der Gong zum Mittagessen ertönte, und so beschloss ich, den Brief erst nach dem Essen zu übergeben und mich dann zu verabschieden. Zu meiner Erleichterung erschien Rosamund nicht bei Tisch, sie ließ uns wissen, sie habe Kopfschmerzen und wolle sich in ihrem Zimmer ein wenig ausruhen. Angela Marchmont kam etwas später dazu; sie hatte bei Mrs MacMurray gesessen. An Gwens Zustand habe sich nichts geändert, berichtete sie, sie sei immer noch bewusstlos und werde von ihrem Dienstmädchen und Dr. Carter betreut. Während des Essens sprach Mrs Marchmont nur wenig: Ihre Miene wirkte düster und traurig. Bobs dagegen war bester Laune, was ich angesichts der Tatsachen, dass im Haus eine Frau im Sterben lag, ziemlich unpassend fand. Er wolle den schönen sonnigen Tag zu einem Ausflug nutzen, verkündete er und lud Sylvia,

Joan und Simon Gale zu einer Spritztour in die Umgebung ein.

„Der Wagen braucht Bewegung“, sagte er, „und ich bin es leid, den ganzen Tag im Haus zu sitzen. Außerdem habe ich bei Ihnen noch etwas gutzumachen, Gale, nachdem ich Sie bei unserer Ankunft fast in den Graben gedrängt habe. Ich zeige Ihnen mal, wie ein richtiges Auto fährt – ich verspreche Ihnen: Das ist etwas anderes als das, was Nevilles rostiger Schrotthaufen zu bieten hat.“

Gale sah ihn erschrocken an, was man ihm nicht verdenken konnte.

„Ich bin mir nicht sicher, ob -“, begann er.

„Ach, kommen Sie, Simon“, bat Joan. „Es ist ein schöner Tag und es wird uns allen guttun, eine Weile auf andere Gedanken zu kommen. Ich würde all das Schreckliche gerne für ein paar Stunden vergessen, und Sie sicherlich auch.“

„Ja, das ist eine wunderbare Idee“, stimmte Sylvia zu. „Und machen Sie sich keine Sorgen um Bobs‘ Fahrkünste, Simon. Ich sorge dafür, dass er sicher fährt und wir heil wieder nach Hause kommen.“

„Wieder einmal, liebe Schwester, triumphiert die Hoffnung über die Erfahrung“, begann Bobs, hielt dann aber auf einen warnenden Blick von Sylvia hin inne, denn Gale war sichtlich erbleicht. „Kommen Sie, ich verspreche Ihnen, dass ich so fahre, als hätte ich lauter rohe Eier geladen“, beteuerte er eilig.

„Bitte, Simon, kommen Sie mit“, bettelte Joan.

Gale ließ sich endlich überzeugen, dass er sich nicht in Lebensgefahr begab, wenn er zu Bobs ins Auto stieg, und unter fröhlichem Schwatzen setzte sich die Gruppe in Bewegung. Angela Marchmont war verschwunden - vermutlich, um weiter an Gwen MacMurrays Bett zu wachen. Ich war froh darüber, denn das bedeutete, dass ich ohne viel Aufhebens würde abreisen können. Ich hatte inzwischen beschlossen, mich querfeldein zum Bahnhof durchzuschlagenden und mein Gepäck nachschicken zu lassen, um peinliche Abschiedsszenen zu vermeiden und wenigstens einen Teil meiner Würde zu bewahren.

Ich schob meinen Brief unter Rosamunds Tür durch, nicht ohne ein beklommenes Gefühl, und ging dann in mein Zimmer, um meine Sachen zu packen. Das Haus war still, es wirkte menschenleer, und mich überkam plötzlich der dringende Wunsch, so schnell wie möglich zu verschwinden. Zum Schluss sah ich mich um, um mich zu vergewissern, dass ich nichts vergessen hatte, als mir einfiel, dass ich meinen Füllhalter vor dem Mittagessen in der Bibliothek hatte liegen lassen. Er hatte meinem Vater gehört und war eines der wenigen Erinnerungsstücke, die ich von ihm hatte, deshalb wollte ich nicht ohne ihn abreisen. Ich ging den Flur entlang zur Treppe und meinte, das leise Klappen einer Tür zu hören. Ich drehte mich um, konnte aber niemanden sehen. Vielleicht hatte ich mich getäuscht.

Ich eilte die Treppe hinunter in die Bibliothek, wo mein Füllhalter noch immer auf dem Schreibtisch lag. Ich steckte ihn in die Tasche und wollte gerade gehen, als sich die Tür öffnete und jemand eintrat. Es war Rosamund.

# Kapitel Achtzehn

„HALLO", sagte ich verlegen.

Sie antwortete nicht, sondern stand stumm mit dem Rücken zur Tür da, die Augen zusammengekniffen, als würde sie angestrengt nachdenken.

„Angela meint, Hugh habe Neville gar nicht ermordet und würde bald freigelassen", bemerkte sie schließlich. „Stimmt das?"

„Das weiß ich nicht", erwiderte ich. „Sie schien von seiner Unschuld recht überzeugt zu sein, aber warum denkt sie, dass er freigelassen wird? Das hängt doch sicher von der Polizei ab."

„Glaubst du, dass er es war?"

„Ich weiß nicht mehr, was ich von der ganzen Sache halten soll", antwortete ich kopfschüttelnd. „Erst dachten wir, es sei ein Unfall gewesen, dann kam die alberne Aktion von Gale und schließlich hat sich MacMurray verhaften lassen. Und jetzt deutet Angela an, Gwen habe gar nicht versucht, sich umzubringen, sondern sei das Opfer eines Anschlags geworden. Und das hieße, dass unser mysteriöser Mörder immer noch auf freiem Fuß ist. Offenbar stehen wir alle weiterhin unter Verdacht."

„Aber ohne Beweise kann die Polizei niemanden verhaften, oder? Das ist das Problem an der ganzen Sache - es gibt keine Beweise."

„Ja", bestätigte ich. „Hugh MacMurray ist verhaftet worden, weil er kein überzeugendes Alibi hat und weil man den Abdruck seiner Hand auf den Fenstertüren gefunden hat. Jeder Verteidiger, der sein Geschäft versteht, würde dagegenhalten, dass man nicht weiß, wann Hugh mit der Hand an die Glasscheibe gefasst hat. Es könnte jederzeit passiert sein. Nichts deutet zweifelsfrei darauf hin, dass er es in der Mordnacht getan hat. Ich habe das Gefühl, dass die Polizei ihn in der Hoffnung verhaftet hat, ihn zu einem Geständnis zu bewegen, aber wenn er nicht gesteht, hat sie nichts gegen ihn in der Hand. Manchmal denke ich, dass dieser Fall nie aufgeklärt wird und uns allen für den Rest unseres Lebens der Verdacht anhaftet, ein Mörder zu sein. Es ist furchtbar."

„Ja. Wenn ich nur alles hinter mir lassen und von vorn anfangen könnte", murmelte sie wie zu sich selbst.

Bei ihren Worten fiel mir ein, was Bobs mir am Vormittag erzählt hatte, und das Herz wurde mir schwer. Ich hatte vergessen, dass sie und Bobs bereits ihre gemeinsame Zukunft geplant hatten, und dass ich wieder einmal in den Hintergrund treten musste, ohne dass mir jemand Beachtung schenkte.

„Wenn es doch einen schlüssigen Beweis oder am besten ein Geständnis gäbe, dann bestünden keine Zweifel mehr, nicht wahr?", fuhr sie mit lauterer Stimme fort.

„Nein, wahrscheinlich nicht", erwiderte ich und fragte mich, worauf sie hinauswollte.

Rosamund ging zum Schreibtisch, ohne mich aus den Augen zu lassen, als wollte sie versuchen, in meinem

Gesicht zu lesen. Meine Verwirrung wuchs von Minute zu Minute. Schließlich schien sie einen Entschluss zu fassen.

Sie wandte sich ab und ihre nächsten Worte trafen mich völlig unerwartet.

„Weiß die Polizei, dass man dich in Südafrika wegen Mordes angeklagt hat?", fragte sie, nahm ein Buch aus dem Regal und blätterte lässig darin herum.

Ihre Frage verschlug mir den Atem und einen Moment lang brachte ich kein Wort hervor.

„Wie - woher -?", stammelte ich schließlich.

„Wie ich davon erfahren habe?", fragte sie. „Das willst du doch wissen, oder? Von Neville, natürlich."

„Er hat es dir erzählt?"

„Na ja, nicht direkt", antwortete sie. „Wahrscheinlich findest du es grässlich, aber ich habe zufällig ein Telegramm auf seinem Schreibtisch gesehen, als ich eines Tages im Arbeitszimmer herumgestöbert habe. Dein Name fiel mir ins Auge, und ehe ich mich's versah, hatte ich es ganz gelesen!" Sie sah mich mit großen Augen an und lächelte ihr verführerischstes Lächeln. „Einfach furchtbar von mir, nicht wahr?"

Sie sah recht zufrieden aus.

„Also", fuhr sie fort, „weiß der Inspector Bescheid oder nicht?"

„Ja", räumte ich schließlich ein.

„Dann hat er mit dir darüber gesprochen", sagte sie. „Was hat er gesagt? Fand er es nicht verdächtig? Ich meine, die Tatsache, dass in diesem Haus ein Mord geschehen ist und dass einer der Gäste schon einmal wegen Mordes vor Gericht stand, spricht doch Bände, nicht wahr?"

Ich starrte sie ungläubig an. Hielt mich Rosamund etwa für fähig, ihren Mann umgebracht zu haben? Ich wollte protestieren, aber sie beachtete mich nicht.

„Und natürlich hattest du ein sehr starkes Motiv", sagte

sie und senkte bescheiden den Blick. „Schließlich hast du es mir selbst gesagt."

„Rosamund!", rief ich.

„Man kann der Polizei also kaum einen Vorwurf machen, wenn sie dich für den Täter hält, nicht wahr? Vor allem, wenn andere Beweise ans Licht kämen."

„Was für andere Beweise?"

Sie trat zu mir und legte mir die Hand auf den Arm.

„Komm, Charles, du brauchst mir nichts vorzumachen", sagte sie eindringlich. „Du weißt, wie es die Polizei sehen wird. Du warst immer noch in mich verliebt und hast deshalb beschlossen, Neville aus dem Weg zu räumen. Du bist ins Arbeitszimmer gegangen, hast ihm einen Schlag auf den Kopf versetzt und seine Leiche so drapiert, dass es aussah, als sei er aus Versehen gestürzt und hätte sich den Kopf aufgeschlagen. Natürlich wusste ich nichts davon - ich wäre entsetzt gewesen, wenn ich geahnt hätte, was du vorhattest. Armer Neville! Jetzt sehe ich ein, dass es meine Schuld war, weil ich dich in dem Glauben gelassen habe - nun, ich kann nicht leugnen, dass ich die Leute ab und zu ein wenig an der Nase herumführe. Es ist eine schlechte Angewohnheit von mir, ich weiß, aber ich genieße es so sehr, wenn man mich mag. Ich wollte nie, dass es so weit kommt – das glaubst du mir doch, nicht wahr?"

Plötzlich drohten mir die Beine zu versagen. Hatte ich richtig gehört?

„Das meinst du nicht ernst", brachte ich mühsam hervor. „Meinst du wirklich, ich hätte Sir Neville getötet? Ausgerechnet du!"

„Vielleicht nicht. Aber es spielt keine Rolle, was ich denke, oder? Wenn die Polizei überzeugt ist, dass du es warst, und Beweise findet, dann reicht das."

„Aber das ist doch lächerlich. Es gibt keine Beweise."

„Oh, man weiß nie, was noch auftauchen könnte", erwiderte sie vieldeutig.

„Außerdem", fuhr ich mit festerer Stimme fort, „habe ich ein Alibi, genau wie du."

„Ja, ich habe eins, das stimmt?", sagte sie, als sei ihr der Gedanke neu. „Aber ich frage mich, wann die Polizei ihren Irrtum erkennt, jetzt, wo man Hugh für unschuldig hält."

„Welchen Irrtum?"

„Na, die Tatzeit, natürlich! Sobald Hugh von jedem Verdacht befreit ist, wird klar, dass man den Zeitpunkt des Mordes falsch angesetzt hat. Und dann richtet sich die Aufmerksamkeit auf dich und mich, Charles."

„Ich fürchte, ich verstehe nicht."

Sie stieß einen ungeduldigen Seufzer aus.

„Wie begriffsstutzig du manchmal bist! Wenn es nicht Hugh war, der sich um Viertel vor elf im Arbeitszimmer als Neville ausgegeben hat, wer war es dann? Das wird sich die Polizei als Erstes fragen."

„Aber warum? Es wird wohl ein Rätsel bleiben, denn alle anderen haben ein Alibi."

„Ja, genau. Alle anderen haben ein Alibi, sie waren alle zur fraglichen Zeit im Salon. Das weiß die Polizei."

„Und?"

„Na, Dummerchen, das bedeutet, dass wir beide die wahrscheinlichsten Verdächtigen sind. Begreifst du nicht? Für unsere Aussage, dass wir durch die Tür mit jemandem gesprochen haben, gibt es keine Beweise. Wenn wir uns nun geirrt oder gelogen hätten – und davon wird die Polizei ausgehen -, dann lässt sich nicht beweisen, dass Neville um Viertel vor elf noch am Leben war. Er könnte schon viel früher gestorben sein, nämlich irgendwann nach neun Uhr, als er in sein Arbeitszimmer ging. Und wer hat für diesen Zeitraum ein Alibi?"

„Oh", sagte ich überrascht. Daran hatte ich noch gar

nicht gedacht. „Ich verstehe, was du meinst. Ich erinnere mich nicht genau, was ich in dieser Zeitspanne gemacht habe, aber ich bin sicher, dass ich mindestens einmal aus dem Raum gegangen bin, und bei den anderen sieht es vermutlich ähnlich aus. Die Polizei müsste alle Alibis erneut überprüfen.“

Rosamund schüttelte den Kopf.

„Die einzigen Alibis, die sie überprüfen wird, sind unsere“, korrigierte sie mich. „Verstehst du denn nicht? Warum sollten wir behaupten, eine Stimme im Arbeitszimmer gehört zu haben, wenn wir nichts zu verbergen haben?“

„Aber Rosamund, das ist doch absurd. Sicherlich kannst du den Inspector davon überzeugen, was du durch die Tür gehört hast. Wir wissen jetzt, dass ich nichts gehört habe, aber du kannst dich doch nicht so sehr getäuscht haben.“

Rosamund sah mich mitleidig an.

„Mein lieber Idiot, natürlich habe ich mich nicht getäuscht“, entgegnete sie. „Hast du es immer noch nicht begriffen? Da war keine Stimme hinter der Tür.“

Ich starrte sie an.

„Aber du hast gesagt …“

„Ich weiß, was ich gesagt habe, doch es war nicht wahr, Charles. Ich habe gelogen. Ich hatte angenommen, du hättest das längst durchschaut, aber anscheinend lag ich damit falsch.“ Sie begann zu lachen. „Ich war mir des Risikos durchaus bewusst, aber ich hätte mir nie träumen lassen, dass du darauf hereinfällst. Ich danke dir, mein Lieber, dass du mich beschützt hast, ohne es zu wissen. Du warst mir eine große Hilfe.“

„Eine große Hilfe?“, wiederholte ich verständnislos. In meinem Kopf ging alles durcheinander.

„Ja, natürlich. Wenn du mir nicht den Rücken gestärkt hättest, wäre ich jetzt die Hauptverdächtige, und das wäre schrecklich langweilig. Vielleicht säße ich sogar im Gefängnis und das ginge gar nicht, wie du weißt."

„Aber, Rosamund, selbst wenn ich deine Aussage nicht gestützt hätte, würde die Polizei dich doch nicht des Mordes verdächtigen?"

„Nun, sie wäre ausgesprochen dumm, wenn sie es nicht täte", sagte sie schlicht, „weil ich es war."

Wir schwiegen einen Moment, dann lachte ich ungläubig auf.

„Über solche Dinge sollte man keine Witze machen", tadelte ich. „Schließlich schnüffelt die Polizei hier herum. Jemand könnte dich belauschen und dich beim Wort nehmen."

Rosamund betrachtete mich nachdenklich.

„Weißt du, Charles", meinte sie, „ich habe oft vermutet, dass du blind bist, wenn es um mich geht, und jetzt weiß ich, dass ich recht hatte. Was müsste ich wohl tun, damit du schlecht über mich denkst?"

„Was meinst du damit?"

„Ich meine, mein Lieber, dass du entweder furchtbar dumm bist oder ich furchtbar schlau gewesen bin. Und Letzteres ist eher unwahrscheinlich."

„Das ist aber gar nicht nett", sagte ich beleidigt.

„Nein? Ich sage nur, was ich denke. Ich versuche, dir klarzumachen, was passiert ist, und du glaubst mir nicht."

„Natürlich glaube ich dir nicht", erwiderte ich.

Sie schmollte.

„Aber ich will es dir erzählen. Ich brenne schon seit Tagen darauf, es jemandem zu erzählen, aber es gibt sonst niemanden, mit dem ich reden könnte. Bobs würde einen Aufstand machen und jeder andere würde direkt zur

Polizei laufen. Ich weiß, dass ich mich auf dich verlassen kann. Du verrätst mich nicht."

„Bobs würde einen Aufstand machen?" Sein Name lenkte meine Gedanken einen Moment lang in eine andere Richtung.

„Aber ja!", rief sie. „Er hat sich in der Vergangenheit nicht immer ganz korrekt verhalten, aber ich denke, bei einem Mord wäre selbst bei ihm eine Grenze erreicht."

„Rosamund, warum hast du mir nichts von dir und Bobs erzählt?"

„Das tut mir leid, Schätzchen, aber ich dachte, es wäre allgemein bekannt oder Bobs hätte dir etwas gesagt."

„Ich habe es heute erst erfahren. Und du hast zugelassen, dass ich mich zum Narren mache", sagte ich verbittert.

„Kann sein, aber du hast deine Sache großartig gemacht", antwortete sie lachend.

Mir war das Lachen vergangen. Ich war deprimiert und gedemütigt und wollte nichts weiter, als so schnell wie möglich zu verschwinden.

„Ich muss los", sagte ich.

„Aber du weißt doch noch gar nicht, wie ich Neville getötet habe", protestierte sie.

Ich starrte sie fassungslos an. Meinte sie das ernst?

„Ich dachte, das sei ein Scherz gewesen", sagte ich.

„Natürlich war es kein Scherz. Was für eine seltsame Idee! Aber ich finde, dass ich es angesichts der Umstände ziemlich gut hinbekommen habe."

„Aber wie hättest du das anstellen sollen, du hattest doch gar keine Zeit. Selbst wenn Sir Neville, wie du sagst, vor Viertel vor elf ermordet wurde, könnte ich schwören, dass niemand den Salon für mehr als ein paar Minuten verlassen hat. Ja, jetzt erinnere ich mich - du hast an diesem Abend mit allen getanzt."

„Ja, aber das war danach. Ich habe es vorher getan."

Ich sah Rosamund an, die diese ungeheuerlichen Worte ganz ungerührt aussprach. Ein unwirkliches Gefühl überkam mich.

„Vielleicht erzählst du mir einfach, was passiert ist", sagte ich langsam.

# Kapitel Neunzehn



ROSAMUNDS MIENE ERHELLTE SICH AUGENBLICKLICH.

„Wie herrlich! Wo soll ich anfangen?", sagte sie eifrig.
„Am besten ganz am Anfang, als du nach Afrika gegangen
bist und ich Neville geheiratet habe. Du glaubst mir doch,
dass ich dich eine Zeit lang geliebt habe, als wir verlobt
waren? Das habe ich wirklich, mein Schatz. Aber ich fand
die Aussicht, arm zu sein, einfach schrecklich, und dann
kam Neville. Er hat sich in mich verliebt und er war reich,
und ich dachte: Warum nicht? Ich hatte so lange gekämpft
und hatte ein wenig Glück verdient, also sagte ich Ja, als er
um meine Hand anhielt.

In den ersten ein, zwei Jahren war es sehr lustig. Wir
hatten das Haus in London und es gab Partys und Bälle
und viele schöne Dinge zu tun und ich konnte alle meine
Freunde sehen, wann immer ich wollte. Neville war natürlich ziemlich spießig, aber anfangs war das kein Problem.
Er hatte nichts dagegen, dass ich ausging, während er
lieber zu Hause blieb, und so habe ich mich amüsiert und
war sehr glücklich.

Aber nach und nach änderte sich alles. Neville redete

immer öfter über Steuern und Ausgaben und Aktien und all diese langweiligen Sachen, die ich nie verstanden habe, und runzelte die Stirn, wenn ich ihm mein Scheckbuch vorgelegt habe. Er hatte viel Geld - du hast gehört, was Mr Pomfrey gesagt hat -, aber er fand es schrecklich, es für hübschen Tand auszugeben. Er meinte, ich solle etwas sparsamer sein und schon bald wurden seine Ermahnungen immer strenger. Aber sag ehrlich, Schatz, wie soll man in London weniger ausgeben, wenn es so viele Gelegenheiten gibt? Der Lebensstil, den er sich vorstellte, war mir einfach nicht möglich. Ich hatte einen großen Freundes- und Bekanntenkreis und so etwas verpflichtet eben zu bestimmten Ausgaben. Sonst hätte ich mich von ihnen zurückziehen müssen, und das konnte ich nicht ertragen.

Schließlich sagte Neville, er würde das Haus in London verkaufen und sich ganz auf Sissingham Hall niederlassen, mitten in der Einöde. Er hat London nie besonders gemocht, und ich glaube, er dachte, hier auf dem Land würde ich nicht so leicht in Versuchung kommen. Während der Jagdsaison an den Wochenenden war es hier ganz nett - wir hatten viele Leute zu Gast und es war fast so schön wie in der Stadt. Aber die ganze Zeit hier zu leben? Du kannst dir nicht vorstellen, wie langweilig das ist. Nach einiger Zeit haben mich viele wirklich wichtige Leute einfach vergessen, und wenn wir eine Party geben wollten, mussten wir uns meist mit verstaubten alten Militärs und biederen Pfarrersfrauen begnügen. Oh, manchmal war ich in London bei Freunden zu Besuch, aber das war nicht dasselbe, weil ich mich nicht mehr für ihre Gastfreundschaft revanchieren konnte, wie es sich gehörte. Du weißt, Charles, ich stehe gern im Mittelpunkt und ich habe es vermisst, meinen Namen in den Gesellschaftsspalten der Zeitungen zu sehen.

Ohne Bobs und Sylvia wäre ich verrückt geworden.

Mit Bobs habe ich mich besonders angefreundet, aber das weißt du ja. Als wir noch in London wohnten, war alles nur eine kleine Spielerei, aber dann wurde Neville immer unleidlicher, und es wurde ernster zwischen Bobs und mir. Er hat mich gedrängt, Neville um die Scheidung zu bitten. Er meinte, es wüssten sowieso alle, was los sei, also könne Neville kaum etwas dagegen haben und würde sich wie ein echter Gentleman verhalten. Dann würden wir heiraten und ich könnte wieder nach London ziehen und so leben, wie ich es gewohnt war. Meine Freunde scheren sich nicht darum, ob eine Frau geschieden ist, und angesichts von Bobs' gesellschaftlicher Stellung würden die meisten Leute ohnehin so vernünftig sein, es zu übersehen.

Zuerst habe ich ihn ausgelacht, aber nach einer Weile habe ich mir gedacht: Warum eigentlich nicht? Dir kommt das vielleicht seltsam vor, aber ich hatte wirklich das Gefühl, als hätte Neville mich betrogen, als er mich geheiratet hat. Schließlich wusste er, wen er da heiratet, und wir hatten eine stillschweigende Übereinkunft, dass ich machen konnte, was ich wollte. Und ich wollte meinen Spaß haben! Und nach ein paar Jahren verlangte er plötzlich, dass ich damit aufhöre und am Ende der Welt ein ödes Leben führe.

Schließlich nahm ich all meinen Mut zusammen und sprach mit Neville. Natürlich war er nicht besonders erfreut, aber er sagte, er habe es kommen sehen, und alles in allem war es weniger schwierig, als ich erwartet hatte. Er willigte in die Scheidung ein, bestand aber darauf, selbst den Zeitpunkt zu wählen. Er meinte, es gebe im Moment diverse Schwierigkeiten - ich weiß nicht mehr genau, was es war, irgendetwas Geschäftliches, glaube ich. Alles hatte immer mit seinen Geschäften zu tun."

„Aber zur Scheidung kam es nicht", bemerkte ich, als sie schwieg.

„Nein", sagte sie. „Aus irgendeinem Grund war es nie der richtige Zeitpunkt. Er hat es immer wieder hinausgeschoben und ich wurde immer ungeduldiger. Ich wollte so schnell wie möglich weg, schließlich würde Bobs nicht ewig auf mich warten. Jedenfalls habe ich vor ein paar Tagen beschlossen, die Sache selbst in die Hand zu nehmen. Wir hatten uns darauf geeinigt, dass Neville die Schuld auf sich nimmt, aber da er anscheinend nichts unternehmen wollte, wollte ich ihm sagen, dass ich bereit sei, mich schuldig zu bekennen und selbst vor Gericht zu erscheinen, wenn er sich nicht traute, die Sache anzugehen."

„Hast du es Bobs gesagt?", fragte ich.

„Natürlich nicht! Er wäre nie damit einverstanden gewesen. Ich habe auch nicht wirklich damit gerechnet, dass Neville zustimmt. Ich dachte nur, ich könnte ihm auf diese Weise Beine machen. Also folgte ich ihm an jenem Abend in sein Arbeitszimmer, kurz nachdem Neville den Salon verlassen hatte."

Wieder schwieg sie einen Moment. Ich wartete mit angehaltenem Atem.

„Die Tür war verschlossen, also klopfte ich und sagte, ich wolle ihn sprechen. Es war ihm nicht recht, aber er ließ mich ein. Er hatte gerade angefangen, etwas zu schreiben, und setzte sich wieder an seinen Schreibtisch. Ich fragte ihn, wann er endlich die Scheidung einreichen würde, und sagte ihm, es sei nicht fair von ihm, mich immer weiter warten zu lassen. Ich wollte ihm gerade erklären, dass ich bereit sei, die Schuld auf mich zu nehmen, als er mich unterbrach und sagte, er habe darüber nachgedacht und habe seine Meinung geändert - er wolle sich doch nicht scheiden lassen. Er sei von Anfang an dagegen gewesen und habe nur zugestimmt, um mich zufriedenzustellen, aber seitdem sei er zu dem Schluss gekommen, dass er nicht in einen solchen Skandal verwickelt sein wolle. Es tue ihm leid, wenn es mich unglücklich mache, aber sein Gewissen erlaube ihm nicht, sich scheiden zu lassen.

Du kannst dir sicher vorstellen, wie schockiert ich war, als ich das hörte! Nachdem er mich jahrelang hatte warten lassen, brach er plötzlich sein Versprechen. Ich wollte protestieren, erkannte aber sofort, dass seine Entscheidung feststand. Und wenn Neville sich einmal entschieden hatte, ließ er sich nicht mehr umstimmen - er war so stur wie ein Maultier."

Sie seufzte verärgert.

„Ich weiß nicht genau, was dann geschah", fuhr sie fort. „Ich erinnere mich aber, dass ich eine dieser schrecklichen afrikanischen Figuren, die er so gern mochte, in der Hand hatte, weil sie jemand an den falschen Platz gestellt hatte – vermutlich eines der Hausmädchen. Ich stand direkt hinter ihm und mein Blick fiel auf das, was er geschrieben hatte. Ich dachte, dass er es gerade geschafft hatte, mein Leben mit einem Federstrich zu zerstören. Und dann fragte ich mich, was wohl passieren würde, wenn ich ihm einen kleinen Schlag auf den Kopf gab. Es wäre eine so wunderbar einfache Art, ihn loszuwerden. Eigentlich glaube ich nicht, dass ich es wirklich tun wollte, aber dann lag er plötzlich tot über dem Schreibtisch! Erst hoffte ich inständig, dass ich ihn nur bewusstlos geschlagen hatte - was schlimm genug gewesen wäre. Er hatte eine dicke Beule am Kopf, und als ich versuchte, ihn aufzusetzen, rutschte er zur Seite weg und fiel auf den Boden. Da wusste ich, dass er nicht mehr aufwachen würde.

Als mir klar wurde, was ich angerichtet hatte, geriet ich natürlich in ziemliche Panik. Mein erster Gedanke war, dass nun mit Bobs alles aus sein würde, und dass man mich wahrscheinlich als gemeine Mörderin hängen würde. Zunächst wollte ich so schnell wie möglich aus dem Arbeitszimmer verschwinden, in der Hoffnung, dass niemand meine Abwesenheit im Salon bemerkt hatte. Ich konnte seinen Anblick nicht länger ertragen, also löschte ich das Licht und lief hinaus. Den Schlüssel nahm ich mit und schloss die Tür hinter mir ab. Ich hoffte, dass niemand versuchen würde, Neville bei seiner Arbeit zu stören, sodass ich etwas Zeit hätte, mir zu überlegen, wie es weitergehen sollte. Das Vernünftigste schien mir, in den Salon zu gehen und mich so munter und unbeschwert wie möglich zu geben, damit niemand Verdacht schöpfte oder fragte, wo Neville sei. Charles, kannst du dir vorstellen, wie ich mich an jenem Abend gefühlt habe? Während ich verzweifelt versucht habe, meine Gäste zu unterhalten und so zu tun, als sei alles in Ordnung, lag Neville im Arbeitszimmer – und ich hatte ihn umgebracht! Ich hatte furchtbare Angst, dass Simon ihn etwas unterschreiben lassen wollte oder dass Joan aus irgendeinem Grund zu ihm gehen würde oder - oder dass sonst etwas schiefging und man ihn bald finden würde. Dann wäre natürlich sofort klar gewesen, dass ich es war.

Als ich mich ein wenig beruhigt hatte, begann ich klarer zu denken. Ich wusste, dass ich früher oder später ins Arbeitszimmer zurückkehren musste. Die Polizei ist heutzutage sehr geschickt, wenn es um Fingerabdrücke geht, und meine waren natürlich auf der afrikanischen Figur zu finden. Ich fragte mich, ob ich Nevilles Tod wie einen Unfall aussehen lassen konnte. Ich dachte an den Kamin – wenn ich genug Zeit hätte und mich anstrengte, könnte ich ihn quer durch den Raum dorthin zerren. Allerdings musste es so aussehen, als hätte er sich im Arbeitszimmer eingeschlossen, aber wie sollte ich das anstellen? Ich musste den Schlüssel von innen stecken lassen, sonst könnte man denken, jemand sei durch die Tür ein- oder ausgegangen. Die einzige andere Möglichkeit, nach draußen zu gelangen, waren die Fenstertüren - aber

Rogers schließt die Außentüren jeden Abend um elf Uhr ab und bis dahin würde ich kaum alles tun können, was ich tun müsste, sonst würdet ihr euch alle fragen, wohin ich verschwunden war. Ich zog sogar kurz in Erwägung, mitten in der Nacht ins Arbeitszimmer zu schleichen, die Fenstertüren von außen abzuschließen und mich auf diese Weise bis zum Morgen auszusperren. Das war natürlich keine sonderlich erfolgversprechende Idee, ich wäre sofort aufgeflogen.

Dann fiel mir plötzlich ein, dass Neville Ersatzschlüssel für das Haus in seiner Schreibtischschublade hatte und dass der Schlüssel zu dieser Schublade in seiner Jackentasche war. Das bedeutete, dass ich mich, lange nachdem ihr alle zu Bett gegangen wart, ins Arbeitszimmer schleichen und alles so arrangieren konnte, dass es wie ein Unfall aussah. Dann konnte ich durch die Fenstertüren auf die Terrasse gehen und durch die Seitentür wieder ins Haus kommen. Das hieß also, dass ich die Schlüssel später in die Schublade zurücklegen musste, für den Fall, dass sich jemand an die Existenz der Ersatzschlüssel erinnerte. Ich war mir allerdings sicher, dass mir das ohne allzu große Schwierigkeiten gelingen würde. Als ich mir meinen Plan zurechtgelegt hatte, ging es mir besser − ich war sogar richtig stolz auf mich, weil ich so schlau war. Hättest du es für möglich gehalten, Charles, dass ich mit euch Consequences gespielt und mir dabei den Kopf zerbrochen habe, wie ich am besten einen Mord vertuschen kann? Aber als mir das mit den Schlüsseln eingefallen war, hatte ich, glaube ich, genauso viel Spaß wie ihr anderen. Es ist wirklich ein albernes Spiel, nicht wahr?

Und dann schlug Joan vor, Neville dazuzuholen, und hätte all meine schönen Pläne fast zunichte gemacht. Einen Moment lang wusste ich nicht, was ich tun sollte. Dann kam mir der Gedanke, dass dies die perfekte Gelegenheit war, um weitere Nebelkerzen zu zünden. Ich brauchte nur mit einem Zeugen zum Arbeitszimmer zu gehen und so zu tun, als würde ich durch die Tür mit Neville sprechen, und schon würden alle denken, dass er um Viertel vor elf noch am Leben und wohlauf war. Solange ich im Salon blieb, bis alle Außentüren abgeschlossen waren, käme ich auf diese Weise an ein Alibi, falls jemand an der Sache mit dem Unfall zweifelte. Es war ein Risiko, aber eines, das sich lohnte, dachte ich, solange es mir gelang, meinen Zeugen zu überzeugen."

„Und du hast mich als Zeugen gewählt, weil du dachtest, mich könntest du am leichtesten täuschen", stellte ich bitter fest. „Halten mich wirklich alle für einen solchen Idioten?"

Sie sah mich freundlich an.

„Du bist überhaupt kein Idiot, Charles", antwortete sie. „Aber du bist so wunderbar arglos. Ich wusste, dass es ein Leichtes sein würde, dich glauben zu lassen, dass Neville wirklich mit mir gesprochen hat."

Sie hatte natürlich recht. Ich war so von ihr geblendet, dass sie alles hätte erzählen können - und ich hätte ihr geglaubt. Und das wusste sie. Ich verspürte ein flaues Gefühl in der Magengegend.

„Und weiter?", fragte ich, weil mir nichts anderes einfiel.

„Nun, du weißt, was danach passiert ist. Ich sprach mit Neville und tat so, als hätte er mir geantwortet, dann kehrten wir in den Salon zurück und stießen unterwegs auf Hugh. Verdammter Hugh!", rief sie plötzlich. „Warum um alles in der Welt musste er sich ausgerechnet zu diesem Zeitpunkt die Beine auf der Terrasse vertreten und die Aufmerksamkeit auf sich lenken? Wenn er nicht gewesen wäre, hätte die Polizei den Zeitpunkt des Todes nicht infrage gestellt, sondern wäre letztendlich zu dem Schluss gekommen, dass es ein Unfall war oder dass Neville von einem mysteriösen Eindringling umgebracht worden ist. Stattdessen kam Inspector Jameson auf den absurden Gedanken, Hugh habe sich als Neville ausgegeben – und dann hat er ihn verhaftet.“

„Ich hätte angenommen, dass du dich darüber freust“, sagte ich.

„Natürlich nicht! Hältst du mich wirklich für ein solches Ungeheuer? Es ging doch nur darum, niemanden in Verdacht zu bringen. Als der Inspector mir erzählte, was seiner Meinung nach geschehen ist, war ich entsetzt, aber ich hätte ihm seine Theorie nur ausreden können, wenn ich selbst ein Geständnis abgelegt hätte. Ich konnte nichts tun.“

„Du meinst, du hättest Hugh seinem Schicksal überlassen“, stellte ich fest.

„Oh, er wäre sicher davongekommen“, erwiderte sie. „Du hast ja selbst gesagt, die Polizei habe eingeräumt, dass sie keine Beweise hat, um ihren Verdacht zu erhärten. Aber wo war ich stehengeblieben?“

„An der Stelle, wo wir gerade mit MacMurray in den Salon zurückgekehrt sind.“ Ich hatte immer mehr das Gefühl, blindlings durch einen schrecklichen Albtraum zu taumeln.

„Ach ja. Also, irgendwann sind wir alle zu Bett gegangen, aber ich blieb natürlich wach und wartete. Es war schon nach zwei Uhr, als ich schließlich nach unten ins Arbeitszimmer geschlichen bin. Insgeheim hatte ich gehofft, dass ich mir das alles nur eingebildet hatte, aber nein, da lag er immer noch auf dem Boden neben dem Schreibtisch. Gott sei Dank war kein Blut zu sehen. Erst habe ich ihn zum Kamin gezerrt. Er war so furchtbar schwer, dass ich dachte, die Arme würden mir aus den Gelenken gerissen. Dann stieß ich das Kaminbesteck um, damit es so aussah, als sei Neville dagegengefallen, goss Whisky in ein Glas, das ich mit meinem Taschentuch festhielt, und stellte es vorsichtig neben die Leiche.

Ich stand an der Tür und war gerade dabei, meine Fingerabdrücke vom Schlüssel abzuwischen, als etwas Schreckliches passierte. Jemand klopfte an der Tür und drückte die Klinke herunter. Ich wäre vor Schreck fast gestorben! Ich blieb ganz still stehen und wartete. Zum Glück hatte ich daran gedacht, mich einzuschließen. Wer auch immer es war, klopfte erneut und fragte mit leiser Stimme: „Neville?" Daraus schloss ich, dass derjenige mich nicht gesehen hatte, sondern dachte, das Licht sei noch an, weil Neville arbeitete."

„Das muss MacMurray gewesen sein", sagte ich.

„Ja, Simon hat ihn gesehen, nicht wahr? Ich hatte keine Ahnung, wer es war, aber ich hatte schreckliche Angst. Ich hielt den Atem an und lauschte, und dann hörte ich, wie sich Schritte entfernten. Dennoch wartete ich eine gefühlte Ewigkeit, bevor ich wagte, Luft zu holen und weiterzumachen.

Ich hatte mir vorgenommen, die ganze Sache vorsichtig und ruhig anzugehen, aber nach diesem Schrecken muss ich den Kopf verloren haben. Sonst hätte ich sicher nicht so viele Fehler gemacht. So dachte ich plötzlich, ein verschüttetes Glas Whisky würde nicht annähernd ausreichen, um es so aussehen zu lassen, als sei Neville im betrunkenen Zustand umgefallen. Also habe ich das Zeug in meiner Panik einfach überall hingeschüttet, anstatt die Karaffe mit einem Taschentuch zu nehmen und sie draußen vorsichtig auf dem Rasen auszugießen, damit es so aussah, als habe er zu viel getrunken. Ich bin mir nicht sicher, woher mir die verrückte Idee kam, dass das Zimmer nach Whisky stinken müsse. Und es war sehr dumm von mir, die Karaffe danach zu abzuwischen, das sehe ich jetzt ein.

Was war sonst noch? Ach ja, ich musste die afrikanische Statue säubern. Als ich sie in die Hand nahm, fielen mit ein paar Haare auf, die am Holz klebten, also kratzte ich sie vorsichtig am Kaminsims ab, um den Anschein zu erwecken, als hätte sich Neville den Kopf daran gestoßen. Natürlich sagt Angela, dass er sowieso in der falschen Position lag und unmöglich aus Versehen gefallen sein kann, aber das wusste ich in dem Augenblick ja nicht. Beim nächsten Mal werde ich viel umsichtiger vorgehen.

Als ich alles so überzeugend wie möglich arrangiert hatte, holte ich den Schreibtischschlüssel aus Nevilles Tasche, nahm die Hausschlüssel aus der Schublade und schloss die Schublade wieder ab, für den Fall, dass sich jemand an die Ersatzschlüssel erinnerte, bevor ich die Gelegenheit hatte, sie zurückzulegen. Dann schloss ich die Fenstertüren auf, entriegelte sie, trat auf die Terrasse und wischte die Klinke ab. Ich schlich mich zur Seitentür, ging ins Haus und schloss hinter mir ab. Erst als ich wieder in meinem Zimmer war, fiel mir ein, dass ich die Fenstertüren nicht verriegelt hatte, aber das machte mir keine großen Sorgen - ich war sicher, dass es niemandem auffallen würde. Ich nahm mir einfach vor, es am Morgen nachzuholen, wenn ich die Schlüssel zurücklegte.

Ich habe in jener Nacht kein Auge zugetan, wie du dir sicher vorstellen kannst. Ich rechnete jeden Moment damit, dass jemand Neville finden und Alarm schlagen würde, obwohl das natürlich absurd war. Erst am Morgen ging das Tohuwabohu los und ich musste mich zusammenreißen, um meine Rolle zu spielen. Mr Pomfrey überbrachte mir die Nachricht. Er war sehr freundlich, aber ein schlechtes Gewissen konnte ich mir nicht leisten - das Wichtigste war, keinen Verdacht zu erregen. Ich tat so, als würde ich die Nachricht erst einmal sacken lassen, dann war ich ganz ruhig und würdevoll und sagte ihm, dass ich Neville gerne allein sehen wollte, bevor der Arzt kam Es war ihm nicht recht, aber da er von einem Unfall ausging, konnte er mir diesen letzten Moment mit meinem verstorbenen Ehemann nicht verweigern.

Kaum war ich im Arbeitszimmer, rannte ich zum Schreibtisch, schloss die Schublade auf und legte die Schlüssel, die ich in ein Taschentuch gewickelt hatte, zurück. Dann schloss ich ab und steckte den Schubladenschlüssel in Nevilles Jackentasche. Jetzt weiß ich, dass es ein Fehler war, sie abzuwischen – so wie es ein Fehler war, die Karaffe abzuwischen, aber da niemand jemals auf den Gedanken kommen würde, dass es sich so zugetragen hatte, ist das jetzt egal. Es gab einen schrecklichen Moment, als der Inspector nach dem zweiten Schlüsselbund fragte, und mir das Herz in die Hose rutschte, aber zu meiner Erleichterung beließ er es bei der Frage.

Ich wollte gerade die Fenstertüren abschließen und verriegeln, als Joan aufgeregt hereinstürzte, also musste ich sie unverschlossen lassen. Zuerst machte mir der Gedanke Angst, aber dann überlegte ich, dass man im schlimmsten Fall annehmen würde, dass sie aus Versehen offengelassen worden waren oder dass jemand von draußen eingedrungen war – falls es überhaupt jemandem auffiel, dass sie nicht zugesperrt waren. Niemand würde auf die Idee kommen, es sei einer der Hausbewohner gewesen, weil alle Außentüren um elf Uhr abgeschlossen werden.“

„Aber dann ist es doch jemandem aufgefallen“, sagte ich.

„Oh ja, Angela.“ Rosamund schüttelte den Kopf. „Warum musste sie überhaupt davon anfangen? Ich wünschte, sie hätte den Mund gehalten.“

„Ich glaube, das wünscht sie sich auch“, wandte ich

ein, „jedenfalls hat sie etwas in der Richtung angedeutet. Aber Sylvia und ich waren dabei, als sie es entdeckt hat, und Mr Pomfrey und der Doktor kamen kurze Zeit später dazu, und da war es zu spät, es zu vertuschen."

„Warum habe ich bloß nicht daran gedacht, sie abzuschließen, als ich gegangen bin?", platzte Rosamund wütend heraus. „Dann wäre Neville sicher im Arbeitszimmer eingeschlossen gewesen, und niemand hätte auch nur im Traum daran gedacht, dass an seinem Tod irgendetwas Verdächtiges sein könnte. Man hätte seinen Tod als tragischen Unfall behandelt und niemand hätte einen Grund gehabt, genauer hinzusehen."

Ich musste ihr widerwillig beipflichten. Angela hatte recht mit ihrer Vermutung, es sei kein vorsätzlicher Mord gewesen, aber es war ein fast perfektes Verbrechen. Dank Rosamunds Geistesgegenwart waren wir von der Viertelstunde zwischen Viertel vor elf und elf Uhr als Tatzeit ausgegangen und hatten uns den Kopf zerbrochen, wie der Mord in so kurzer Zeit begangen werden konnte. Es war niemandem in den Sinn gekommen, dass diese Viertelstunde nicht ausreichte und dass der Mörder in der Nacht an den Tatort zurückgekehrt sein musste, um die falsche Spur zu legen. Die Idee, die Ersatzschlüssel aus der Schreibtischschublade zu nehmen und am nächsten Tag zurückzulegen, war genial. Wenn man auch die Fenstertüren verschlossen vorgefunden hätte, hätten wir alle die Theorie vom Unfall ohne Weiteres akzeptiert, und niemandem wäre aufgefallen, dass die Szenerie nicht allzu überzeugend gestaltet war. Die ganze Sache war brillant in ihrer Einfachheit - oder sie wäre es gewesen, wenn nicht Hugh MacMurray mitten in der Nacht an der Tür zum Arbeitszimmer aufgetaucht und die aufgelöste Joan Rosamund am nächsten Morgen nicht gestört hätte.

„Aber Rosamund, was ist mit Gwen?", fragte ich. „Warst du das?"

Sie schaute mich eine Sekunde lang verständnislos an.

„Oh! Ja, das war ich auch. So schade - ich wollte es wirklich nicht tun, aber ich hatte keine Wahl. Sie hat gesehen, wie ich nach dem Essen ins Arbeitszimmer gegangen bin."

„Hat sie dir das erzählt?"

„Ja. Anfangs war ihr nicht klar, was sie gesehen hatte, deshalb hat sie es nicht erwähnt. Erst später ging ihr ein Licht auf und sie hat mich damit konfrontiert. Das hätte unangenehm werden können, denn ich hatte der Polizei gesagt, dass ich an jenem Abend nicht in der Nähe des Arbeitszimmers war, zumindest nicht, bevor wir beide hingegangen sind. Hast du nicht gehört, wie sie gestern Abend beim Essen darauf angespielt hat? Ich hatte Angst, dass sie es vor euch allen ausplaudert, aber zum Glück hat sie es nicht getan."

„Sie hat dich also beschuldigt, nachdem du ihr in den Salon gefolgt bist?"

„Ja. Da Hugh nicht die Stimme hinter der Tür gewesen sein konnte, wurde ihr klar, dass wir beide, du und ich, gelogen haben mussten und Neville möglicherweise schon vor der fraglichen Viertelstunde gestorben sein könnte. Da sie mich ins Arbeitszimmer hatte gehen sehen, zählte sie zwei und zwei zusammen und kam zu dem Schluss, dass ich ihn umgebracht haben musste. Und wenn jemand wie Gwen diese Schlussfolgerung ziehen kann", fuhr sie fort, „dann kann es die Polizei sicher auch."

„Was hast du zu ihr gesagt?"

„Was sollte ich schon sagen? Ich habe natürlich alles so charmant wie möglich abgestritten. Außerdem habe ich behauptet, ich könnte beweisen, wer es wirklich war, dass ich aber erst mit Inspector Jameson sprechen müsse und es ihr daher nicht verraten könne. Schließlich müsse man befürchten, dass die örtliche Polizei Hugh das Verbrechen um jeden Preis anhängen wollte, da er eine leichte Beute war und ich nicht darauf vertraute, dass die Beweise nicht manipuliert würden. Natürlich war es eine fadenscheinige Geschichte, aber auf die Schnelle fiel mir nichts anderes ein. Sie war so erleichtert, dass Hugh bald freigelassen werden würde, dass sie sie einfach geschluckt hat. Ich habe ihr versprochen, ihr am nächsten Tag alles zu erzählen, aber erst einmal sollte sie zu Bett gehen und schlafen. Ich erinnerte mich, dass sie mir einmal erzählt hatte, sie nehme Veronal, und zum Glück hatte ich zufällig etwas von dem Zeug dabei - der Arzt hat mir nach Nevilles Tod ein Fläschchen dagelassen. Ich schenkte ihr einen Brandy ein und gab ein paar Tropfen Veronal ins Glas, und sie hat es getrunken und ist dann brav wie ein Lamm zu Bett gegangen."

„Das war ziemlich riskant. Was, wenn es nicht geklappt hätte?"

„Ich hätte mir etwas einfallen lassen, aber ich hatte nichts zu verlieren, weißt du. Sie drohte damit, es der Polizei zu sagen - obwohl ich mir sicher bin, dass sie stattdessen versucht hätte, mich zu erpressen, wenn Hugh nicht verhaftet worden wäre. Sie ist der Typ dafür."

In diesem Moment wurde mir die Situation mit schmerzlicher Klarheit bewusst und ich spürte, wie mir das Herz in die Hose rutschte. Bobs, Sylvia, sogar Rosamund selbst - sie alle hatten recht gehabt und nun konnte ich nicht mehr die Augen davor verschließen. Mehr als acht Jahre lang hatte ich ein völlig falsches Bild von Rosamund gehabt. Sie war nicht das engelsgleiche Geschöpf meiner Fantasie, sondern hatte sich im Gegenteil als kaltblütig und berechnend erwiesen. Hatte ich nicht immer gewusst, dass ihr ein Leben in Armut und Bedeutungslosigkeit unerträglich erscheinen würde? Sie hatte mich mit einem Lachen fallengelassen und stattdessen einen reichen Mann geheiratet, den sie nicht liebte, und doch hatte ich noch Jahre später in ihrem Egoismus etwas Reizvolles gesehen und ihn als Teil ihrer Anziehungskraft betrachtet. Was war ich doch für ein Narr gewesen! Und jetzt stand sie hier und erzählte mir lässig, dass sie ihren Mann ermordet hatte, weil sie sich langweilte und er sich geweigert hatte, sie freizugeben, damit sie einen anderen, noch reicheren Mann heiratete.

Rosamund sah mich unbeirrt an.

„Du bist ganz blass geworden", bemerkte sie. „Habe ich dich furchtbar erschreckt?"

Ich schluckte.

„Ich muss gestehen, dass mich deine Schilderung der Ereignisse ziemlich erschüttert hat", brachte ich schließlich hervor. Im selben Moment blitzte mir ein anderer Gedanke durch den Kopf. „Aber warum hast du mir das alles erzählt, Rosamund? Was willst du von mir? Du erwartest doch sicher nicht, dass ich das alles für mich behalte. Normalerweise kannst du dich auf meine Diskretion verlassen, aber das - das ist zu viel."

„Ja, ich dachte mir, dass du das sagst", antwortete sie. „Und ich wusste, dass du nicht schweigen würdest, aber keine Angst - niemand wird es je erfahren. Dafür werde ich sorgen."

Ich sah sie verwirrt an. Worauf wollte sie hinaus?

„Warum hast du es mir dann erzählt?", wiederholte ich.

„Charles, du weißt doch, dass ich Geheimnisse unweigerlich ausplaudere – dabei ist dies ein Geheimnis, von dem niemand je erfahren darf! Aber ich wollte es unbedingt mit jemandem teilen, und so habe ich mich für dich entschieden."

Während sie sprach, holte sie ein Stück Papier aus

ihrer Tasche und faltete es auf. Sie hielt es mir hin und ich erkannte den Brief, den ich ihr geschrieben hatte - vor einer gefühlten Ewigkeit.

„Was hast du übrigens damit gemeint?", fragte sie.

„Wieso? Ich habe genau das gemeint, was ich geschrieben habe", antwortete ich, obwohl ich mir jetzt nicht mehr sicher war, ob es stimmte. Glaubte sie, dass die Freundschaft, die ich ihr in meinem Brief versprach, so weit ging, dass ich ihr half, einen Mord zu verschweigen.

„Aber was genau hast du gesagt?"

Ich wurde immer verwirrter.

„Ich verstehe nicht. Ich habe mich für meinen Fehler von heute Morgen entschuldigt und gesagt, dass ich das Haus verlassen werde, um allen Beteiligten weitere Peinlichkeiten zu ersparen. Eigentlich wollte ich nur meinen Füllhalter suchen und danach sofort verschwinden."

„Ah", nickte sie.

„Warum fragst du?"

Sie lachte.

„Wahrscheinlich findest du es absurd, Charles", sagte sie, „aber als ich deinen Brief las, war mein erster Gedanke, dass du etwas Dummes anstellen würdest."

„Was zum Teuf- du meinst … dass ich mich umbringen würde?", stieß ich hervor.

„Oh ja." Sie blickte auf das Papier hinunter. „,Und nun scheint mir nichts anderes übrig zu bleiben, als dich von meiner unliebsamen Anwesenheit zu befreien'", las sie vor. „,Wenn ich erst nicht mehr da bin … wirst du an mich hoffentlich als einen Freund denken.' Du musst zugeben, das klingt so, als wolltest du dir etwas antun."

Bei dem Gedanken, dass sie meine schlichten Worte so gedeutet hatte, musste ich unwillkürlich lachen.

„Natürlich wollte ich mir nichts antun", sagte ich. „Warum sollte ich?"

„Ja, das kam mir schon seltsam vor. Ich konnte mir nur vorstellen, dass du bei dem Gedanken, mich zu verlieren, dermaßen am Boden zerstört warst, dass du nicht mehr leben wolltest, aber ich konnte es nicht recht glauben. Ich weiß, ich bin eingebildet, Schatz, aber selbst ich erwarte normalerweise nicht, dass sich Männer aus Liebe zu mir umbringen. Trotzdem …"

Sie zögerte.

„Sprich weiter", forderte ich sie auf.

„Nun, ich habe mir überlegt, dass mir dein Selbstmord sehr gelegen käme."

# Kapitel Zwanzig

Ich spürte, wie mir das Blut in den Adern gefror.

„Was willst du damit sagen?“, fragte ich.

„Verstehst du denn nicht? Das würde die ganze Geschichte so schön abschließen. Alle würden denken, dass du Neville umgebracht hast und dann von Gewissensbissen geplagt diesen Ausweg gewählt hast! Und dieser Brief wäre der endgültige Beweis.“

„Das ist lächerlich“, sagte ich. Meine Stimme klang unnatürlich rau.

„Aber nein!“, rief sie. „Es ist ein wunderbarer Plan, meinst du nicht? Als Verdächtiger bist du einfach ideal, zumal du schon einmal wegen Mordes vor Gericht gestanden hast. Es ist allgemein bekannt, dass wir einmal verlobt waren und dass du mich immer noch geliebt hast. Man wird annehmen, dass du Neville loswerden wolltest, um wieder mit mir zusammen sein zu können. Also hast du ihn umgebracht und bist dann später mit mir zum Arbeitszimmer gegangen und hast so getan, als würdest du seine Stimme durch die Tür hören, damit wir alle glaub- ten, er sei noch am Leben. Dann bist du mitten in der

Nacht die Treppe hinuntergeschlichen und hast alles so arrangiert, dass es wie ein Unfall aussah. Ein paar Tage später habe ich deine Annäherungsversuche zurückgewiesen und du hast dich aus Verzweiflung und Reue umgebracht. Oh, das ist perfekt!"

Sie klatschte vor Begeisterung in die Hände.

Ich traute meinen Ohren nicht. Rosamund hatte gerade zugegeben, ihren Mann ermordet zu haben, und jetzt verdrehte sie ihr eigenes Geständnis so, dass es auf mich passte!

Plötzlich fiel mir etwas ein, und ich schüttelte den Kopf.

„Das würde nicht funktionieren", sagte ich. „Du hast der Polizei bereits gesagt, du hättest Sir Nevilles Stimme durch die Tür des Arbeitszimmers gehört, während ich angegeben habe, dass ich nichts gehört habe."

Sie fegte meinen Einwand mit einer wegwerfenden Handbewegung beiseite.

„Daran habe ich schon gedacht. Ich sage dem Inspector einfach, ich hätte mich wohl geirrt und nur wiederholt, was du mir gesagt hast. Ursprünglich hatte ich natürlich keinen Grund, dir nicht zu glauben, aber ich wurde misstrauisch, als du später deine Geschichte geändert und behauptet hast, du hättest gar nichts gehört."

„Wie soll ich denn dann zurück ins Haus gekommen sein, nachdem ich das Arbeitszimmer durch die Fenstertüren verlassen hatte?"

„Oh, da fällt uns bestimmt etwas ein. Vielleicht hast du die Nacht draußen verbracht und hast dich früh am nächsten Morgen wieder ins Haus geschlichen, so wie ich es auch vorhatte. Oder vielleicht gibt es einen dritten Schlüssel, von dem wir nichts wissen. Da lässt sich etwas arrangieren, keine Sorge."

„Sei nicht albern, Rosamund, nichts wird arrangiert.

Ich habe nicht die Absicht, einen Mord zu gestehen, den ich nicht begangen habe. Allein die Vorstellung ist lächerlich!"

„Angela weiß es", sagte sie, als hätte ich gar nicht gesprochen. „Sie war vor dem Mittagessen bei mir und hat gesagt, Hugh würde freigelassen werden und es sei an der Zeit, diesem Unsinn ein für alle Mal ein Ende zu setzen, bevor noch jemand verletzt oder verhaftet würde. Sie wollte mich überreden, ein Geständnis abzulegen. Ihrer Meinung nach würde man mir gegenüber Nachsicht walten lassen, aber ich wüsste nicht, wie das möglich sein soll, du etwa?"

„Hat sie die ganze Zeit gewusst, dass du es warst?"

„Nein, das glaube ich nicht. Sie hatte einen Verdacht, aber Gewissheit hatte sie erst, als ich Gwen vergiftet hatte. Sie wusste, dass mir Dr. Carter Veronal verschrieben hat."

„Was hast du gesagt?"

„Ich habe natürlich alles abgestritten, und schließlich musste sie unverrichteter Dinge wieder gehen. Ich brauchte Zeit, um mir zu überlegen, was ich als Nächstes tun sollte. Ich wusste, dass man mich nicht verhaften würde, selbst wenn man mich verdächtigt, denn noch immer gibt es keine handfesten Beweise, und solange die nicht vorliegen, kann die Polizei niemanden verhaften. Ich ging in mein Zimmer und versuchte nachzudenken. Das Beste wäre, wenn die Polizei verschwinden und das Rätsel ungelöst zurücklassen würde. Das wäre zwar unbefriedigend, aber wenigstens wäre niemand von uns hinter Gitter und das war das Wichtigste."

„Aber warum bist du dann hierher in die Bibliothek gekommen, um mir deine Tat zu beichten, Rosamund? Wenn du das Geheimnis für dich behalten hättest, wäre es wahrscheinlich so gekommen, wie du gesagt hast: Das Rätsel wäre höchstwahrscheinlich ungelöst geblieben."

„Weil du mir diesen Brief geschrieben hast", sagte sie. „Beim Lesen war mir sofort klar, dass er die perfekte Lösung für alle Probleme ist."

„Ich fürchte, ich verstehe nicht."

„Weißt du nicht mehr, was du geschrieben hast? Hier, lies selbst."

Sie reichte mir den Zettel und ich blickte verständnislos darauf.

„,Ich schreibe dir in der Hoffnung, dass du mir verzeihst, was ich getan habe, obwohl man es dir kaum verdenken kann, wenn du mein Tun für unverzeihlich hältst'", zitierte sie. „Begreifst du denn nicht? Du hast den Mord an Neville so gut wie gestanden. Zumindest wird die Polizei das so sehen."

Ich stieß ein ungläubiges Lachen aus.

„Rede keinen Unfug! So habe ich das überhaupt nicht gemeint." Trotzdem durchfuhr mich ein Gefühl des Grauens. Hatte sie womöglich recht? Könnte mein Versuch, mich für meine unbeholfenen Annäherungsversuche vom Vormittag zu entschuldigen, tatsächlich als Eingeständnis von etwas viel Schlimmerem interpretiert werden?

„Das ist kein Unfug. Ich weiß, was du gemeint hast, aber es ist so wunderbar vage formuliert, dass es ebenso gut als Geständnis aufgefasst werden könnte. Oh, Charles, ich kann dir gar nicht sagen, wie sehr ich mich gefreut habe, als ich das gelesen habe!"

Ich starrte sie fassungslos an. Natürlich wusste ich nur zu gut, was ich geschrieben hatte. Rosamund hatte recht. Ich hatte sie für meinen Fehltritt um Verzeihung gebeten, aber jeder, der den Brief las und nichts von meinem Annäherungsversuch wusste, konnte ihn leicht anders interpretieren - nämlich als ein Mordgeständnis.

„Du scheinst eins zu vergessen", wandte ich ein. „Ich

habe den Brief geschrieben und ich kann genau erklären, was ich damit gemeint habe."

Das Lächeln, mit dem sie mich bedachte, war schön und schrecklich zugleich.

„Ah, ja", sagte sie. „Aber du wirst nicht in der Lage sein, es zu erklären, nicht wahr? Das muss dir doch inzwischen klar geworden sein."

Ich blickte auf und sah, dass sie etwas aus ihrer Tasche geholt hatte, das sie mit kühlem Interesse untersuchte. Es glitzerte im Nachmittagslicht und war so klein, dass ich zuerst dachte, es sei ein Kinderspielzeug.

„Ein hübsches kleines Ding, nicht wahr?", sagte sie, als sie meinen Blick bemerkte. „Neville hat es mir vor ein paar Jahren geschenkt. Keine Ahnung, warum er meinte, ich bräuchte eine Waffe, aber man weiß ja nie."

„Willst du mich erschießen?", brachte ich mühsam hervor.

„Natürlich werde ich dich nicht erschießen!", antwortete sie mit weit aufgerissenen Augen. „Du bist einer meiner ältesten und liebsten Freunde. Wie könnte ich so etwas tun? Aber -" Sie hielt inne, als suchte sie nach den richtigen Worten. „Es würde mich sehr, sehr glücklich machen, wenn du mir diesen großen Gefallen tun würdest - den größten aller Gefallen, um genau zu sein."

Sie kam langsam auf mich zu und schaute mir in die Augen. Die Sonne ließ ihr rotgoldenes Haar leuchten, als stünde es in Flammen, und umschmeichelte ihren makellosen Teint. In diesem Moment, als sie so vor mir stand, war sie schöner, als ich sie je gesehen hatte, und mir stockte der Atem. Sie nahm meine Hand, und während sie leise auf mich einsprach, verschwammen ihre eindringlichen Worte zu einem Summen, zogen mich in ihren Bann, hypnotisierten und fesselten mich.

Wie könnte ich mit dem Wissen weiterleben, sagte sie, dass die Frau, die ich liebte, unerreichbar war, weil ein anderer sie liebte und für sich gewonnen hatte? Wie herrlich wäre es, mein Leben für sie und für meinen besten Freund seit Kindertagen hinzugeben! Sie hatte ihren Mann nicht töten wollen - natürlich nicht. Es sei ein großer Fehler gewesen, für den sie auf die eine oder andere Weise mit ihrem Leben würde bezahlen müssen, wenn ich nicht den Mut und die Großzügigkeit aufbrächte, ihr zu Hilfe zu kommen. In den vergangenen acht Jahren hätte ich meine Kühnheit und meinen Einfallsreichtum bewiesen, als ich es in Afrika zu Erfolg und Wohlstand brachte. Aber dort sei mein Ruf durch die Schande des Mordprozesses für immer beschmutzt - und warum sollte ich überhaupt dorthin zurückkehren wollen, in diese ausgedörrte, unfruchtbare Hölle, in der es kaum möglich war zu überleben. Auch in England könnte ich mich nicht niederlassen, da mich hier alles an die Frau erinnern würde, die ich verloren hatte, und mir überall das kaum verhohlene Mitleid in den Blicken meiner Freunde begegnen würde. Nein, es war viel besser, dem Ganzen jetzt ein Ende zu setzen, wohl wissend, dass ich großes Glück und Erleichterung hinterlassen würde. Es ist sicherlich besser zu sterben und für Großes in Erinnerung zu bleiben, als den Rest meiner Tage im Schatten von Misstrauen und Unglück zu verbringen.

Ich kann kaum die Wirkung beschreiben, die ihre Worte auf mich hatten, oder erklären, warum ich mich auf diese Weise beeinflussen ließ. Auf geheimnisvolle Weise hatte sie mich verhext und verwirrt, sodass ich alles, was sie sagte, ohne den Hauch eines Zweifels akzeptierte. In diesem Moment glaubte ich ihr wirklich, als sie sagte, mein Leben habe keinen Wert und gelte bestenfalls etwas im Tausch gegen ihr eigenes. Wie hätte ich etwas anderes denken können? Wie hätte ich denken können, dass sie jemals mir gehören würde? Sie stand zu weit über mir und war für viel Größeres bestimmt, das nur ich möglich machen konnte. Ich straffte die Schultern. Mein Ziel war klar. Ich war nach Sissingham Hall gerufen worden, um das letzte Opfer zu bringen und die Frau, die ich liebte, vor einem schrecklichen Schicksal zu bewahren.

Ich spürte, wie sie mir etwas mit einer leichten Liebkosung in die Hand drückte. Es war die kleine Pistole. Ich starrte sie an, während mich ihre Worte weiterhin umspülten und ihren hypnotischen Zauber ausübten. Ich konnte nicht mehr hören, was sie sagte, aber das spielte keine Rolle, denn ich war nicht mehr Herr meiner Sinne. Ich nickte zustimmend und hatte sofort das seltsame Gefühl, zu schweben; es war fast, als hätte sich mein Geist von meinem Körper gelöst und beobachtete die ganze Szene von weit oben. Aus diesem neuen Blickwinkel sah ich, wie Rosamund mir zu verstehen gab, ich solle mich an den Schreibtisch setzen. Mein körperliches Ich gehorchte mit einem verwirrten Gesichtsausdruck. Sie gestikulierte aufmunternd. Hatte ich mir das nur eingebildet oder schimmerte da ein grausamer Triumph in ihren Augen? Mein Geist, von seinen Fesseln befreit, wollte meinem Körper da unten eine Warnung zurufen, aber er brachte keinen Ton hervor. Ich sah hilflos zu, wie mein irdisches Ich langsam die Waffe an die Schläfe hob und sich anschickte, den Abzug zu betätigen. Eine ewige Sekunde lang herrschte eine schreckliche Stille, die Zeit schien angehalten, dann brachen Lärm und Chaos los, als jemand mein Handgelenk nach oben schlug und mir die Waffe entschlossen aus der Hand riss. Ein gellender Schrei ertönte und plötzlich war der Raum voller Menschen und Stimmen, die durcheinanderschrien, und ich war wieder ich selbst, saß wie angewurzelt da und konnte mich nicht rühren, während Rosamund laut kreischend mit Inspector Jameson und einem Constable rang und Angela Marchmont vergeblich versuchte, sie zur Ruhe zu bringen.

Dann wurde alles um mich herum dunkel.

# Kapitel Einundzwanzig

ALS ICH AUFWACHTE, lag ich im Bett und Dr. Carter blickte auf mich herunter.

„Ah, Sie sind wach!", rief er erfreut. „Sie haben einen ganz schönen Schock bekommen." Er nahm mein Handgelenk und fühlte meinen Puls. „Oh, ich denke, Sie werden es schaffen. Ein Schlückchen Brandy und etwas Bettruhe, dann sind Sie bald wieder auf den Beinen."

„Was ist passiert?", fragte ich.

„Das kann ich Ihnen nicht sagen", antwortete er, „ich weiß nur, dass es Ärger mit der Polizei gegeben hat. Mrs Marchmont hat nach mir geschickt und ausrichten lassen, dass jemand erkrankt sei. Hier, nehmen Sie das."

Ich nahm das Glas, das er mir anbot, trank aber nicht.

„Wo sind denn alle? Haben Sie Lady Strickland gesehen? Oder Inspector Jameson?"

„Nein, als ich ankam, war nur Mrs Marchmont hier. Ist denn jemand verhaftet worden? Wer war es? Aha, ich sehe, Sie wollen es mir nicht sagen. Ich werde es sicher zu gegebener Zeit erfahren. Also, ich gehe jetzt besser. Bleiben Sie heute im Bett. Wenn Sie sich nicht daran halten, erfahre ich es sowieso.“

Er verabschiedete sich fröhlich und ließ mich mit meinen düsteren Gedanken zurück, die mich begleiteten, während der Nachmittag allmählich in den Abend überging. Nach einer Weile schlief ich ein.

Als ich am nächsten Morgen aufwachte, fühlte ich mich etwas besser und fragte mich, ob ich mir die ungeheuerlichen Ereignisse des Vortages nur eingebildet hatte. Ich stand auf, zog mich an und ging leise die Treppe hinunter. Auf eine Menschenmenge, die alles von Anfang an und haarklein erzählt haben wolle, hatte ich nicht die geringste Lust und so war ich erleichtert, dass der Salon bis auf Angela leer war. Ein Blick in ihr Gesicht genügte und ich wusste, dass ich mir nichts eingebildet hatte.

„Oh, Mr Knox“, begrüßte sie mich. „Ich hoffe, es geht Ihnen besser.“

Ihre Augen waren rot umrandet, doch ansonsten wirkte sie so ruhig und gelassen wie immer.

„Ja, danke. Wo sind die anderen?“

„Joan hat alle zu einem Ausflug überredet. Sie kommen später wieder.“

„Und Rosamund?“, fragte ich.

„Die Polizei hat sie mitgenommen“, antwortete sie leise.

„Wie … wie ging es ihr?“

„Oh, sie schien sich in ihr Schicksal zu fügen, als ihr klar wurde, dass es kein Entrinnen gab. Aber ich glaube kaum, dass sie sich im Gefängnis sehr wohlfühlen wird. Ich werde sie besuchen, sobald man mich zu ihr lässt.“

Es hörte sich fast an, als würde sie von einer kranken Tante sprechen, die man ins Krankenhaus eingeliefert hatte. Das schien ihr selbst bewusst zu sein, denn plötzlich war es mit ihrer Ruhe vorbei und sie rief: „Oh, Mr Knox -

Charles, was habe ich nur getan? Ich mache mir so schreckliche Vorwürfe. Ich habe diese ganze Sache aufgewühlt. Hätte ich die Finger davongelassen, wäre das alles nicht passiert!"

Mit einem Mal wurde mir in aller grausamen Deutlichkeit klar, was Rosamund getan hatte und wie sie uns zum Narren gehalten hatte, nur um ihre eigenen selbstsüchtigen Ziele zu verfolgen. Ein Anflug von Wut brandete in mir auf, der aber schnell wieder verschwand, als ich die Verzweiflung in Angelas Miene sah.

„Natürlich trifft Sie keine Schuld. Sie waren nicht die Einzige, der die Sache mit dem Unfall nicht schlüssig vorkam. Hätten Sie nichts gesagt, hätte Dr. Carter Alarm geschlagen. Wenn jemandem ein Vorwurf zu machen ist, dann mir, weil ich so töricht war, Rosamund jedes Wort zu glauben und die Ermittlungen dadurch zu behindern. Die ganze Zeit über hat einer nach dem anderen versucht, mir höflich mitzuteilen, dass ich ein Idiot bin, und jetzt stelle ich fest, dass sie alle recht hatten", schloss ich bitter.

Meine Worte entlockten Angela ein schwaches Lächeln.

„Vielleicht sollten wir einräumen, dass wir beide auf die eine oder andere Weise Idioten gewesen sind", sagte sie.

Mir war jedoch nicht nach Lächeln zumute.

„Wenn ich Rosamund doch nur früher durchschaut hätte! Dann hätte wenigstens ein Leben gerettet werden können", erwiderte ich.

„Wen meinen Sie?"

„Mrs MacMurray natürlich."

„Oh ja, Gwen. Nun, ich nehme an, jetzt kann ich Ihnen die Wahrheit sagen. Machen Sie sich keine Sorgen um sie, Charles, sie wird wieder ganz gesund. Sie ist gestern aufgewacht und es geht ihr nicht besonders gut, aber sie ist außer Gefahr. Hugh ist bei ihr."

„Aber ich dachte, sie stünde an der Schwelle zum Tode."

Angela lächelte entschuldigend.

„Das stimmte nicht ganz. Als mir klar wurde, dass es sich wahrscheinlich eher um einen Mordversuch als um Selbstmord handelte, habe ich mit dem Arzt gesprochen. Wir sind übereingekommen, so zu tun, als sei sie kränker, als sie tatsächlich war. Wir wollten nicht, dass der Mörder einen weiteren Versuch unternimmt, sie zu töten, also haben wir die Nachricht verbreitet, sie sei bewusstlos und es bestünde keine Hoffnung, dass sie jemals wieder aufwachen würde. Um auf Nummer sicher zu gehen, haben der Arzt und Gwens Dienstmädchen abwechselnd Wache an ihrem Bett gehalten."

„Natürlich! Als das Dienstmädchen sie gefunden hatte, wollte Rosamund, dass Sie zum Frühstück hinuntergingen, aber Sie haben darauf bestanden, bei Gwen zu bleiben. Wussten Sie da schon, was Sache war?"

Angela ließ den Kopf hängen.

„Gehen Sie nicht zu hart mit sich ins Gericht. All das ist Rosamunds Schuld. Sie dagegen - Sie haben ein Leben gerettet. Sogar zwei Leben", fügte ich hinzu, „denn mein Leben haben Sie ebenfalls gerettet. Ich schäme mich unsäglich, dass Rosamund mich fast zu dieser unglaublichen Dummheit überredet hätte, und ich kann Ihnen nicht genug danken, dass Sie rechtzeitig aufgetaucht sind."

Bevor sie etwas erwidern konnte, betrat Inspector Jameson den Salon.

„Ah, Mr Knox, wie ich sehe, sind Sie wieder auf den Beinen. Würden Sie und Mrs Marchmont mich für ein paar Minuten in den kleinen Salon begleiten? Ich möchte Ihnen ein paar Fragen stellen, und angesichts der gestrigen

Ereignisse ist es vielleicht besser, wenn wir das vor der Rückkehr Ihrer Freunde erledigen."

Seine Worte klangen mitfühlend.

„Gewiss", antwortete Angela ruhig und gefasst.

„Nun, Mrs Marchmont", begann der Inspector, als wir Platz genommen hatten, „die Verhaftung von Lady Strickland und das Überleben von Mr Knox verdanken wir Ihrer schnellen Auffassungsgabe, und wenn es Ihnen recht ist, würde ich gerne Ihre Geschichte hören.

„Nun gut", sagte Angela, die offensichtlich mit einer solchen Frage gerechnet hatte. „Was genau möchten Sie wissen, Inspector?"

„Zunächst einmal: Was hat Sie veranlasst, Lady Strickland zu verdächtigen?"

Angela seufzte.

„Es war nur eine Kleinigkeit – eine beiläufige Bemerkung von Hugh, als Sie ihn gefragt haben, was er an jenem Abend auf der Terrasse gemacht hat. Er berichtete, er habe durchs Fenster geschaut, aber im Arbeitszimmer sei es dunkel gewesen. Wäre er der Mörder, könnten wir seine Aussagen als bloße Lüge abtun, aber was, wenn er die Wahrheit sagte? Wir gingen alle davon aus, dass Neville zu diesem Zeitpunkt noch am Leben war, aber warum sollte er dann im Dunkeln sitzen? Ich konnte es mir nur so erklären, dass er bereits tot war und der Mörder das Licht gelöscht hatte – um zu verhindern, dass jemand, der zufällig von der Terrasse ins Arbeitszimmer spähte, die Leiche sah. Aber wenn er tot war, hätten Rosamund und Charles kaum seine Stimme hören können, als sie um Viertel vor elf vor der Tür standen. Die offensichtliche Schlussfolgerung war also, dass sie gelogen hatten, um uns glauben zu machen, dass Neville zu einem späteren Zeitpunkt gestorben war. Und warum sollten sie das tun? Die Antwort war naheliegend."

„Sie haben also vermutet, dass wir unter einer Decke stecken?", fragte ich.

„Anfangs schon, fürchte ich", antwortete Angela. „Aber dann fiel mir ein, was Sie an jenem Nachmittag gesagt haben, als wir alle im Arbeitszimmer saßen. Sie haben darauf bestanden, die Polizei zu rufen, sodass es mir unwahrscheinlich erschien, dass Sie etwas damit zu tun hatten. Natürlich hätte es ein geschickter Bluff sein können, aber ich hatte den Eindruck, dass es Ihnen … nun, wie soll ich sagen? Ich dachte, dafür seien Sie nicht gerissen genug."

„Das betrachte ich als Kompliment", sagte ich.

„Das sollten Sie auch", versicherte sie mir. „Jedenfalls war ich persönlich nie von Hughs Schuld überzeugt - und ich war mir ganz sicher, als ich von seinem Versuch erfuhr, mitten in der Nacht ins Arbeitszimmer zu gelangen. Seine Angabe, dass das Arbeitszimmer früher am Abend im Dunkeln lag, ließ mich widerstrebend zu dem Schluss kommen, dass Rosamund entweder die Täterin oder die treibende Kraft hinter der Tat war."

„Vielleicht überrascht es Sie, dass ich meine eigene Cousine verdächtigt habe, mit der ich früher ein so enges Verhältnis hatte. Aber ich kenne Rosamund, und so sehr ich sie auch liebe, konnte ich doch nie die Augen vor ihren Schwächen verschließen. Als Kind war sie hübsch, lebhaft und liebenswürdig, aber sie hatte zugleich eine selbstsüchtige, rücksichtslose Ader, die sie gut zu verbergen wusste, solange sich ihr niemand in den Weg stellte. Aber manchmal kam ihre dunkle Seite zum Vorschein. Ich erinnere mich, wie sie einmal ihren geliebten Schoßhund so gnadenlos verprügelt hat, dass er eingeschläfert werden musste – und das nur, weil er nicht gehorcht hatte."

„Ich erinnere mich, dass Sie diese Geschichte erzählt haben", warf ich ein. „Aber damals haben Sie es so geschildert, als sei es in New York passiert. Ich wäre nicht darauf gekommen, dass Sie Rosamund damit meinten."

„Ja, dieses Detail entsprach nicht der Wahrheit, aber sie war das Kind, das ich meinte", räumte Angela ein. „Sie sehen also: Die Möglichkeit, dass sie Neville getötet hatte, war für mich nicht so weit hergeholt, wie es vielleicht scheint. Und es gab noch ein weiteres Indiz, das auf sie hindeutete. Neville war ein großer, schwerer Mann, und es war sicher kein leichtes Unterfangen, seine Leiche quer durch den Raum zu zerren. Dann fiel mir ein, dass Rosamund am Tag nach dem Mord über Steifheit und Schmerzen in den Armen geklagt hatte. Es war zwar nur eine Kleinigkeit, aber sie war dennoch bezeichnend. Sie können sich vorstellen, dass ich mich innerlich gegen meine eigene Theorie gesträubt habe, aber ich konnte keine andere schlüssige Lösung finden.

Meine Theorie hatte einige Haken, nicht zuletzt, weil ich mir nicht vorstellen konnte, wann genau der Mord passiert sein könnte. Ich versuchte mir in Erinnerung zu rufen, was wir alle an diesem Abend gemacht hatten. Soweit ich mich erinnern konnte, war Rosamund, abgesehen von der kurzen Zeitspanne, als sie mit Ihnen, Charles, vor dem Arbeitszimmer stand, nur ein einziges Mal nicht im Zimmer gewesen, und zwar kurz nach dem Abendessen. Sie war aber nicht lange genug weg, um Neville zu töten und den Unfall zu inszenieren. Und ich glaube, Sie haben den Salon gar nicht lange genug verlassen - ein weiterer Punkt, der für Sie sprach, Charles. Eine Zeit lang habe ich gezweifelt, weil ich einfach nicht verstand, wie sie es hinbekommen haben sollte, aber dann fiel mir ein, dass das Arbeitszimmer im Dunkeln gelegen hatte. Und plötzlich wurde mir die Bedeutung dieser Tatsache klar."

„Ich kann Ihnen nicht ganz folgen." Der Inspector sah Angela stirnrunzelnd an.

„Es bedeutete, dass die Tat in zwei Phasen ablief: zunächst der Mord selbst und später die Inszenierung im Arbeitszimmer, um es wie einen Unfall aussehen zu lassen. Je mehr ich darüber nachdachte, desto größer wurde meine Gewissheit, dass niemand beides in den frühen Abendstunden hätte erledigen können, bevor wir alle zu Bett gingen. Aber wenn Rosamund die Täterin war, hätte sie Neville in der kurzen Zeit töten können, in der sie nach dem Abendessen nicht im Salon war. Dann hätte sie das Licht gelöscht, damit das Verbrechen nicht zu früh entdeckt wurde, um später zurückzukehren, nachdem wir alle zu Bett gegangen waren. Dann hätte sie genügend Zeit gehabt, alles so zu arrangieren, um es wie einen Unfall aussehen zu lassen.

Die Schwierigkeit dabei war die Frage, über die wir uns alle seit Tagen den Kopf zerbrochen hatten: Wie ist Rosamund danach wieder ins Haus gekommen? Darauf weiß ich noch immer keine Antwort. In Nevilles Schreibtischschublade lag ein zweiter Schlüsselsatz, und es wäre für Rosamund ein Leichtes gewesen, den Schlüssel zur Schreibtischschublade aus Nevilles Tasche zu nehmen und die Zweitschlüssel herauszuholen. Damit wäre das Rätsel gelöst, wie sie mitten in der Nacht wieder ins Haus gekommen ist. Aber die Schlüssel lagen in der Schublade, als die Polizei das Arbeitszimmer durchsucht hat, also gab es vielleicht noch einen dritten Schlüsselsatz, von dem wir nichts wissen."

„Nein", widersprach ich. „Sie hat die Schlüssel aus Sir Nevilles Schreibtisch genommen, wie Sie gesagt haben. Am nächsten Morgen, nachdem seine Leiche entdeckt worden war, hat sie darauf bestanden, mit ihrem verstorbenen Mann allein zu sein. Diese Gelegenheit hat sie genutzt, die Schlüssel wieder in die Schublade zu legen. Sie wollte auch die Fenstertüren verriegeln, was sie in der Nacht vergessen hatte, aber in diesem Moment kam Joan hereingestürmt, und so musste sie sie so lassen, wie sie waren."

„Ah! Ja, natürlich", rief Mrs Marchmont. „Daran hätte ich denken müssen. Nun ist dieses Rätsel also auch gelöst. Nach Hughs Verhaftung habe ich eine schlimme Nacht verbracht und mich mit dem Gedanken gequält, dass meine eigene Cousine wahrscheinlich eine Mörderin war. Am nächsten Morgen wurde Gwen mit Vergiftungserscheinungen aufgefunden und da wusste ich, dass ich handeln musste. Und so habe ich Sie angerufen, Inspector."

„Ja, und wie es scheint, sind wir gerade noch rechtzeitig gekommen, um Lady Strickland das Handwerk zu legen, bevor sie ihre Geschichte mit dem abschließenden Schnörkel ausschmücken konnte. Mr Knox hat Ihnen viel zu verdanken."

„Das weiß ich", sagte ich. „Hatten Sie eine Ahnung von dem, was sie vorhatte?"

„Ganz und gar nicht." Angela schüttelte den Kopf. „Es war reiner Zufall, dass der Inspector und ich beschlossen hatten, unser Gespräch in der Bibliothek zu führen. Als ich die Tür öffnete, bot sich uns ein ganz außergewöhnliches Bild, und wir wussten sofort, dass wir keinen Augenblick zögern durften. Sie wissen, was als Nächstes geschah."

Ich spürte, wie mir das Blut in die Wangen stieg. Würde ich die Ereignisse der letzten Tage jemals verarbeiten können? Ich hatte den dringenden Wunsch, England so schnell wie möglich hinter mir zu lassen und an einem entlegenen Ort einen langen Urlaub zu verbringen.

Der Inspector und Mrs Marchmont waren taktvoll genug, das Thema auf sich beruhen zu lassen.

„Es tut mir sehr leid, was passiert ist", sagte Jameson, „aber Sie verstehen sicher, dass ich keine andere Wahl hatte, als Ihre Cousine zu verhaften."

„Oh, natürlich", gab ihm Angela recht. „Man kann niemanden mit einem Mord davonkommen lassen, egal wie unangenehm und schmerzlich es für die Familie sein mag. Ich wünschte nur, ich hätte nicht so lange gezögert, denn dann wäre der armen Gwen diese Tortur vielleicht erspart geblieben."

„Sie waren schneller als ich", antwortete der Inspector. „Ich habe das Gefühl, in diesem Fall auf ganzer Linie versagt zu haben. Aber ich lasse mich lieber von einer Amateurin vorführen, als dass ich den Falschen hänge, also danke ich Ihnen von Herzen."

„Dann hat sie also gestanden?"

„Ja, sie hat gestern Nachmittag ein detailliertes Geständnis abgelegt. Der Anwalt, Mr Pomfrey, war dabei, und ich dachte, er stünde kurz vor einem Herzinfarkt."

„Wie - wie ging es ihr?", fragte Angela.

Jameson überlegte kurz.

„Reumütig und charmant, so würde ich sie beschreiben", antwortete er. „Sie hat eingesehen, dass das Spiel aus war, hegt aber die Hoffnung, dass die Geschworenen ihre Tat angesichts ihrer Jugend und Schönheit und vor dem Hintergrund ihrer unglücklichen Ehe wohlwollend betrachten würden."

„Hoffentlich hat sie nicht vor, Neville als grausamen Ehemann darzustellen", sagte Angela. „Wahrscheinlich hat sie ihn nicht geliebt, aber er war stets ein Gentleman, und bei der Eheschließung wusste sie, worauf sie sich einließ."

„Ja", seufzte ich. „Das ist leider nur zu wahr."

Armer Sir Neville. Im Prozess würde er kaum glimpflich davonkommen. Wenn Rosamund der Schlinge des Henkers entgehen wollte, musste sie ihn als viel schlimmer zeichnen, als er tatsächlich war. Und selbst wenn sie die Geschworenen überzeugen konnte, musste sie ihren Versuch erklären, Gwen aus dem Weg zu räumen, ganz abgesehen von dem Bemühen, mir ihre Missetaten anzuhängen und mich in den Selbstmord zu treiben. Ich hatte keinen Zweifel, dass sie auch meinen Tod geplant hatte: Als ich mich am Morgen anzog, hatte ich in meiner Tasche ein kleines Fläschchen Veronal gefunden, das sie dort deponiert haben musste, bevor sie mir in die Bibliothek gefolgt war. Wenn es ihr nicht gelungen wäre, mich zum Suizid zu drängen, hätte sie die Sache sicher selbst in die Hand genommen und die Waffe gegen mich gerichtet. Ich erschauderte und verabscheute mich wieder einmal, weil ich so unsäglich dumm gewesen war.

„Wie dem auch sei", fuhr Angela fort. „Wenigstens ist Hugh jetzt von jedem Verdacht befreit und Gwen erholt sich allem Anschein nach gut. Haben Sie ihn ernsthaft verdächtigt, Inspector?"

„Die Beweise wiesen eindeutig in diese Richtung", sagte Jameson. „Nach jahrelanger Erfahrung sprach mein persönliches Gefühl eher dagegen, er schien einfach nicht der Typ zu sein, aber persönliche Gefühle sind eine Sache, Fakten sind eine andere. Wenn ich beides miteinander vermischen würde, käme ich in meinem Job nicht weit. Nein, er hatte ein starkes Motiv und war zu der Zeit, die wir ursprünglich für die Tatzeit hielten, in der Nähe des Arbeitszimmers. Und dann war da noch der Handabdruck, der darauf hindeutet, dass er versucht hat, durch die Fenstertüren ins Arbeitszimmer zu gelangen. Wie Sie sagen, spricht die Tatsache, dass er mitten in der Nacht an der Tür zum Arbeitszimmer aufgetaucht ist, für ihn als Täter, aber davon wusste ich bis gestern nichts. Außerdem weiß ich nicht, was die Geschworenen davon gehalten hätten. Mitten in der Nacht herumzuschleichen macht allerdings selten einen guten Eindruck und ein skrupelloser Staatsanwalt hätte zweifellos das Beste daraus gemacht. Und dann war da noch seine Verbindung zu Clem Myerson, dessen Name in ganz London gefürchtet ist. In einem Prozess wäre das zwangsläufig zur Sprache gekommen. Ja", schloss er, „ich glaube, Mr MacMurray kann sich glücklich schätzen, dass er gerade noch einmal davongekommen ist."

Genau wie Bobs, dachte ich, sagte aber nichts. Ich wusste nicht, ob Angela oder der Inspector von ihrer Affäre wussten, und ich wollte meinen Freund nicht unnötig in Schwierigkeiten bringen.

„Dumme, dumme Rosamund", sagte Angela traurig. „Warum musste sie das tun?"

Ich hatte auch keine Erklärung dafür. Warum konnte sie sich nicht mit ihrem Los zufriedengeben? Schließlich hatte sie es gar nicht schlecht getroffen. Woher kam die Überzeugung, dass ihr alles zustand, was sie sich wünschte, auch wenn sie dafür Menschen beseitigen musste, die ihr im Wege standen? Die Einzige, die darauf eine Antwort geben konnte, war Rosamund selbst, und sie saß hinter Schloss und Riegel und erlebte - vielleicht zum ersten Mal in ihrem Leben - was es bedeutete, sich mit den Konsequenzen ihres Tuns auseinandersetzen zu müssen.

„Ich glaube, am liebsten würde ich mich eine Weile verkriechen, um über meine Sünden nachzudenken", sagte Angela. „An der Côte d'Azur soll es im Winter sehr schön sein. Und es gibt sogar eine direkte Zugverbindung."

„Das verstehe ich", meinte der Inspector. „Aber Sie sollten sich keine Vorwürfe machen. Ohne Sie wären vielleicht zwei weitere Menschen gestorben und ein Unschuldiger wäre gehängt worden."

„Das mag sein, aber ich kann mich des Eindrucks nicht erwehren, dass ich mich besser herausgehalten und meinem Drang zum Schnüffeln widerstanden hätte. Dann wären der Arzt und Mr Pomfrey vielleicht irgendwann zu dem Schluss gekommen, dass es ein Unfall gewesen sein musste."

„Aber dann wäre Rosamund mit einem Mord davongekommen", wandte ich ein.

Angela machte den Mund auf, um etwas zu sagen, entschied sich aber dagegen. Ob sie hatte aussprechen wollen, was ich dachte? Hätte es eine Rolle gespielt? Was, wenn Rosamund davongekommen wäre? Wenn es bei der Unfall-Theorie geblieben wäre, hätte sie vermutlich nach einer angemessenen Zeit Bobs geheiratet. Sie hätte sich damit ihren Herzenswunsch erfüllt und niemanden mehr in Gefahr gebracht. Hugh und Gwen hätten das Geld geerbt, auf das sie gehofft hatten, Angela wäre die Erkenntnis erspart geblieben, dass ihre Cousine eine Mörderin war, und ich - ich hätte mich diskret zurückziehen können, um meine Wunden zu lecken, ohne dass meine Illusionen Schaden genommen hätten.

Ich schüttelte mich. Ein Mord durfte nicht ungestraft bleiben, um jemandem Unannehmlichkeiten zu ersparen. Das Streben nach Gerechtigkeit durfte nicht den Launen der Familie und Freunde des Mörders unterworfen werden. Nein, das Räderwerk der Justiz musste in Bewegung gesetzt werden, um ein schreckliches Unrecht wiedergutzumachen. Eines Tages, nachdem sie erreicht hatte, was sie wollte, hätte Rosamund vielleicht erneut entschieden, dass jemand sie daran hinderte, das zu bekommen, was ihr ihrer Meinung nach zustand. Die Ereignisse der letzten Tage hatten gezeigt, dass sie keinen Respekt vor dem Leben anderer hatte. Hätte sie wieder getötet? Wir würden es nie erfahren.

„Nun, ich muss mich verabschieden", sagte der Inspector. „Ich danke Ihnen noch einmal für Ihre Hilfe, Mrs Marchmont, und bitte seien Sie nicht zu streng mit sich."

„Ich danke Ihnen", antwortete Angela. „Ich werde versuchen, Ihren Rat zu befolgen."

Sie gingen gemeinsam hinaus und ließen mich mit meinen traurigen Gedanken zurück. Mit der Zeit würde sich Angela vielleicht verzeihen, aber den Ekel, den ich vor mir selbst empfand, würde ich wohl nie abschütteln können.

# Kapitel Zweiundzwanzig

Es war ein kalter, strahlender Tag Anfang Januar, als ich wieder einmal am Kai von Southampton stand und das geschäftige Treiben um mich herum betrachtete. Trotz allem, was in den letzten Monaten geschehen war, überkam mich leise Wehmut bei dem Gedanken, England erneut den Rücken zu kehren. Ich wusste nicht, wie lange ich wegbleiben würde, und bedauerte, dass das, was ich als mein neues Leben in der alten Heimat geplant hatte, so bald ein Ende gefunden hatte.

Die vergangenen Wochen waren schwierig gewesen. Natürlich ließen sich die Ereignisse auf Sissingham Hall nicht verbergen und ganz England war angesichts der schrecklichen Geschehnisse in heller Aufregung. Der Mord an einem adligen Mann durch seine schöne junge Frau - eine solche Geschichte bot sich den Zeitungen alle Jubeljahre nur einmal und folglich hatten Reporter der üblichen Klatschblätter den Protagonisten der Tragödie das Leben schwer gemacht. Gwen und Hugh MacMurray hatten sich sichtlich in der allgemeinen Aufmerksamkeit gesonnt. Ihre Gesichter strahlten mir entgegen, wann immer ich eine

Zeitung aufschlug. Ich dagegen war immer auf der Hut und hatte mir angewöhnt, blitzschnell um Straßenecken und in Hauseingängen zu verschwinden, sobald neugierig aussehende junge Männer mit Notizbüchern in der Hand in meinem Blickfeld auftauchten. Für jemanden, der sich nichts sehnlicher wünschte als in aller Ruhe seine Wunden zu lecken, war dieser Zustand unerträglich und so hatte ich beschlossen, nach Südafrika zurückzukehren und mich für eine Weile auf meine Geschäfte zu konzentrieren. Wenn sich die Aufregung gelegt hatte und die nächste Sensationsgeschichte die Gemüter beschäftigte, würde ich vielleicht nach England zurückkehren.

Ich stand eine Weile gedankenverloren da, dann riss ich mich zusammen und beschloss, an Bord zu gehen. Dabei musste ich unweigerlich an den herzlichen Empfang denken, den mir mein bester Freund an diesem Ort bereitet hatte – vor einer halben Ewigkeit, wie es schien. Der Verlust dieses Freundes schmerzte mehr als alles andere. Seit meiner Rückkehr von Sissingham Hall hatte ich nichts mehr von Bobs gehört, allerdings hatte mir Angela Marchmont in einem Brief mitgeteilt, dass er sich in Bucklands verkrochen hatte. Bisher wussten die Zeitungen noch nichts von seiner Affäre mit Rosamund, sodass es schien, als hätte Bobs wie immer Glück gehabt – er war wieder einmal ungeschoren davongekommen. Falls diese Geschichte jedoch eines Tages die Runde machte, würde sie seinem Ruf irreparablen Schaden zufügen. Die Reaktionen, die die Ehe mit Rosamund bei seinen Eltern auslösen würde, hatte er leichthin abgetan, doch ihm musste trotz allem klar gewesen sein, wie sich ein Skandal auf eine der ältesten und angesehensten Familien im Lande auswirken würde. Außerdem war ich nicht überzeugt, dass ihm die Gefühle seiner Eltern so gleichgültig waren, wie er behauptete.

Ich hatte überlegt, ihm zu schreiben, und hatte mich tatsächlich mit Stift und Papier hingesetzt, aber am Ende war mir nichts eingefallen, was die Sache nicht noch schlimmer machen würde. Wir hatten beide dieselbe Frau geliebt und waren beide von ihr betrogen worden. Was gab es da noch zu sagen? Und dann war da noch Sylvia. Ich war ihr sehr zugetan, aber Rosamund hatte zwischen uns gestanden, und sie wusste es. Was sie davon halten würde, wenn ich mit Bobs über dieses Thema korrespondierte, konnte ich mir lebhaft vorstellen. Nein, ein diskreter Rückzug meinerseits wäre für alle Beteiligten das Beste.

„Da bist du ja endlich", sagte eine Stimme hinter mir. „Steh nicht rum und träume. Beeil dich lieber, wir legen bald ab."

Mein Herz machte einen Satz.

„Bobs!", rief ich und wandte mich um. „Was zum Teufel machst du denn hier? Und Sylvia!"

„Hallo, Charles", begrüßte mich Sylvia.

Die beiden standen vor mir. Sylvias Miene war ernst, sie wirkte ein wenig schmaler als bei unserer letzten Begegnung, aber in Bobs' Gesicht zeigte sich die gleiche unbändige Fröhlichkeit wie immer. Nach kurzem peinlichem Schweigen grinste Bobs und klopfte mir auf die Schulter.

„Eine etwas unangenehme Gesprächspause, hm? Kein Wunder, wenn man bedenkt, was passiert ist, als ich dich zuletzt gesehen habe. Trotzdem: Vergeben und vergessen, wie? Wir sollten unseren Sternen danken, dass nichts Schlimmeres passiert ist."

Ich spürte, wie sich meine Laune hob und sich ein Lächeln auf meinem Gesicht ausbreitete. Ich ergriff seine Hand und drückte sie herzlich.

„Bobs, ich kann dir gar nicht sagen ..." Ich hielt inne, mir fehlten die Worte.

„Schon gut", sagte er. „Du hast doch nicht geglaubt,

dass wir dich alleine ziehen lassen, oder? Schließlich muss man bei dir immer damit rechnen, dass du in irgendeinen Schlamassel gerätst, wenn niemand auf dich aufpasst."

Ich schüttelte den Kopf.

„Ich verstehe nicht, wie du darüber Witze machen kannst, Bobs", sagte ich. „Besonders nicht, nachdem ..."

Ich unterbrach mich und er wurde ernst.

„Tut mir leid, Charles. Jetzt ist wohl nicht der richtige Zeitpunkt. Aber du weißt, dass ich nicht dazu neige, über die unangenehmen Seiten der Vergangenheit nachzugrübeln. Es ändert eh nichts. Was geschehen ist, ist geschehen."

„Ich wünschte, ich könnte deinem Beispiel folgen", seufzte ich. „Vielleicht grüble ich zu viel, aber in diesem Fall bleibt einem kaum etwas anderes übrig. Die arme Rosamund."

Bobs' Miene verfinsterte sich und Sylvia senkte den Kopf, als wir an den letzten Akt des Dramas dachten, in dem wir alle ganz unfreiwillig eine Rolle gespielt hatten.

Ich hätte wissen müssen, dass Rosamund ein Leben in Gefangenschaft niemals akzeptieren würde - oder schlimmer noch, dass sie sich nicht wie eine gemeine Verbrecherin hängen lassen würde. Sobald sie wusste, dass das Spiel aus war, stand ihr Entschluss fest. Sie hatte ihren Weg gewählt und ihn im Gefängnis beschritten, mit Hilfe des Veronals, das Dr. Carter ihr freundlicherweise verordnet hatte und das sie irgendwie in ihre Zelle hatte schmuggeln können. Die Nachricht war ein Schlag, aber nach den schrecklichen Ereignissen auf Sissingham Hall spürte ich seine Wucht kaum noch. Und vielleicht war es auch besser so, denn so blieb mir ein Prozess erspart, bei dem nur wenige Zeugen in einem günstigen Licht erschienen wären. Allerdings glaubte ich nicht, dass sie sich aus Rücksicht auf uns für den Freitod entschieden hatte.

Nein, ich war mir sicher, dass es ihr nie in den Sinn gekommen war, ihre Freunde vor einer öffentlichen Blamage zu bewahren. Ihr einziger Gedanke war gewesen, sich selbst unangenehme Auftritte zu ersparen. Die süße, schöne, schreckliche Rosamund. Allein die Erinnerung an sie würde mir bis in alle Ewigkeit unsagbar wehtun. Ich konnte es kaum erwarten, in ein Land zu reisen, in dem ihr Name nicht in aller Munde war.

„Es ist Zeit, Charles", sagte Bobs. „Alle Mann an Bord."

„Also dann, auf Wiedersehen." Ich streckte ihm die Hand entgegen.

„Was soll das heißen, auf Wiedersehen? Du Esel, hast du denn nicht gemerkt, dass ich mitfahre?"

„Du fährst mit?", wiederholte ich verständnislos.

„Aber natürlich! Ich dachte, das wüsstest du. Vater meint, ich sollte deine berühmte Mine genauer unter die Lupe nehmen. Unter uns gesagt: Ich glaube, er will mich eigentlich nur ins Ausland schicken, damit ich hier nicht noch mehr Ärger bekomme. Nach den letzten Wochen habe ich vollstes Verständnis dafür."

Ich sah, wie Sylvia unwillkürlich lächelte, und zum ersten Mal seit vielen Wochen spürte ich einen Hoffnungsschimmer in mir aufblitzen. Wenn mich jemand aufmuntern konnte, dann war es Bobs. Ich hatte meinen ältesten Freund also doch nicht verloren. Die Zukunft war nicht so düster, wie ich sie mir ausgemalt hatte. Vielleicht konnte ich eines Tages sogar lernen, zu vergessen.

„Mein lieber Freund ...", begann ich.

„Komm schon, keine Gefühlsduselei", ging er hastig dazwischen. „He! Hallo! Sie da!"

Er eilte hinter einem Gepäckträger her. Ich sah ihm nach und wandte mich dann an Sylvia.

„Nein, ich komme nicht mit", antwortete sie auf meine

unausgesprochene Frage, „aber ich schreibe dir, wenn du willst."

„Das würde mich sehr freuen", sagte ich aufrichtig. „Sylvia -"

„Es tut mir sehr leid, was passiert ist", sagte sie schnell, „und bitte glaub mir, dass ich dir nicht böse bin. Ich kann es dir nicht verdenken, nehme ich an. Rosamund war immer der Star, das wusste ich. Wir alle wussten es."

„Umso schlimmer, dass ich mich habe blenden lassen", erwiderte ich. „Glaubst du mir, wenn ich sage, dass es eine kurze Verliebtheit war, ein Moment des Wahnsinns?"

„Nein", antwortete sie mit einem traurigen Lächeln und ich verstummte. Sie hatte natürlich recht, und es war nicht richtig von mir, sie vom Gegenteil überzeugen zu wollen.

Der Trubel rings um uns wurde noch hektischer, ein Zeichen, dass es Zeit war, an Bord zu gehen.

„Willst du uns besuchen kommen?", fragte ich. Nun, da der Abschied unmittelbar bevorstand, wäre ich am liebsten geblieben.

„Ja, ich glaube, das werde ich tun", antwortete sie. „Mutter und Vater wollen auf jeden Fall nach Afrika und ich denke, sie nehmen mich mit." Sie schauderte. „Hauptsache raus aus dieser scheußlichen Kälte. Also, auf Wiedersehen."

Sie streckte mir ihre Hand entgegen und ich hob sie an meine Lippen, dann drehte ich mich um und ging zu Bobs, der am Fuß der Gangway wartete.

„Also, alle Mann einsteigen", sagte er. „Ich warne dich: Ich weiß nichts über deine Geschäfte, also wirst du mir wohl oder übel alles haarklein erzählen müssen."

Ich blickte zurück. Sylvia stand immer noch da, ihr Haar schimmerte in der tiefstehenden Wintersonne. Sie winkte uns zu, machte dann auf dem Absatz kehrt und

ging davon. Ich freute mich schon jetzt darauf, sie wiederzusehen.

„Sollen wir?“, sagte ich zu Bobs. Gemeinsam gingen
wir die Gangway hinauf.

———

clarabenson.com

www.ingramcontent.com/pod-product-compliance
Lightning Source LLC
Chambersburg PA
CBHW020748190726
48285CB00006B/1927